전경자 장편소설

바이폴라 할머니

알렙

작가의 말

"깡통을 차는 한이 있더라도 철학자가 되겠다"고 중2 때 같은 반 아이들끼리 주고받는 앙케이트의 〈장래희망〉란에 썼단다, 내가.

1985년이던가? 보스턴에서 동창한테 그 말을 들었을 때 "이제 깡통은 찼으니까 철학자 되는 일만 남았다"고 야죽거렸다.

중3 때, 「아큐정전」을 읽고 나서 나의 〈장래희망〉은 철학자에서 소설가로 바뀌었다. 실은 장래가 아니라 당장 쓰려고 했다. 그러나 쓰고 싶다고 해서 쓸 수 있는 것이 소설은 아니다, 감언으로 이야깃거리나 풀어내는 것이 소설은 아니다, 라는 것을 「땡볕」에서 아프게 배웠다.

그리하여 감히 나의 소설은 쓰지 못한 채 대학, 유학, 대학교수로 50여 년이 덜거덕 덜거덕 지나갔다. 그 긴 세월 동안 타인의 소설은 많이도 번역했다. 영미문학 작품은 한국어로, 한국문학 작품은 영어로, 어찌나 번역을 잘했던지 한국문학 번역상도 여러 번 수상했다. 그래봤자였다. 나의 〈장래희망〉은 번역가가 아니라 소설가였으니까.

정년퇴직. 반가웠다. 〈장래희망〉에서 〈장래〉를 들어내야 할 때가 왔다. 썼다. 쓴 것을 지우고 다시 썼다. 다시 쓴 것을 지우고 또 다시 썼다. 쓰기도 즐거웠고 지우기도 싫지 않았다. 그러기를 3년.

「바이폴라 할머니」는 나의 첫 소설이다.

2017년 6월

전경자

차례

#1

미친 사람은
미치지 않은 사람도

두 다리가 어깨에 붙어서 걸을 수 없게 된 인간들이 한 자리에 모여 앉아 먹기만 한다. 배가 터지기 직전에 크고 작은 악마들이 우르르 나타난다. 악마 둘이 뚱보 하나씩 번쩍 들어 시뻘건 철판 위에 눕힌다. 그러고 나서 엎어 놓으면 뚱보는 지글지글하다가 아삭바삭해진다. 바보 천치들은 악마가 쇠망치를 들고 다가오는 이유를 모른다. 쇠망치로 정확하게 정수리를 후려쳐서 대가리를 두 동강 낸 다음 악마는 그 속에서 튤립을 꺼낸다. 화살이 가슴을 관통하여 등으로 삐져나오고 손목과 발목은 쇠줄로 묶인 인간이 쇠철봉에 거꾸로 매달려 어딘지 모를 곳으로 들려 가고 있다. 눈알이 뽑힌 인간이 좌충우돌하다가 불가마를 걷어차는 모습도 눈에 띈다. 인간 얼굴에 오리 발을 가진 악마가 커다란 프라이팬에 기름을 잔뜩 붓고 인간을 튀겨내고 있다. 악마는 붉은색이나 검은색 옷을 입고 인간은 발가벗고 있다.

하늘이 보인다. 하늘에서 내려오는 밝은 빛을 받아 푸른 물이 반짝인다. 새들의 노랫소리가 구름 너머 저 높은 곳을 향하여 올라간다. 물오리들이 쪼르르 쪼르르 몰려다닌다. 꼬맹이 원숭이 한 마리가 코끼리 모르게 코끼리 등판에 앉아 있다. 맞은편에서 이 모습을 바라보면서 하얀 기린이 빙그레 웃는다. 아름다운 치타 한 마리가 생쥐 한 마리를 잡아 오른쪽 어깨에 올려놓고 장난을 친다. 새끼 사슴들이 무소 앞에서 놀고 있다. 크고 작은 동물들이 꽃나무 아래에서, 냇가에서, 들판에서 놀기도 하고 쉬기도 한다. 사과나무들이 천도복숭아나무 옆에 우뚝 우뚝 서 있다. 분홍빛 토가를 걸친 어른이 나무 아래 앉아 있는 전라의 젊은이에게 전라의 여인을 건네준다.

#2

미친 사람과 미치지 않은 사람이 각각 『광인의독백』을 출간했는데
둘 중 하나를 읽어야 한다면 나는 어느 것을 선택할까?

"큰 개가 가슴팍을 떠다밀어서 나가똥그라지는 바람에요"는 내가 반깁스를 하고 있는 꼴을 보고 사람들이 던지는 질문에 써먹는 응답이다.

내 답변에 우리 동네 보통 사람은 뜸 안 들이고 "어머나! 세상에! 뉘 집 갠진 아세요?"로 되받는다. "어머나! 세~상에!" 같은 감탄은 사고라는 것이 수반되지 않은 상태에서 벌린 입으로부터 일종의 반사작용으로 튀어나오는 소음에 다름아니므로 딱히 어떤 반응을 요구하는 것이 아니라서 듣는 사람의 입장에서는 대꾸해야 한다는 부담이 없어 좋다. 문제는 완전문장 형식의 질문이다. "뉘 집 갠진 아세요?"는 "(너는) 아느냐?"와 "(그 큰 개는) 누구의 집의 개냐?"가 합쳐진 복합문장 형식의 질문이다. 쉽게 말하면, 아니, 쉽게 말하든 어렵게 말하든, "뉘 집 갠진 아세요?"는 더도 덜도 아닌 "당신은 그 큰 개가 누구의 집의 개인지 아세요?"이다. 즉, 그 질문을 던진 아줌마는 그 큰 개가 자기 주인하고 현재 함께 살고 있는 집주소를 내가 알고 있느냐고 묻고 있는 것이다. 무례하다는 터무니없는 오해를 사지 않으려면 어떤 형태로든 답을 해주기는 해야 한다는 게 짜증난다. 모기한테 물리고도 짜증내지 않는 사람은 거의 없다. 그 큰 개가 뉘 집 개인지 내가 아는지 모르는지 묻고 있는 그 아줌마는 모기다.

아니 왜? 도대체 왜? 그래, 그 큰 개가 자기 주인하고 현재 함께 살고 있는 집주소를 내가 알고 있다 치자. 설사 그렇다고 치더라도 그렇다면 자기가 뭘 어떻게 하겠다는 건가? 나를 데리고 그 큰 개네 집에 가서 자기만 알고 그 큰 개는 모르는 언어로 그 큰 개를 한바탕 닦아세우기라도 하겠다는 건가?

사람도 사람 나름이듯이 개도 개 나름이다. 그럼에도 불구하고 사람들은 흔히 우리들을 싸잡아서 평가한다. 일반적으로 우리 지능은 서너 살 어린애 수준이고 인지력과 문제해결 능력은 두 살배기와 맞먹는다고 합의를 보고 있다. 웃긴다. 내 감각기에 비상이 걸린 지 3/8초 만에 시각의 간상세포와 원추세포는 느닷없이 나타난 개체의 형태를 인지하고, 후각의 분별력은 눈앞에서 얼쩡거리는 물체가 사람이고 성별은 여자라는 것을 간파하고, 극도로 예민한 청각은 여자 사람이 느닷없이 나타나 냅다 왁!왁!왁! 짖어대는

데 그 소리가 무슨 사람 소리인지는 모르나 기분은 만만찮게 더럽다. 순간, 우리만의 본능이 용을 튼다. 허연 거품이 입가에서 부글부글 끓어오르고, 앞니, 송곳니, 어금니가 훤히 드러나 보이도록 입은 쩍 벌어지고, 목구멍은 공격 선포용 으르릉을 간헐적으로 토해내고, 눈에서는 광분의 빛이 번득이기 시작한다. 뭐, 그냥 그렇다는 말이다. 목줄에 묶여 있는 몸이 뭘 어떻게 할 수 있겠는가? 그렇게 뻔한 상황도 파악하지 못하는 여자 사람은 꺄~악 기겁한다. 기분 좋다.

그게 아니라면, 그럼, 사람들에게 사람 말이 있듯이 개들에게도 개 말이 있을지도 모른다는 영특한 생각이 그 아줌마의 뇌리를 번개 비스무리하게 스쳐가는 덕분에 이제 아줌마는 개가 모르는 사람 말이 아니라 개들도 알 만큼은 아는 사람들의 행동으로 자신의 의사를 전달하겠다는 의도에서 (실은 별 생각 없이 그냥 앞발을 치켜들어 내 가슴팍을 와락 떠다밀었던) 그 큰 개의 왼쪽 앞발을 자기 오른쪽 발로 호되게 걷어차서 그 큰 개의 정강이뼈를 부러뜨리거나 아니면 최소한 금이라도 가게 하겠다는 건가?

이도 저도 아니라면, 그렇다면 혹시 큰 개 주인이 되는 사람에게 그 큰 개로 인하여 내가 입은 육체적, 정신적 피해에 대한 보상을 나를 대신하여 요구라도 하겠다는 건가?

이도 저도 그도 아니라면, 그렇다면 도대체 그런 질문을 한 저의가 무엇이란 말인가? 아니, 저의라는 것이 있기는 있나? 만약 없다면? 무슨 특별한 생각에서도 아니고 무슨 생각을 특별히 해서도 아니고, 실은 그 큰 개가 별 생각 없이 와락 달겨들어 앞발로 나를 떠다밀어 나가똥그라지게 만들었듯이, 실로 아무런 생각 없이 그냥 툭! 던져본 소리라면? 글쎄다, 그래도 되나? 사람이 그래도 되는 건가?

#3

미친 사람이 자기가 미쳤다고 하면 미치지 않은 사람이라면
미치지 않은 사람이 자기가 미쳤다고 하면 미친 사람인가?

모모가 축구공만 했을 때 스티커를 붙여야 처분할 수 있는 폐기물이 생겨서 동사무소에 전화를 걸어 아주 조그만 강아지인데 안고 들어가도 괜찮냐고 물어보니까 남에게 피해만 안 주면 괜찮다기에 모모를 안고 갔더니, 나이 지긋한 여직원이 인상을 쓰면서 개를 데리고 들어오시면 곤란하다기에 오기 전에 전화로 미리 물어봤는데 안고 들어오는 건 괜찮다, 남에게 피해만 안 주면 괜찮다고 해서 이렇게 안고 왔는데 그렇게 말씀하신 분이 지금 이 안 어딘가에 계실 테니 확인하고 싶으면 확인해 보시라, 그런데 그건 그렇다 치고, 아니, 동사무소에 전화를 걸어서 뭘 하나 물어봤는데 직원 중 한 사람은 전화로 된다고 하고 다른 한 사람은 면전에서 안 된다고 하니 여기서는 업무를 이런 식으로 보는 거냐 뭐냐면서 야무지게 따지니까 한다는 소리가 남에게 꼭 피해를 주지는 않는 일이라 하더라도 남이 보면 불쾌해할 수도 있는 일일 수 있지 않겠냐면서, 그리고 그래서는 안 되지 않겠냐면서 외려 제 쪽에서 목소리를 깔고 훈계조로 나오기에, 아, 그러시냐, 이 동사무소에서는 타인이 불쾌해할 수도 있는 일을 자행하는 주민은 퇴출시키는 것이 직원 업무의 일환이냐, 좋다, 그럼, 지금 저기 주민등록 등초본 발급 창구에서 차례를 기다리고 서 있는 두 번째 여자가 입은 치마인지 팬티인지가 나한테 몹시 거슬리니 저 여자한테 가서 치마를 벗든지 나가든지 하시라고 해야겠다는 소리를 듣고서야 스티커를 뽑아주었던 일도 있었다.

똥, 오줌은 집안에서 해결하도록 훈련시켰기 때문에 모모와의 산책은 명실공히 산책이다. 나는 모모를 데리고 (하늘이 허락하는 한) 매일 동네 한바퀴 돈다. '강아지 달고 다니는 할머니'는 일석에 얻어지는 이름이 아니다. 길에서 마주치는 이웃들은 나한테든 모모한테든 살짝 아는 체를 해주면서 지나간다. 그 맛도 모모를 데리고 나다니는 데 한몫 톡톡히 한다. 빵집도 우리에게는 특별대우를 해준다. 모모하고 같이 빵집 문전에서 얼쩡거리면 점원이 밖으로 나와 문턱에서 주문을 받아가고 빵값은 빵봉투를 건네받으면서 현금으로 지불한다.

문제는 슈퍼다. '개 출입금지'라는 푯말은 없다. 개를 데리고 슈퍼에 드나드는 건 몰상식한 짓거리라는 사회적 통념을 존중하는 의미에서라도 슈퍼 측으로서는 '개 출입금지'라는 푯말을 입구에

세워놓을 수 없다. 푯말도 없지만 슈퍼 안에서 어슬렁거리는 개도 없다. 어른 주먹보다 조금 큰 강아지를 왼팔로 안고 오른손으로 카트를 밀고 다니는 아줌마를 볼 수 있기는 있지만 아주 가끔이다. 어쨌거나 '개 출입금지'라는 푯말이 없다는 이유만으로 모모를 데리고 슈퍼에 들어갈 배짱이 내게는 없다. 없다고 유감일 것도 없다. 슈퍼가 문제는 문제지만 우리집 생필품의 대부분은 세븐일레븐으로도 그럭저럭 해결될 수 있으니까.

세븐일레븐에서 (낮에는 뭐 하는지 정말 모르겠고) 밤에만 알바하는 연변에서 온 나이 먹은 소년소녀들까지도 우리를 보면 모르는 체하지 않는다. 그래서 모모를 데리고 들어가도 언짢은 소리를 하지 않는 우리 동네 세븐일레븐이 좋다. 언짢은 소리는커녕 모모가 귀엽게 생겼다고 하거나, 뭘 근거로 하는 소리인지는 모르겠지만 착하게 생겼다는 소리를 들을 때도 있다. 내가 아니라 강아지가 착하게 생겼다는데 내가 좋아한다. 좋아해야 하는 건지 싫어해야 하는 건지 그 당장은 물론이고 나중에 생각해 봐도 애매한 말을 들은 적도 있다. 매니저가 나와 있던 날이었다.

"강아지가 할머니하고 닮았네요."

"개는 주인 닮는다잖아요, 날 닮아서 순해요."

"아니, 그게 아니라, 인상이, 얼굴이 닮았어요, 정말."

모모를 데리고 동물병원에 간 날, 원장 선생님은 유기견한테 물린 요크셔 테리어를 치료하고 있었고, 진료실 밖에는 아버지와 어린 아들 둘이 라면 박스 속 새끼 고양이를 들여다보고 밥 안 먹어서 큰 걱정이었고 젊은 여자 품에서 콧물 질질 흘리고 있는 두 달배기 토끼가 차례를 기다리고 있었다. 고양이가 토끼보다 먼저 왔든 토끼가 고양이보다 먼저 왔든 고양이와 토끼의 진료와 치료가 끝나기를 기다리고 있는 중인데 풍선만 한 말티즈를 안고 들어온 중년 여인이 모모와 나를 보자, "어머나! 세상에! 너무 닮았어요!"라고 하더니 (놀라기는 정말 놀랐는지) 벌린 입을 잠시 벌린 채로 내버려두었다. 세븐일레븐 매니저 건도 있고 해서, 솔직히, 듣기 좋은 소리는 아니었지만 그렇다고 "듣기 싫다"고 하기도 뭐해서 어물쩍 넘어가려고, "아, 그래요?"로 응수해 주었더니 신이 나서 한 술 더 떴다. "정말이에요, 들어오자마자 딱 알아보겠더라구요!"

서울역 근처 오피스텔에서 한 달 남짓 지낸 적이 있었다. 오피스텔을 나와 횡단보도만 건너면 서소문 공원이라서 모모를 데리고 수시로 공원을 들락거리던 어느 날, 그 일이 또 일어났다. 산책을 마치고 돌계단을 내려와 횡단보도를 건너려고 차도에 내려섰는데 맞은편에서 허름한 등산복 차림의 아주머니 한 분이 우리와 동시에 차도로 내려섰다. 일부러 고개를 돌리기 전에는 피차 서로를 마주보며 걸을 수밖에 없는 상황이었다. 대여섯 걸음도 못미처 중간 지점에 이르렀을 때 생전 처음 보는 그 아주머니는 모모하고 나를 정면으로 바라보면서 웃는 낯으로, "서로 닮았네"라고 한 말씀 던지고 갔다.

자기가 보고 느낀 것을 상대방 면전에 대고 보고 느낀 대로 정직하게 말하기란 쉽지도 않고 흔치도 않다. 나하고 모모를 본 많은 사람들 중에서 나하고 모모가 비슷하게 생겼다고 나한테 대놓고 말한 세븐일레븐 매니저와 병든 말티즈 보호자와 오피스텔 앞 횡단보도에서 마주친 아주머니는 흔치 않은 사람에 속하는 사람들이다. 흔치 않은 사람에 속하지 않는 사람들도 나하고 모모를 보면 말을 안 해서 그렇지 속으로는 세븐일레븐 매니저나 말티즈 보호자나 오피스텔 앞 횡단보도에서 스쳐간 아주머니와 같은 생각을 할지도 모른다.

나는 개가 아니라 사람이고 모모는 사람이 아니라 개다. 개같이 생긴 사람은 있지만 사람같이 생긴 개는 없다. 그러므로 모모하고 나하고 우리 둘이 닮았다는 말은 나는 모모를 닮았고 모모는 나를 닮았다는 말이 아니라 내가 모모를 닮았다, 돌려차서 말하면, 내가 개같이 생겼다는 말이다. '나는 개같이 생겼다'와 '나는 여자다'를 합치면 '나는 개같이 생긴 여자다'다. 홧김에 확 줄이면 '나는 개 같은 년'이 된다.

'사람 X는 개 Y같이 생겼다'의 진위 여부는 X와 Y를 나란히 놓고 동시에 볼 수 있는 상황에서만 가능하다. 나란히 놓여 있기 때문에 X인 나는 내가 Y인 개같이 생겼는지 생기지 않았는지 알 수 없고, Y인 개는 개대로 자기가 X인 사람같이 생겼는지 생기지 않았는지 알 수 없다. 즉, 누군가가 사람 X인 나하고 Y인 개를 동시에 보면서 '내가 개같이 생겼다'고 말한다면 나는 '나는 개같이 생겼다'를 인정해야만 한다. 그럼에도 불구하고 나는 억지를 부린다. 내가 개같이 생겼다고 말하는 사람이 있거나 말거나, 내가 자기같이 생겼다고 생각하는 개가 있거나 말거나, 나는 내가 개같이 생겼다고 생각하지 않는다. 또한 나를 보는 모든 종류의 모든 개들이 내가 자기들같이 생겼다고 생각하는 것이 사실이라 해도 그건 어디까지나 개들의 생각이며 혹시 그 같은 생각을 자기들 언어로 함께 드높이 외쳐댄다 하더라도 개들의 함성이란 우리네 사람들에게는 어디까지나, 언제까지나 '개소리'에 불과하므로 자기들이 나의 생김새에 대해서 자기들끼리 합의를 보고 함성을 지르거나 말거나다. 그러나 일반적으로 말해서, 어떤 한 특정 인물의 외양에 관해서 모든 사람의 생각이 결코 동일할 수 없다는 것은 사실이지만, 그렇다 하더라도 나를 보는 대다수 보통사람들의 의견이 내가 개같이 생겼다는 것으로 합의를 본다면, 그렇다면 내가 '나는 개같이 생기지 않았다'고 우겨봤자다. 내가 어떻게 생겼는지, 내 얼굴이 누구의 얼굴을, 무엇의 얼굴을 닮았는지 나는 모른다. 거울 없이는 모른다. 나한테 분명한 사실은 거울 속의 나는 (개가 주로 어떻게 생겼는지 알고 있는 내가 보기에는) 전혀 개같이 생기지 않았다는 것이다. 그러나 거울에 나타나는 영상이 단연코 나라는 근거도 없지 않은가. 어쨌든, 사람들은 나하고 개를 동시에 보고 나서 나하고 개가 닮았다고 한다. 잠깐, 혹시 나라는 나는 내가 보는 나와 남이 보는 내가 동일하지 않은가? 분명한 것은 내가 거울을 통해서 보는 나도 나지만 남들이 자기들 눈을 통해서 보는 나도 나라는 것이다. 그러나 나는 둘이 아니라 하나다. 하나이어야 한다. 그리고 나는 눈이 두 개뿐이지만 남들의 눈은 최소한 네 개에서 시작하니까 그렇다면 나의 두 눈으로 거울을 통해서 보는 나보다 한 사람 이상의 사람들이 네 개 이상의 눈으로 보는 내가 나에 더 가까운 '나'가 아닐까? 결국 내가 보는 나보다는 남이 보는 나가 더 나인가?

정리해 보자.

1. 내가 나라고 보는 나는 나다.
2. 내가 나라고 보는 내가 나라면 나는 개같이 생기지 않았다.
3. 남이 나라고 보는 나도 나다.
4. 남이 나라고 보는 나도 나라면 나는 개같이 생겼다.
5. 나는 개같이 생겼을 수도 있고 개같이 생기지 않았을 수도 있을 수는 없다.
6. 내가 나라고 보는 나는 내가 아니라 다른 누구일 수는 없다.
7. 남이 나라고 보는 나는 내가 아니라 다른 누구일 수는 없다.
8. 남이 보는 내가 내가 보는 나보다 나에 더 가까울 수도 있나?
9. 나는 나이기도 하고 내가 아니기도 하나?

#4

미친 사람과 미치지 않은 사람의 차이는

이미 미쳤다와 아직 미치지 않았다다.

나의 신체에 소속된 뼈의 일부가 한 번에 제자리에 제꺽 맞혀놓을 수 없는 상태로 망가졌다. 그래서 나는 실내에서는 물론이고 옥외에서도 떼었다 붙였다 할 수 있는 반깁스를 하고 나다니고 있다.

어쿠, 반깁스가 정확히 뭔지 모르면서 지금 이 이야기를 읽고 있는 사람이 있다면? 뭔가를 읽고 있다고 해서 읽고 있는 그 뭔가가 정확히 뭔지 아는 사람은 흔치 않다. 나로 말하자면, 평생 읽은 참으로 많은 책들 중에서 내가 뭘 읽는지 알면서 읽은 책은 전체의 1/5도 채 안 된다. 대략 스무 살 때부터 읽기라는 것을 시작해서 지금 일흔 살이라면 나는 뭔지도 모르는 상당량의 뭔가를 반세기 동안 읽어 왔다는 게 된다. 한심하고 끔찍하지만 사실이다. 나는 '누구라도 읽기만 하면 모를 게 없는 이야기'를 쓰고 싶다. 그래서 내 이야기를 읽는 사람 중에 혹시라도 반깁스가 뭔지 정확히는 모르는 사람이 있을 경우를 감안해서 반깁스에 관하여 누구라도 읽기만 하면 모를 수 없도록 간략하게 한 문장으로 설명하겠다.

반깁스란누군가의뼈가어쩌다금이갔거나시원찮게부러졌을경우에다시말하면누군가의뼈가딱!소리나게야무지게부러진게아닌경우에사용하는처치방법으로써어정쩡하게부러진뼈들이제자리로돌아가기를바라는그누군가는평소에다니던대학병원에가서입원절차를밟고입원전날밤은입퇴원수속절차를담당하는사무실에서사무직원과의합의하에결정된병실에서익일수술관계로저녁끼니를거른채뒤숭숭한상태에서밤잠을설치고아침이되면자고일어난침대에서수술실로가는침대로옮겨져누운채로수술실에도착하면병실에서수술실까지누워서실려온침대에서수술대로들어옮겨져수술대에벌러덩눕혀져서국부나전신이마취를당하는일이신속히종결되고나면그누군가의외과담당의사가나타나해당부위를메스로부욱그어열어제친다음아무렇게나널브러진뼈나부랭이들을금속판고정술로제자리에제대로안치해놓고나서수술전에갈라놓았던피부를시침질로봉합하는것으로수술을마치고수술대를떠나면그누군가는수술대에서병실로갈침대로옮겨져마침내병실에도착하고나서담당의사가지정한기간동안병실에서먹고자고를되풀이하다보면담당의사가그날이나그다음날오전에집에가고싶으면가도좋다는날이오는데그러면그누군가는그날이든그다음날오전이든둘중한날을선택하고나서퇴원절차를밟기위해서입퇴원사무실에가기전에반드시들려야하는평범한크기의방에가서응급상황재발사전방지차원에서간단한처치를받는데이것이이름하여반깁스다.

사고라고 하는 예기치 않게 발생한 언짢은 일로 인해 신체의 일부가 일순간에 부실해져 버린 사람의 머릿속에 제일 먼저 떠오르는 것은 실로 사람마다 다르겠지만 나의 경우 떠오른 것은 응급실이었다.

고통으로 혼탁해진 기억에서 제일 만만한 친구를 잡아떼어 연락했다.

십 분, 십일 분이 지났다.

문득 일전에 치과에서 읽은《월간 교통》에 실린 기사가 떠올랐다. 교통문화산업지식부 산하 교통문화산업지식 조정부가 지난 6월 25일 국회에 제출한 상반기 연구 실적 보고서에 의하여 지난해 상반기 동안 전국 21개 주요 도시의 중심 및 주변에서 발생한 총 254,378,619건의 각종 중 · 소형 사고의 0.128퍼센트에 해당하는 3,256,046건의 공통점은 '부러진 손목'을 수반하고 있다는 사실이 밝혀졌으며, 이로 인한 가해자 · 피해자 간의 피해보상 문제를 조정하는 과정에서 조정부는 피차에게, 즉 가해자와 피해자에게 보다 합리적이고도 만족스러운 피해보상을 책정하려는 의도에서 '손목이 부러졌다'가 시사하는 피해의 폭을 과학적으로 규명토록 국립과학수사연구원에 의뢰하였고 이에 국과수는 '표준편차 0, 오차 0.009'라는 연구 결과를 25분 만에 교문산지 조정부에 보내왔으나 이를 답변이랍시고 받은 조정부 실무진 팀장으로서는 표준편차나 오차가 유기농인지 무기농인지조차도 모를 뿐만 아니라 0하고 0.009는 뭐가 어떻다는 소린지 아니면 뭐를 어떻게 하라는 소린지 전혀 가늠조차 가능하지 않았으므로 "**혹시**국과수에서뭘잘못보낸건아니겠느냐"고 자신의 견해를 조심스럽게 피력했지만, "**설마**국과수에서그런류의실수를범하겠느냐"는 부장의 평소보다 높은 음성에 팀장의 맹랑한 소견은 일축되었고, 결국 "**차마**국과수에다시문의할수는없다"가 중론이 되었기 때문에 부장은 팀장에게 조정부 전 직원의 참석을 요하는 익일 조찬 회의에서 정식으로 발표할 수 있도록 국과소 연구 결과를, 즉 '표준편차 0, 오차 0.009'를 조정부 정책 수행에 부합되도록 근거 없이 조작하여 당일 점심식사 전에 제출토록 지시하였고 이에 팀장은 우선적으로 국과수 연구 결과 내용을 엄정히 정리 · 분석한 다음 가해자와 피해자 각각의 의무와 권리를 한눈에 볼 수 있도록 미시적인 차원에서 가해자의 의무는 청색, 피해자의 권리는 적색으로 설정하여 일단 정비례 및 반비례 그래프를 완성해 놓고 거시적인 차원에서는 가해자와 피해자가 동시에 소속되어 있을 수밖에 없는 세계와 국가와 도시와 가정의 사각 관계가 대비와 대치로 인한 혼선을 미연에 방지하기 위한 수단으로 세계는 파랑, 국가는 빨강, 도시는 분홍, 가정은 검정으로 대체하여 원 · 타원 · 포물선 · 쌍곡선으로 어우르는 원추곡선을 그려놓고 난 후 그래프와 곡선을 제대로 알아보고 올바로 읽어 '표준표차 0, 오차 0.009'의 의미를 대략적으로나마 이해할 수 있도록 요소요소에 각주까지 달아가며 완성시킨 보고서를 점심식사 15분 전에 부장에게 제출했고 이를 근거로 한 다음날 주요 조간신문 교통사고면에 보도된 기사에 의하면 교통사고로 부러진 손목으로 인한 고통을 호소하느라 사고 현장에서 보통사람이 소모하는 시간은 대략 10~15분에 불과하나 사고로 인한 손목 골절에 수반되는 통증 시간이란 부러진 손목 임자의 지력이나 인생관과는 무관하며 오로지 부러진 손목 골절이 상하 및 좌우로 움직이는 속도를 축으로 구축된 개인의 시간관에 준하는 것이라는 전제 하에 손목이 부러진 후의 10~15분과 손목이 부러지기 전의 10~15분에 각기 필연적으로 내재되어 있는 시간의 유의미한 질적 차이를 규명하기 위하여 대한민국 국적 소지자로서 국내 4년제 대학에서 4년 이상 근무해 온 남녀 교수 2,333명과 이들 교수들과 전혀 모르는 관계가 아니도록 이들 교수들에게서 최소 한 과목을 수강하여 B^0 이상을 받은 대학생 2,333명과 이들 교수들과 너무 잘 아는 관계가 아니도록 이들 교수들에게서 최대 두 과목 이하를 수강하여 C^+ 이상을 받은 대학생 2,333명을 대상으로 '서베이타이거 여론조사'를 실시하여 얻은 결과는 다음과 같다.

- 다음 -

교통사고 전 15분과 교통사고 후 15분이란?

1. 똑같다

2. 다르다

3. 비슷하다

4. 똑같을 수도 있고 다를 수도 있다

문항별로 본 교수 2,333명과 대학생 4,666명의 응답은 다음과 같다.

- 다음 -

문항	교수	대학생
1	0	2,333
2	2,333	0
3	0	1,222
4	0	1,111

*본 설문조사는 종래의 여타 설문조사와는 달리 신뢰도를 높이기 위하여 결과를 전혀 예측할 수 없는 상황에서 실시되었을 뿐만 아니라 형이상학적인 차원에서의 시간의 의미를 규명하기 위하여 응답

자를 부득이 고학력 소지자로 제한하였음을 밝힌다.

십이 분, 십삼 분, 십사 분, 십오 분이 지났다.

잡생각이 잡생각답게 들락거렸다. 대중교통이 훨씬 더 빠르다며 설마 평소처럼 버스나 지하철로 오고 있는 건 아니겠지? 택시가 귀한 시간대라 아직도 택시를 잡지 못하고 있나? 택시 타고 오다가 사고라도 났나? 택시 기사한테 서둘러 달라고 사정사정해서 신호등을 위반하다 교통 순경한테 걸렸나? 혹시 접촉 사고라도 났나? 살짝 긁힌 게 하필이면 렉서슨가? 사모님은 택시 기사한테 삿대질까지 해가면서 지랄지랄하시고, 그렇잖아도 그날그날 입금액이나 걱정하면서 하루하루 살아가는 데 이골이 난 자신에게 넌더리가 나 있던 기사 아저씨는 아저씨대로 '너, 나 잘 만났다!'는 듯이 사모님께 대들었나? 그래서 일단 그 택시에서는 내리고 다른 택시를 잡고 있는 중인가? 그랬거나 저랬거나 간에 지금쯤이면 나타나야 되는 거 아냐? "지금쯤이면 나타나야 되는 거 아냐?"가 머릿속에서 입밖으로 튀어나왔다. 순간, 뭔가가 울컥 치밀어올랐다. 울화였다.

내 울화통의 적재정량은 5그램이다. 즉, 내가 울화통이 터졌다고 하면 내 몸 안에 들어 있는 울화량이 5그램을 초과했다는 말이고, 울화통의 용량이 5그램이다를 보통 말로 바꾸면 소갈딱지가 없다다. 울화통 사이즈는 XXXS에서 XXXL까지 있다. 내 울화통은 트리플 에스다. 참고로 말하자면, 울화통 사이즈는 신장이나 체중과 정비례도 반비례도 하지 않는다. 어떻게 참고가 될지는 모르겠지만 참고로 하나 더 말하자면, 동물의 왕국에서 울화통이 내장된 상태로 태어나는 동물은 인간뿐이다.

울화통이 터졌다에서 울화통이야 물론 실체지만 터졌다는 비유다. 그러니까 '아무개가 울화통이 터졌다'는 '아무개의 울화통이 망가졌다'도 아니고 '아무개의 울화통이 깨졌다'도 아니다. 그건 그렇고, 울화통의 사이즈는 선천적인 것이라서, 다시 말하면 태어날 때 아예 그렇게 태어난 것이라서 나는 참말로 내 울화통 사이즈에 걸맞게 별일도 아닌 일로도 툭하면 울화통을 터트린다. 돌이켜 보면 젖먹이 시절부터 시작해서 오늘 이날까지 한두 번 울화통이 터지지 않은 채 지나간 날은 거의 하루도 없었던 것으로 기억한다. 젖먹이 시절 말이 나왔으니 하는 말인데, 입안에 들어온 엄마 젖꼭지를 잇몸으로 오물오물 빨면서 맛있는 엄마 젖을 맛나게 먹고 있는데 엄마가 (엄마 입장에서 보면 우연히일지 모르지만 내 입장에서 보면 돌연히) 고개를 휘~익 돌리면 내 잇몸과 엄마 젖꼭지가 만들어놓고 있었던 각이 당연히 틀어지게 되고, 각에 변화가 생기는 순간 내 울화통은 기다리고 있기라도 했다는 듯이 즉시 터졌던 것이 아직도 내 기억 속에 생생히 남아 있다. 참, 깜빡할 뻔했는데, 지금이야 남의 나라 말도 열댓 개 하지만 그 당시는 감정만 풍부했지 말이라고는 모국어로도조차 단 한 마디도 할 줄 몰랐기 때문에 나는 '내 울화통이 터졌다'는 걸 엄마가 알아달라고 "꺄~악~꺅"거렸고 그럴 때마다 엄마는 내 말을 즉시 알아듣고 당신 젓꼭지를 원위치로 돌려놓아 주시곤 했다.

걸핏하면 터지는 울화통을 가진 사람은 걸핏하면 울화통을 터트리다가 급기야는 중증만성울화통증후군 환자로 살아가게 된다. 학계에서도 현대인의 반 이상이 중증만성울화통증후군 환자라는 심각한 사실은 사실대로 인정하고 있다. 문제는 전통의학과 현대의학과 대체의학이 결코 예사롭지 않게 하나가 되어 울화병 연구에 13년 동안 매진해 왔음에도 불구하고 일종의 더블딥만 서너 번 반복하고 있다는 점이다. 덕분에 걸림돌의 정체는 확인되었다. "자각증상과 타각증상의 신뢰도 결핍"과 "반성하는 자아와 반성되는 자아의 균열"과 "동물 임상실험의 부재"다. 특히 "동물 임상실험의 부재"를 난제로 꼽았는데, 그 까닭은 기니피그, 흰쥐, 원숭이 등 임상실험의 단골손님들이 연구진한테 제아무리 달달 볶여도 결코 울화병에 걸리지 않기 때문이라고 했다. 한심하다. 의학계에서 정선된 인재들의 집단이, 그래, 울화병에 걸리려면 우선 울화통이 있어야 하고 울화통이란 통은 살아 있는 사람만 가지고 있는 통이라는 것도 몰랐다니!

항간에 떠도는 소리도 한마디로 뒤숭숭하다. 36명의 국내외 석박사들로 구성된 〈한국울화병연구소〉 연구원들도 듣고 보니 딱하고 가엾은 사람들이었다. 해마다 국제 A급 학술지에 등재된 (당연히 영어로 쓴) 논문 세 편의 사본을 연구실적평가심의위원회에 제출해서 연구실적평가심의위원회의 심의를 거친 후 심의 결과에 준한 연구소장의 오케이 승인이 떨어져야만 (더럽지만) 계약 갱신이 가능하니까 혹시라도 연구소에 계속 남아 있고 싶은 사람은 매년 그런 일을 해야 한단다. 〈한국울화병연구소〉에는 그런 조건에서도 계속 남아 있어야만 하는 처지에 놓인 사람들뿐이어서 연구원 전원이 주말에도 연구실에 틀어박혀서 허구헌날 그 짓만 하면서 앉아 있노라면 속에서 불이 왜 아니 나겠는가. 필경 그래서 그러리라. 연구원 두 명에 한 명 꼴로, 다시 말하면 전체 연구원의 딱 절반이 우울증 환자이다. 나머지 반은 울화병 환자일 게다.

무릇 모든 병의 역사가 그러하듯이 울화병의 역사 또한 까마아득하다. 임의로(이긴 하지만 결코 무작위로는 아니게) 을미사변, 아관파천, 대한제국에서부터 살펴보려고 한다. 조선을 조선이라 부르던 시대까지만 해도 이 병은 시어미와 며느리 사이에서 주로 며느리한테 생기는 질환으로서 전형적인 증상은 가슴에서 불이 타오르는 것처럼 심장이 오그라들어서 혹은 터져버릴 것 같아서 숨이 턱 턱 막힌다는 것이었고, 발병 원인을 모르는 사람은 조선 사람이 아니라고 할 수 있을 정도였으나 며느리가 시어미의 구박으로 인해 실제로 가슴이 터져 죽은 사례는 어느 시대 기록에서도 찾아볼 수 없다는 이유만으로 이 질환은 공식 질병 목록에서는 제외되었다. 또한 그 당시에는 울화병을 흔히들 화병이라 불렀으며 이 화병은 바깥주인이 아니라 안주인의 전유물로 치부되었다. 그러다가 국호가 대한제국이 되면서부터 화병은 더 이상 안주인의 전유물이 아니었다.

울화병은 전염성 질환이 아니다. 그럼에도 불구하고 일제강점기에는 안주인이 아니라 바깥주인 사이에서 울화병이 마치 페스트나 콜레라처럼 창궐했다. 그러나 전염병처럼 창궐하는 이 질환은 실은 울화병도 화병도 아니었다. 아니, 애초에 질환이 아니었다. 울화가 아니라 울분과 격분이 원인이었기 때문이다. 실로 대한제국이 낳은 울분과 격분은 대한민국을 낳았다.

잠깐, 울화는 울분이나 격분과는 다르긴 다른 거 같은데 어떻게 다르지? 울화는 쌓인 짜증의 폭발인가? 그럼, 짜증은? 울화는 울분이나 격분보다는 사적인 감정인가? 그럼 울분은? 격분은?

짜증 → 우기는 인간!

울화 → 자살골!

울분 → 광주항쟁!

격분 → 2 · 4 파동!

제2차 세계대전의 시작을 독일군의 폴란드 침공으로 본다면 제2차 세계대전이 발발한 지 3년 되던 해이고, 일본군의 진주만 기습을 제2차 세계대전의 시작으로 본다면 제2차 세계대전이 발발한 지 1년 되던 해, 존 데이비슨 록펠러 3세는 한국 나이로 서른일

곱 살이었다. 그 나이에 이미 록펠러재단 이사장이었던 그는 (무슨 소린지 알 것 같으면서도 모르겠는) 〈인구 증가와 미국의 장래에 관한 위원회〉라는 명칭을 가진 위원회의 위원장으로서 인구 문제에 대한 활동에 적극 관여하고 있었다. 그러던 어느날, 가벼운 아침식사를 마치고 여느 날과 다름없이 가벼운 마음으로 《뉴욕타임스》를 습관적으로 넘기다가 사회면을 들추는 순간, 심박수가 평소(49~54)보다 20은 급증했다고 착각할 정도로 그는 자신의 심장이 무서운 속도로 뛰는 것을 느꼈다. 하나밖에 없는 아들을 전쟁터에 보내놓고 가슴 졸이다 전사통지 전보를 받은 어머니들의 한탄과, 남의 귀한 자식을 세계 전쟁터로 내몬 대통령에 대한 원망으로 가득 찬 서한에서 그는 오랫동안 눈을 떼지 못했다. 그가 받은 충격은 〈인구 증가와 미국의 장래에 관한 위원회〉 위원장으로서 생산기 젊은이들의 떼죽음으로 인한 장래 미국의 인구 감소 가능성에 대한 우려에서는 결코 아니었다는 것이 바로 그 다음날 《뉴욕타임스》 1면에 대서특필된 헤드라인에서 사실로 드러났다. **록펠러재단 새로운 연구소 설립하다**.

새로운 연구소의 설립 동기와 설립 목적에 관한 1면 기사 내용 전체를 이 자리에 그대로 옮겨놓기까지 할 필요는 없을 것 같다. 요점만 간추리면, 설립 동기는 그 전날 읽은 '전사자 어머니들의 편지'였고, '제2차 세계대전에서 아들을 잃고 원통해하는 어머니들 마음의 병을 치유하자'는 것이 설립 목적이었다. 제2차 세계대전에서 아들을 잃고 원통해하는 어머니들의 국적이 미국에 국한

된 것이 전혀 아니었기 때문에 연구소 명칭에는 반드시 인터내셔널이 들어가야 한다는 의견에는 연구원 전원이 동의했다. 문제는 원통해하는 마음의 병이었다. 영어로는 표현할 수가 없어서가 아니라 영어에는 원통해하는 마음의 병을 한마디로 표현할 수 있는 단어가 없다는 것이 문제였다. 명색이 명칭인데 명칭에다 명칭의 의미를 구구절절 풀어놓는다는 건 좀 뭐하잖겠냐는 의견이 압도적인 상황에서 주니어 연구원 총 열한 명 중에서 한 명이 손을 번쩍 들었다. 한국인이었다. 한국어에는 원통해하는 마음의 병이라는 단어가 있다고 그는 자랑스럽게 유창한 영어로 말했다. (유창한 영어로 말한 것이 자랑스러웠던 게 아니라 한국어에는 영어에 없는 단어도 있다는 게 자랑스러웠으리라.)

"그래? 거, 참 반가운 소리다. 그래, 그게 뭐냐?"

한국인은 고개를 돌려 질문자의 얼굴을 마주보았다. 헨리크 비에른손, 노르웨이계 미국인이었다. 고마웠다. 자기 발언에 즉각 핵심 질문으로 응수한 비에른손이 고마웠다.

한 단어라는 점을 강조하려는 의도에서 한국인은 한 마디로 딱 잘라 병명만 말했다.

"울화병!"

희색이 만면한 연구원들 가운데 유독 한 사람만이 고개를 갸웃거렸다. 헬싱키대 출신으로 미국에 온 지 20년이 넘지만 아직도 핀란드 국적을 고수하고 있는 야우리 까르뚜넨이었다. 한국어와 핀란드어는 둘 다 우랄알타이어족에 속한다면서 처음 만난 자리에서 한국인을 반겼던 사람이었다. 그의 고민은 로마니제이션이었다. '매큔-라이샤워 시스템'과 '마틴의 예일 시스템' 중에서 어느 것을 사용할 생각인지 한국인에게 물어왔다. 좌중에서 까르뚜넨의 질문을 이해하는 사람은 한국인뿐이었다. 당연했다. '한국어의 로마자 표기법'이 두 개나 있는 줄 누가, 뭐하러 알고 있었겠는가. 좌중의 몰이해 속에서 한국인과 까르뚜넨은 약 십일 분 동안 두 시스템의 장단점을 비교한 후 '매큔-라이샤워 시스템'을 사용하기로 합의를 보았다. 그리하여 울화병은 '매큔-라이샤워 시스템'을 통해 ulhwabyong으로 탈이 바뀌면서 〈국제울화병연구소〉의 영어 명칭이 완성되었다.

International Ulhwabyong Research Institute

제2차 세계대전 참전용사 유가족을 위하여 록펠러재단이 설립한 〈국제울화병연구소〉는 1943년 12월 12일 뉴욕 록펠러센터에서 제1회 국제회의를 개최한 이래 현재까지 재단 이사장의 자유재량으로 선정된 개최국에서 격년으로 개최되어 오고 있다. 무슨 연유에서인지 평소에 아시아에 깊은 관심을 보였던 록펠러 3세는 제2회 국제회의 개최국으로 태평양전쟁에서 희생된 수많은 학병들을 떠올리면서 대한민국을 채택했다.

1945년 12월 12일. 대한민국에서 역사상 최초로 개최되는 국제회의인 만큼 부민관이 국제회의 장소로 어떻겠냐는 의견은 어떻겠다는 의견이 일축해 버렸고, 가장 자랑스러운 탑골공원이 어떻겠냐는 의견은 선달에 노천에서 회의는 무슨 얼어죽을 회의냐는 절대 반대 의견에 부딪쳤으나 몽골천막으로 엔간한 추위는 막을 수 있을 뿐만 아니라 설사 막을 수 없다 하더라도 엊그제 죽어간 아까운 젊은이들을 생각하면 겨울 날씨 타령은 어불성설이라는 일침에 절대 반대 의견도 꼬리를 내리면서 개최된 제2회 국제회의에는 록펠러재단 이사장이자 〈국제울화병연구소〉 설립자인 존 데이비슨 록펠러 3세가 친히 참석하셨다는 기록이 미국 워싱턴에 소재하고 있는 스미스소니언 박물관에 록펠러가 4세들의 일관된 일괄 반대에도 불구하고 아직도 아주 잘 보관되어 있다는 소리를 얼핏 들은 적이 있다.

허겁지겁 다가오는 친구 모습이 눈에 들어오는 순간 잡생각의 꼬리가 툭 잘려 나갔다.

#5

자기가 미쳤는지 미치지 않았는지 모르기는
미친 사람이나 미치지 않은 사람이나 다르지 않다.

응급실에 도착했다.

유리문을 밀면서 안으로 들어섰다. 들어와 보니 진짜 응급실로 들어가는 문은 응급실 건물 정문을 들어서자마자 복도 오른쪽에 있는 유리문이었다. 밀어도 열리고 당겨도 열리는 유리문을 내 친구는 손목 부러진 자기 친구가 편히 들어갈 수 있도록 한껏 밀어 젖히고는 등판으로 버티고 있었으므로 나는 곧바로 응급실 안으로 들어가려고 하는데 뒤에서 우리를 불러세우는 소리가 들렸다.

"저기요! 그냥 들어가시면 안 됩니다. 들어가시기 전에 여기서 이거 먼저 기입하셔야 합니다."

"기입요? 이보세요! 그게 손목 부러져서 온 사람한테 할 소립니까?"

"보호자분이 기입하셔도 됩니다."

내 친구는 즉석에서 내 보호자가 되어 창구 직원이 기입하라는 대로 기입했기 때문에 우리 두 사람은 당장이라도 응급실 안으로 들어갈 수 있었다. 그래서 우리 두 사람은 당장 응급실 안으로 들어갔다.

- 응급실 안 -

놀라워라! 오른쪽에 창구가 또 있다!

이유가 있었다. 조금 전의 창구는 환자에 관한 기본 정보를 기입해서 제출하는 창구이고, 지금 창구는 환자가 처치실에 들어가기 전까지 지켜야 할 주의 사항을 전해 듣는 창구였다.

"성함하고 주민등록번호가 어떻게 되시죠?"

"어떻게 되냐니요?"

"말씀하시라구요."

"방금 밖에서 그런 거 다 적어놓고 들어왔는데요."

창구 직원은 자기가 내 태도를 불쾌하게 여긴다는 사실을 혹시라도 내가 모를까 봐 이맛살을 살짝 찌푸려 보여주었다.

"여기가 거긴 아니잖아요."

"나, 여기가 거기라고 한 적 없는데."

이번에는 이맛살을 정식으로 찌푸렸고 목소리도 만만치 않았다.

"뒤 환자분이 차례 기다리고 계세요."

"그래서요?"

바깥 창구에서 내 보호자였던 친구가 다시 또 내 보호자가 되어 내 이름하고 주민등록번호를 읊어주었다. 창구 직원은 내 친구가 불러주는 대로 받아적고 나서 고개를 까닥 치켜들어 나를 정면으로 바라보면서 냉랭하게 말했다.

"기다리시는 동안에는 어떤 음식이든 잡수시면 절대 안 됩니다."

"당신 보기에는 내가 뭐 먹으러 여기 온 거 같아요?"

"다음 환자분!"

- 호명되길 기다리며 -

"기다리는 동안 이거 대고 계세요."

기역자로 꺾인 내 왼쪽 손목을 뻔히 쳐다보며 2센티미터 두께의 직사각형 얼음팩을 내밀면서 간호사가 나한테 하는 말이었다. 나는 진심으로 깜짝 놀라서 간호사가 뻔히 쳐다보고 있는 내 왼쪽 손목을 오른쪽 검지로 가리키면서 한마디 하지 않을 수 없었다.

"그걸요? 여기다 그걸 어떻게 댑니까?"

"그냥 대세요."

넌 그냥 간호사 하세요, 난 그냥 죽지요, 뭐, 하려다가 다른 데도 아니고 응급실에서 간호사 성질 긁어 좋을 것 없겠다는 생각이 들어서 참았다.

"아, 네~에."

- 반 시간 정도 지난 후 -

사무직원 같아 보이나 그냥 앉아만 있는 여자에게 비굴하지도 않고 거만하지도 않게 보이도록 신경을 쓰면서 얼음팩을 내밀었다.

"이거, 어, 새 걸로 좀 바꿔 주세요."

그냥 앉아만 있던 여자는 그냥 앉은 채로 나를 똑바로 올려다보면서 사무적인 어조로 말했다.

"아직 그냥 더 쓰셔도 돼요."

"아니, 뭐, 그냥 됐습니다."

그러고 나서 보란 듯이 휴지통에 휘~익 던져버렸다.

- 다시 반 시간 정도 지난 후 -

와글와글 소리가 유리문을 제치고 안으로 들어왔다. 궁금했다. 유리문을 밀고 나갔다. 복도에서 서성거리고 있던 친구가 성큼 다가왔다. 눈을 깔고 턱으로 나무벤치를 가리켰더니, 뭘 어떻게 하면서 놀았는지 입술이 찢어진 (여대생인 듯 싶은) 젊은 여자애가 자기를 응급실로 데려온 입술이 찢어지지 않은 여자애 두 명하고 복도 나무벤치에 아무렇게나 앉아서 남들이 보면 무슨 신나는 일이라도 생긴 줄 알 정도로 깔깔거리면서 참으로 명랑쾌활하게 떠들어대고 있는 중이라고 일러주었다. 그리고 이건 내가 직접 보고 들어서 착오 없이 덧붙이는 말인데, 입술이 찢어지지 않은 젊은 여자애 둘은 입술이 찢어지지 않아서 그랬다 쳐도 입술이 찢어진 젊은 여자애는 입술이 찢어졌다면서도 입술이 정말 찢어지긴 찢어진 건지 의심될 정도로 셋 중에서 제일 큰 소리로 제일 많이 떠들었다. 여하튼 젊은 여자애들 셋이서 어찌나 그악스럽게 떠들어대던지 결국에는 응급실 안에 있던 간호사가 밖으로 나와 나무 벤치를 똑바로 응시하면서 "조용히 좀 해 주세요!"라고까지 했건만 "조용히 좀 해주세요"가 경고가 아니라 부탁으로 들리는지, 그리고 부탁이라면 들어줄 생각은 없는지, 젊은 여자애들 셋이 웃고 떠드는 소리는 입술이 찢어진 젊은 여자애가 호명당하는 순간까지 그치지 않았다.

찢어진 정도가 별 것도 아니었던지 처치실로 들어간 지 30분도 안 돼서 젊은 여자애는 오른손으로 입을 살포시 가리고 복도로 나왔다. 그러고는 뒤늦게 소식을 전해 듣고 정신없이 달려온 어머니를 붙들고 울먹이면서 이제 다 괜찮으니 제발 자기 걱정은 마시라며 외려 어머니를 위로했다. 늙은 여자라도 입술을 꿰매면 괜찮을 게 없을 텐데 하물며 젊은 여자애가 입술을, 그것도 방금 꿰매고 나와서 이제 뭐가 다 괜찮다는 것인지 나로서는 모를 일이었다. 모를 일이면서도 그런 상황에서 그런 말로 어머니를 위로하는 젊은 여자애가 밉지 않았다.

- 아직도 호명되기를 기다리며 -

응급실에는 의사와 간호사가 사용하는 의료기기 이외에도 사무 직원을 위한 책상도 두어 개 있다. 그중에서 나한테 가까이 있는 책상에 다가가서 (손목이 멀쩡했던 평소의 나답잖게) 실로 공손하게 물었다.

"저, 제가 말예요, 여기 온 지 한 시간쯤 됐는데, 앞으로 얼마나 더 기다려야 하나요?"

"그냥 기다리세요. 온 순서대로 하니까요."

순서대로? 좋다. 병원이 좋은 점도 바로 그거다. 간호사는 환자가 예약한 '순서대로' 한 번에 한 명씩 의사선생님 진료실에 들여보내고 의사선생님 진료실에 들어간 환자는 의사선생님 진료실에 들어갔던 '순서대로' 한 번에 한 명씩 의사선생님 진료실을 나온다. 그러나 응급실은 다르다. 응급실에서는 예약을 받지 않는 것을 원칙으로 한다. 입술 찢어진 사람이나 손목 부러진 사람이 산소 마스크 쓴 채 앰뷸런스에 실려온 사람한테 자기가 먼저 왔으니까 자기가 먼저 응급처치를 받아야 한다면서 '순서대로'를 내세울 수는 없는 곳이 응급실이다. 그러나 제 발로 응급실을 찾아온 사람들에게는 '순서대로'가 적용되어야 한다는 것이 내 생각이다. 내가 지금 하고 싶은 말은 **'입술이 찢어져서 온 젊은 여자애나 손목뼈가 부러져서 온 늙은 나나 둘 다 제 발로 응급실에 왔다'**는 사실이다.

입은 하나만 있어야 하고 뼈는 200개 정도 있어야 사람이다. 자, 젊은 여자애도 사람이고 나도 사람이다 보니 젊은 여자애나 나나 얼핏 보기에도 입은 딱 하나밖에 없지만 눈으로는 얼추나마라도 헤아려 볼 수 없는 내 몸 속 뼈의 수효와 그 젊은 여자애 몸 속에 들어 있을 뼈의 수효는 동일할 수도 있고 동일하지 않을 수도 있다. 다시, 자, 사람이 사람 같아 보이려면 입은 하나만 있으면 되지만, 아니, 하나도 없거나 하나 이상 있으면 사람 같아 보이지 않지만, 뼈의 경우는 다르다. 200여 개 중에서 한두 개가 부러졌다거나 두어 개가 부실하다 해도 사람은 사람이다. 200여 개 뼈 중 하나에 불과한 뼈라 할지라도 뚝! 부러진 뼈가 하필이면, 예를 들어, 목뼈라면 그 뼈 임자는 물론 죽지만, 찢어진 입술이나 꺾어진 손목뼈는 치명적인 부상은 아니다. 다만, 지그재그로 부러져서 기역자로 꺾어진 손목뼈와 누가 보아도 말도 잘하고 웃기도 잘하는 찢어진 입술 중에서 어느 것이 더 화급하게 응급처치를 받아야 하는지, 솔직히 말해서, 나는 모른다. 그러나 내가 잘 아는 사실이 하나 있다. 젊은 여자애는 나보다 삼십 분 정도 나중에 도착했는데 온 '순서대로' 한다고 했으니까 한다고 한 대로 했다면 내가 젊은 여자애보다 당연히 먼저 응급처치를 받아야 하는데도 불구하고 실제로 응급처치를 먼저 받은 사람은 내가 아니고 젊은 여자애였다는 사실이다.

'말도 잘하고 웃기도 잘하는 찢어진 입술'로 인하여 겪는 고통이 얼마나 극심한 것인지 나는 모른다. 내가 아는 것은 아무렇게 나 부러져서 90도로 축 늘어진 손목으로 인한 고통은 말로 표현할 수 없다는 것이다.

말할 수 없이 아프다는 말은 아주 많이 아프다는 정도의 말이 아니라 말로서는 고통의 강도를 전달한다는 것이 불가능하다는 말이라는 걸 나는 어린 나이에 독하게 배웠다.

교회를 교회라고 부르는 것보다는 예배당이라고 부르는 것이 자연스럽게 들리던 시절이었다. 자연스럽게 들렸다고 해서 그 시절 어른들한테는 예배당이 가고 싶으면 가고 말고 싶으면 마는 장소는 아니었다. 교회인지 예배당인지가 뭐 하는 데인지 궁금하기도 해서 (딱 한 번 가봐 가지고는 뭐 하는 데인지 제대로 알 수 없으니까) 어쩌다가 두어 번 들락날락이라도 하는 날에는 '예수쟁이'라고 하는 붙이기는 쉬워도 떼기는 수월치 않은 딱지가 붙기 때문에 서양 선교사와의 관계가 각별하지 않은 어른들은 예배당 출입을 아예 삼가던 시절이었다. 지금 생각이지만, '친일파'가 한창 손가락질 받던 때라서 예배당은 미제니까 '친미파' 소리를 듣게 될까 봐 지레 겁을 먹고 애초부터 예배당을 멀리 하지 않았나 싶기도 하다. 어쨌거나 어른들 세상에서는 그랬지만 동네 아이들 중에서는 예배당 가기 싫다는 아이는 한 명도 없었다.

아이들의 동무는 누구뇨 누구뇨

아이들의 동무는 우리 예수님
호산나를 부르자 호산나를 부르자
아이들의 동무는 우리 예수님

가사도 쉽지만 곡조는 더 쉬웠다. 빠른 아이는 한 번에 뚝딱 배웠고 소질이 없는 아이라도 대여섯 번 어찌어찌 따라하다 보면 어느새 꿱 꿱 잘도 불렀다. 잘도 불러야 했다. 잘도 불러야 사탕도 얻어먹고 잘도 부르면 껌도 얻어씹고 운좋은 날에는 초콜릿도 나왔다. 그리고 주최 측에서는 교회를 찾아오는 꼬맹이들을 실망시킨 적이 없었다.

모든 날들이 모두 행복한 날들만은 아니라는 점에서는 아이들 세상도 실은 어른들 세상이나 별반 다를 바 없다. 평생 잊을 수 없는 그날은 일요일이었다.

엉성한 아침밥을 대충 먹고 나서 또래들하고 같이 발걸음도 가볍게 예배당에 갔다. 노래 하나 부르고 사탕 하나 얻어먹고 노래 하나 더 부르고 사탕 하나 더 얻어먹고. 노래가 끝나서 사탕도 끝나면 우리는 예배당 마당으로 달려나가 우리끼리 재미나게 놀았다. 그게 우리들의 일요일이었다. 예배당 마당은 실컷 뛰고 맘껏 달려도 더 뛰고 더 달릴 자리가 남아 있는 서울운동장이었다. 대여섯 명이 하나 되어 소리소리지르면서 이리 뛰고 저리 달리고 괜히 신바람이 나서 그냥 그러고 있었는데…… 영자 오빠가 나타났다. 오빠래 봤자 영자보다 겨우 세 살 많았고 영자는 여섯 살짜리 나하고 동갑이었으니까 영자 오빠는 아홉 살, 고작 초등학교 3학년이었다. 지금이니까 겨우니 고작이니 하지만 당시 영자 오빠는 나한테 서울운동장이었다.

'눈깔사탕'이 서울운동장 별명이었다. 그 귀하다는 쌍꺼풀까지 있는 부리부리한 눈은 우리 엄마, 아버지, 나, 세 사람 눈을 합친 것보다 조금 더 컸다.

"니들, 그지냐? 니들이 그지냐구?!"

금방 알아들었다. 창피했다. 억울했다.

마당을 가로질러 뛰었다. 달렸다. 층계가 나왔다.

평평한 한길에서부터 시작하는 층계를 56개 올라가면 널찍한 층계참이 나오고 층계참에서부터 55개를 더 올라가면 예배당 마당이었다. 우리 중에서 층계가 정확히 모두 몇 개인지 모르는 아이는 없었다. '깽깽발놀이' 때문에 모를 수가 없었다. 두 명이 짝이 되어 가위바위보로 올라갈 때는 이긴 사람이 깽깽발로 한 층 먼저 오르고, 내려올 때는 이긴 사람이 깽깽발로 한 층 먼저 내려오고, 층계 하나 하나 오르내릴 때마다 자기가 딛고 있는 층계 수를 외쳐대고. 정확히 111개였다.

다다다다다다다다다다다다다다다다다다다다다다다다다다다다다다다다다다다다다다**닥**!

발바닥이 층계참에 닿는 순간 두 다리가 후들거렸지만 오른발은 이미 층계참을 떠나 있었다.

오른발 · 왼발 · 오른발 · 왼발 · 오른발 · 왼발 · 오른발 · 왼발 · 오른발 · 외~엔~~~**발**!

영자 오빠가 양팔로 감싸안아 일으켜 보려고 했지만 무릎팍이 뭉그러져서 일어날 수가 없었다. **말할 수 없이 아팠다.**

엇! 내 이름!

#6

미치고 싶다고 해서 미치는 게 아니듯이

미치고 싶지 않다고 해서 미치지 않는 것이 아니다.

성급히 확 밀어 닫다가 손을 채 빼기 전에 서랍이 닫혀 버리면 펄펄 뛴다. 뭔가가 가로막고 있다고는 상상도 못할 정도로 맑게 닦인 유리문이 생사람 잡기도 한다. 손톱은 시커멓고 이마에서는 피가 흐른다. 그러나 서랍도 유리문도 혼절을 유발하지는 않는다. 이런 경우 성인에다가 보통 사람이라면 119나 구급차를 찾지는 않는다. 제 발로 응급실을 찾아간다. 제 발로 찾아왔기 때문에 응급실에서는 '어정쩡한 응급환자'로 분류된다. 119에 전화해서 구급차 타고 오지 않은 걸 후회하는 사람이 실은 한둘이 아니다.

어정쩡한 응급환자는 품행이 방정해야 한다. 언행이 불손해서도 안 된다. 다친 게 무슨 유세라고 의료진에게 딱딱거리는 사람을 간혹 볼 수 있는데 뭘 몰라도 한참 모르는 게 분명하다. 응급실에서 근무하는 직원, 간호사와 그날 응급실 근무에 떨어진 인턴, 레지던트는 자기들만의 네트워크를 통해서 품행이나 언행이 고약한 사람에 관한 정보를 공유한다. 그리하여 해당 사람의 차례가 되면 오만했던 품행이나 불손했던 언행에 대한 값을 치를 수 있도록 여러모로 신경을 써준다.

- 촬영실 밖 -

쉰은 넘어 보이는 여자가 나를 보더니 손목이 부러져서 응급실에 온 사람이 자기 혼자만이 아니라서 반갑다는 듯이 얼굴이 환해진다.

"어머나, 거기두 손목이 부러져서 오셨네요!"

"네? 아, 네……."

"아이, 어쩌다 그렇게 되셨어요?"

"아, 뭐, 그냥……."

"난 10킬로짜리 천일염을 집어들다가 오른쪽 손목이 삐걱했는데 내가 좀 아프다고 하니까 부러진 거 같다고들 수선을 떨어서, 우리집 애들이 좀 그래요, (그러더니 묵묵히 옆에 앉아 있는 커다란 남자의 오른쪽 무릎을 왼쪽 손바닥으로 퍽! 소리나게 내려치면서) 여기 얘가 우리 큰아들인데 얘는 퇴근했다 하면 집이거든요, 그래서 난 얘가 운전해서 왔어요. 혹시 혼자 오신 건 아니죠? 연세도 있으신데."

"아는 사람이 데려다줬어요."

"아는 사람보단 아무래도 자식이 낫죠, 아는 사람은 그냥 아는 사람이지만 자식은 자식이니까요. 우리 애들한테 내가 항상 하는 말이 있는데 얘니 재니 해도 식구만큼……."

"난 자식 없어요."

"어머나, 그러시구나, 어쩜 좋아, 젊어서는 젊으니까 그렇다 치고 나이 먹어서는, 늙기까지 했는데, 늙은 것도 서러운데, 자식 하나 없이 달랑 혼자 살아야 한다면, 난 그렇게는 못 살아요, 그렇게 살아서 뭐해요? 어떻게 그렇게 사셨대요?"

큰아들이라는 남자가 벌떡 일어섰다가 털썩 주저앉는다.

"그러게요, 그랬네요."

"그래, 어쩌다 못 낳셨대요? 남편 분한테 문제가 있었나……?"

"결혼 안 했어요."

"어머나, 그러셨군요, 허긴 결혼이라는 게, 그게 말처럼 그렇게 쉬운 것도 아닌 것 같아요. 둘이 서로 좋다고 해야 되는데, 남자는 여자가 좋아 죽고 못 사는데 여자 마음은 다른 남자한테 가 있는 경우도 있잖아요, 그러니까 그게 짝사랑이라고 하는 거겠지만 짝사랑이 좋아서 짝사랑하는 사람이 어디 있겠어요? 그런데도 그게 마음대로 되는 건 아닌가 봐요. 우리 시동생은 젊은 시절에 한 번 보고 반한 여자한테……."

간호사가 여자한테 다가와서 간이침대가 놓여 있는 쪽을 가리킨다.

"저기, 저 비어 있는 침대에 가서 누우세요."

"침대요? 왜요?"

"촬영실에 들어가기 전에 진정제, 진통제 주사 맞으셔야 해요."

엑스레이만 달랑 찍는 줄 알았다가 침대, 진정제, 진통제 소리까지 나오니까 얼굴이 밝아지면서 아들을 재촉한다.

"얘, 어서 저리루 가자, 침대루."

"보호자분은 그냥 여기 계세요. 환자분만 침대로 가시고."

간호사가 고개를 돌려 나에게 말한다.

"들어가세요."

"네?"

"촬영실로 들어가시라고요, 엑스레이 찍어야 하니까."

"아~ 네."

- 촬영실 안 -

탈의실에서 환자옷으로 갈아입고 나온다. 남자 두 명 중에서 한 명이 침대를 턱으로 가리키며 친절하지도 불친절하지도 않은 목소리로 지시한다.

"올라와 누우세요."

꺾어진 왼쪽 손목이 무엇에든 닿지 않도록 왼팔을 왼쪽으로 조심스레 벌리면서 침대 모서리를 누르고 있는 오른손을 지렛대 삼아 우선 오른쪽 다리와 엉덩이 오른쪽 부위를 침대 위에 동시에 올려놓고 나서 왼쪽 다리도 끌어올린 다음 전신을 찔끔찔끔 움직여서 한가운데라고 생각되는 지점에서 왼팔은 공중부양 상태인 채 천장을 올려다보며 반듯하게 눕는다.

"이럼 됐나요?"

남자 1이 아무렇지도 않게 내 왼쪽 팔목을 잡아 끌어내린다.

"이걸 이렇게 하면 사진 못 찍습니다."

비명소리도 내지 못하고 입만 쩍 벌린 채 전신을 뒤튼다. 남자 1이 남자 2에게 도움을 청한다.

"안 되겠다. 니가 팔다리 잡아, 움직이지 못하게."

남자 2가 왼손으로는 내 오른팔을 누르고 오른손으로는 내 발목을 거머잡는다. 남자 2의 도움을 받아 남자 1이 꺾어진 왼쪽 손목을 강제로 펴면서 엄하게 타이른다.

"움직이시면 안 됩니다. 자, 찍습니다."

돼지 멱을 따나 사람 멱을 따나 멱 따는 소리는 대동소이하다.

남자 2가 내 팔다리를 누르고 거머잡은 채 남자 1에게 묻는다.

"근데 그 교수 아까는 왜 그런 소릴 했대?"

"알 게 뭐야. 지 기분 안 좋으면 그러는 게 어디 어제 오늘 일이냐."

침대 발치 쪽 3미터 남짓한 높이에 고정된 스크린에 뜬 사진을 흘깃 보더니 남자 2가 한마디 한다.

"어유, 이거 많이 부러졌는데. 니 생각은 어때? 우리가 또 돈 좀 써야겠지?"

"그래야지, 별 수 있냐? 드러워서."

그제야 스크린이 남자 1 눈에 들어온다.

"어, 저기가 저러면 이거 곤란한데……."

남자 1이 노골적으로 짜증을 낸다.

"에이 씨, 귀찮게 됐네. 야, 다시 찍어야겠다."

남자 2가 다시 내 오른팔을 누르고 발목을 거머잡는다.

"움직이면 자꾸 다시 찍어야 하니까 움직이지 마세요."

남자 1이 다시 사진을 찍기 위해서 다시 내 왼쪽 손목을 억지로 꺾어 펴려고 하지만 나 또한 격렬하다.

"안 되겠다, 나가서 누구 하나 데려와라."

남자 2가 남자 3을 데리고 들어오면서 남자 1에게 묻는다.

"오늘 장소, 아직 안 정했냐?"

남자 1이 남자 2의 질문에 대답하면서 남자 3에게 지시한다.

"음, 아니. 무릎하고 발목 꽉 잡아, 움직이지 못하게."

그러고 나서 남자 2에게 부탁한다.

"넌, 어깨하고 고관절. 이번으로 끝내자."

그래도 '언행이 불손한 어정쩡한 응급환자'는 죽지 않는다.

#7

미친 사람은 미치지 않은 사람을 부러워하지 않지만
미치지 않은 사람은 미친 사람을 부러워할 때가 있다.

2015년 3월 2일. 월요일, 맑음.

인터내셔널 컨벤션 역사상 최초로 '개최국 언어를 공식 언어로' 사용하는 아시아 7성종합병원 연맹 주최로 서울 한강호텔 13층 금강홀에서 열린 제3회 아시아 7성종합병원 특실 보조간호사 단합대회에서, "쓸 데 없이 돈만 많은 사람이나 돈만 많은 쓸 데 없는 사람은 어쩌다가 자신이 앓아야 할 상황에 처하면 당연히 특실에서 앓으려고 하고, 혹시라도 빈 특실이 없으면 우선 앓기는 앓아야 하니까 일단 일인실에서 앓다가 특실이 나는 즉시 특실로 옮겨 가서 앓습니다"로 시작한 말레이시아 코타키나발루대학병원 특실 보조간호사 파티마 오마르 씨의 기조연설은 "재벌 1호, 재벌 2호는 각각 특실 2호실, 특실 1호실에서 동일한 질환으로 동일한 기간 동안 동일한 강도로 앓다가 재벌 1호는 누워서 저세상으로 돌아가고 재벌 2호는 일어나서 이세상으로 돌아왔습니다. 이 자리에 참석하신 아시아 7성종합병원 특실 보조간호사 여러분, 여러분께 묻고 싶습니다. 이것은, 이것이, 옳다고 생각하십니까?"로 끝났다.

맨 앞 줄 왼쪽에서 세 번째 의자가 오마르 씨 자리였다. 자리에 앉은 오마르 씨에게 혹시라도 마지막 문장을 질문으로 받아들인 참가자가 있으면 어쩌나 하는 끔찍한 생각이 퍼뜩 떠올랐다. 동시에 절묘한 아이디어 하나가 또 퍼뜩 떠올랐다. 저녁에 있을 합동 식사 시간에 모든 참가자들이, 즉 주최 측 임원들을 포함하여 저녁밥을 먹고 싶어하는 150명의 성인 남녀가 저녁밥 좀 먹으려고 7성호텔에 속하는 한강호텔의 호화로운 식당에 자연스럽게 자리잡고 앉았을 때, 그러나 앉기만 했지 그 누구도 아직 정식으로 음식에 손을 대지는 않았을 때, 바로 그 순간을 포착하여 자리에서 벌떡 일어나 준비해 온 마이크를 꺼내들고 착석한 전원의 양해부터 구하는 예의를 지키는 것으로 시작하여 일이 분 정도나 일이 분은 아무래도 다소 길다 싶으면 그냥 딱 일 분 안에 병실 등급과 쾌차 여부의 상관관계에 관해서 한두 마디 한다는 것이었다.

명민한 오마르 씨의 우려는 제대로 들어맞았다. 투르크메니스탄, 조선인민공화국, 키르기즈스탄을 제외한 아시아 41개국에서 참석한 특실 보조간호사 123명은 오마르 씨의 마지막 문장을 질문으로 받아들였다.

그리하여 6개국을 41개국의 대표로 선정하고 선정된 국가에서는 자국 참가자 셋 중에서 한 명을 선발하고 선발된 여섯 명은 123명의 대표로 오전 휴식 시간에 일단 한자리에 모여서 각자 오마르 씨의 질문에 대한 자신의 생각을 숫자화하고 숫자화한 여섯 개를 합산하고 합산한 숫자를 여섯으로 분할하면 분할된 숫자가 곧 여섯 명의 평균 생각일진대 123명의 대표인 여섯 명의 평균 생각이 다름아닌 123명의 평균 생각이 아니라면 다른 그 누구들의 평균 생각이겠느냐로 123명 전원이 즉석에서 만장일치로 합의를 보았다.

10시부터 10시 반까지가 휴식 시간이었다. 117명의 참가자들이 취향대로 커피나 홍차나 녹차를 마시면서 대회장 입구에서 받아 가슴에 달고 있는 명찰 덕분에 "어느 나라에서 오신 누구시냐?"고 물어야 하는 번거로움 없이 눈만 마주치면 서로 마주보며 웃는 낯으로 날씨 얘기를 나누면서 휴식다운 휴식을 즐기고 있는 동안 대표 여섯 명은 휴식 시간의 반이 지나도록 호텔 정원 통나무 벤치에 나란히 앉아만 있었다. 이윽고 아랍에미리트에서 온 특실 남성 보조간호사가 문득 떠오른 생각이라면서 입을 열었다.

"우리가 전깃줄에 일 줄로 쪼르 앉아 있는 것 참새들처럼입니다."

그의 말에 고개를 끄덕이는 이도 있고 미간을 찌푸리는 이도 있었지만 어쨌든 입 하나가 열리자 나머지 입 다섯 개도 일사불란하게 열리기는 열렸다.

바레인 혹시 오마르 씨 질문에 질문 있는 사람 있으십니까? 혹시 그 사람 있으시면 당장 질문하는 것이 좋다고 생각입니다.

싱가포르 나는 당장 질문 있습니다. 우선, '이것은'과 '이것이'는 같은 것입니까? 그럼 왜 반복합니까? 혹시 다른 것이라면, 각각 무엇이고 무엇입니까?

쿠웨이트 답은 간단하십니다. '이것은'은 '아프다 죽는 것'이십니다. 그리고 '이것이'는 '아프다 사는 것'이십니다. 나는 그렇다고 생각하십니다.

바레인 나는 그렇지 않다고 생각입니다. 둘이 똑같은 것이십니다. '부자들은 앓아도 특실에서 앓고, 죽어도 특실에서 죽는다'입니다. 나는 생각입니다.

사우디아라비아 허! 그렇다면, '이것은, 이것이, 옳다고 생각하십니까?'는 '부자들은 앓아도 특실에서 앓는다는 것이 옳다고 생각하십니까, 부자들은 죽어도 특실에서 죽는다는 것이 옳다고 생각하십니까?'이십니까?

아랍에미리트 아, 나도 그래서니까 그렇게 생각한다고 말하고 싶어합니다.

대한민국 잠깐, 잠깐! '이것은'과 '이것이'는 각자 자기가 생각하고 싶은 대로 생각해도 좋습니다. 그러나 '옳다'란 무엇을 의미하는지만은 자기가 생각하고 싶은 대로 생각한다는 것은 '옳지 않다'는 것이 저의 생각입니다.

어렵사리 마련된 이 자리를 빌려 이제부터 제가 드리는 말씀은 제가 드리는 대로 국으로 들으시리라 믿어 의심치 않으면서 말씀을 이어가도록 하겠습니다. 우선, '옳다'가 무슨 뜻인지 알기 위해서 우리는 '옳다'의 본질을 면밀하게 연구해야 합니다. 그러나, 솔직히 말해서, 죄송합니다, '솔직히 말해서'는 의미론적인 차원에서 볼 때 의미의 부재를 의미하는 부사구니까 '솔직히 말해서'는 삭제하고 다시 말씀드리자면, 그와 같은 연구는 애초부터 있지도 않았고 앞으로도 없으리라 사료된다는 말씀을 유감스럽지만 드리지 않을 수 없습니다.

내친 김에 한국어 어휘 사용에 관한 다른 예도 한두 개 들어보겠습니다. 한국인의 대다수는 지나칠 정도라는 의미를 지닌 '너무'를 애용합니다. TV에 출연한 사람들이 '너무'를 남발할 때마다 주최 측에서는 '너무'를 '정말'로 자막 처리합니다만 출연자가 선택해서 사용한 특정 어휘를 방송사 측이 임의로 다른 어휘로 대치한다는 것은 법치국가에서라면 법에 위배되는 행위가 아니겠습니까?

일상에서 TV 시청에 엄청 많은 시간을 할애하며 살아가고 있는 제가 직접 보고 들어서 확언할 수 있는 바로는 '다르다'와 '틀리다'를 구별하지 못하는 평론가도 있고, '가리키다'와 '가르치다'를 구분하지 않는 대학교수도 적지 않습니다. 존댓말도 제대로 구사하지 못하면서 어찌 국회의원이 되었는지는 모르겠으나 어쨌든 국회의원이라는 직함을 가진 자가 한다는 소리가, 'X의원님은 Y라는 견해가 계십니다'라고 아무렇지도 않게 말합니다, 아무렇지도 않겠지요, 아무렇게나 말하는 것이 버릇이 되었으니까요.

말로 빌어먹는다는 변호사가 절도범을 '그분'이라고 부르는 경우도 왕왕 있습니다. TV에 지나치다 싶게 자주 나올 뿐만 아니라 당사자 얼굴 아래에 아무개 변호사라는 이름도 나오니까 TV 좀 본다 하시는 분은 내가 지금 어느 변호사를 염두에 두고 있는지 잘 아실 겁니다. 이 자리에서 당장 그 변호사 이름을 대라면 못 댈 것도 없지만 그 변호사는 내가 지금 자기를 염두에 두고 하는 말이라는 것을 알 테고 그 변호사가 아닌 다른 사람들은 그 변호사의 이름은 알아서 뭐에 쓰겠냐는 생각에서 이름은 밝히지 않겠습니다만 이름을 밝히지 않는 이유가 그 변호사의 명예를 보호하기 위해서는 결코 아니라는 것만은 밝히고 싶습니다. TV 정치토론 패널 멤버들은 또 어떻구요, 일일이 거론하기도 짜증납니다.

그러나 이보다 더 경악할 일도 있습니다. 한가닥 한다는 사람들이 TV에 나와서 토막살인범이나 연쇄강간범에 관해서 부드러운 표정으로 어쩌구 저쩌구 떠들어 대면서 살인자나 강간범을 '그분'이라고 부릅니다. 추측건대, 아무리 살인을 하고 시신을 토막냈다 하더라도, 비록 어린아이를 성추행한 후 뒷산에 묻거나 강가에 던져버렸다 하더라도 그 모두가 인간이 행한 일이므로, 그리고 어디까지나 인권만은 보장해 주어야 한다는 차원에서 '그분'이라는 경어를 사용하는 듯 싶은데, '분'이란 어떤 사람을 높여 부르는 말입니다. 토막난 채 뒷산에 묻힌 어린애가 자기 어린 딸이라 하더라도 가해자를 '그분'이라고 부를까요? 기왕 '그분'이라고까지 높여 놓은 김에 '번거롭게 토막까지 내시느라고 수고가 많으셨겠습니다'라고 해보라지요.

간지럽다와 가렵다를 구별할 줄 모르는 간호사도 있습니다. 칠 년 전 제가 입원하고 있을 때 겪은 일입니다. 당시 제가 들어 있던 병실은 하루에 약 40만 원이나 하는 일인실이었습니다. 일인실이었기 때문에 당연히 홀로 있었고 통증에도 당연히 홀로 괴로워하고 있던 중, 정확한 시간은 기억하지 못하지만 혹시 시간이 문제가 된다면, 어림잡아 새벽 2시쯤으로 기억하고 있다는 말씀은 드릴 수 있으니까 한밤중인 것만은 분명한데 여하튼 한밤중에 문득 제 오른손 손등에서 불붙 듯이 일어나는 센세이션을 감지했습니다. 모기한테 물린 거죠.

오른쪽 장지 첫 마디에서 시작하여 손목까지 놀랍게도 거의 일정한 간격으로, 제가 일일이 헤어보았더니, 여섯 군데가 발그라니 뾸록뾸록 올라와 있었는데 대여섯 마리가 어지간히 배를 채우고 간 흔적인지 아니면 걸신들린 한 마리가 배가 터지도록 먹고 나서 생긴 자국인지는 확실하지 않았지만 어쨌거나 이러다 실제로 미쳐버릴 수도 있겠다 싶게 가려웠으나 손목이 부러져서 수술한 왼손으로는 오른손을 긁을 수가 없어서 침대 머리맡에 붙어 있는 빨간색 간호사 호출 버튼을 눌렀더니 간호사가 즉시 와주기는 와주었습니다만 병실에 모기가 분명히 한 마리 이상 있으니 '홈매트'가 필요하다는 것이 호출된 이유라는 말을 듣더니 삼십 년이 넘는 그 병원 역사상 일인실에서 모기한테 물렸다는 환자는 제가 처음이라는 듯이 고개를 갸우뚱하기에 누가 봐도 모기한테 물린 자국으로 볼 수밖에 없는 자국 여섯 개를 보란듯이 보여주었더니 '저희 병원에는 홈매트는 없어요'라기에 그럼 남의 병원에 가서 가져오라고 쏘아붙이고 싶었지만 참았습니다.

어쨌거나 제가 모기한테 혹은 모기들한테 심하게 물렸다는 것은 간호사도 알고 저도 아는 사실이지만, '저희 병원에는 홈매트는 없어요'라는 간호사 말의 진위 여부는 저는 모르고 간호사는, 아니 간호사만 알고 있는 사실이지요. 그렇다고 해서 그 간호사가 저한테 거짓말을 했다는 말을 하고 있는 것이라고 생각하지는 마십시오. 그 간호사가 저한테 거짓말을 했는지 참말을 했는지 알 수 있는 사람은 제가 아니라 그 간호사하고 그 병원의 다른 간호사들이겠지요.

그런데 신기한 일은 간호사가 옆에 있을 때는 손등이 별로 가렵지 않았다가 간호사가 병실을 나가기가 무섭게 다시 무섭게 가렵기 시작했다는 겁니다. 그래도 그렇지 누굴 놀리자는 것도 아니고 방금 나간 사람을 다시 당장 돌아오라고 빨강 버튼을 차마 누를 수는 없어서 결국 링거대를 굴려서 비척거리며 간호사를 찾아 복도로 나갔습니다. 좀 전에 내 병실에 와주었던 간호사는 또 어느 병실로 호출되어 갔는지 보이지 않기에 다른 간호사한테 제 상황을 간략히 설명하면서 내가 듣기로는 이 병원에 '홈매트'가 없다던데 다른 방법은 없겠냐고 물었더니 야간근무를 보고 있던 간호사는, 오른쪽 엄지와 검지로 알코올큐팁을 집어들고 오른쪽 손등을 문지른다는 것은 가능하지 않다는 사실을 깜박했던지, 알코올

큐팁을 한 곽 내주었습니다. 내주면서 한다는 소리가, '간지러울 땐 알코올로 문지르면 효과가 있어요'라니 거기다 대고 제가 무슨 말을 어떻게 할 수 있었겠습니까. 제가 지금 무슨 말을 하고 싶어 하는지 여러분은 이해하시리라고 믿습니다.

아랍에미리트 나도 그렇게 생각하면 좋아하십니까?

싱가포르 복잡한 문제 아닙니다. '옳다'하고 '옳지 않다'는 반대입니다. 그리고 한국 사람들은 '가렵다'와 '간지럽다'를 섞어 말합니다. 놀랍습니다. 20세기 말 제가 한국어 공부했습니다. 그때 '가렵다'는 '긁다'하고, '간지럽다'는 '깔깔 웃다'하고 세트라고 배웠습니다. 지금 한국어 문법 똑같습니다. 그렇지만 보케뷸러리 많이 달라졌다고 생각하고 싶습니다.

대한민국 그렇습니다. 그것은 한국인의 각별한 영어 사랑이 한국어에 끼친 불미스러운 영향의 자연스러운 결과라고 생각합니다. 대부분의 한국인은 모국어를 제외한 거의 모든 언어에 관심이 많습니다. 예를 들면……

사우디아라비아 시간 왔습니다, 빨리 들어가면 좋습니다.

(이리하여 특실 보조간호사 123명의 평균 생각인 대표 여섯 명의 평균 생각을 아는 사람은 오늘날까지 아무도 없으며, 그 까닭은 제한된 시간의 90퍼센트 이상이 한국인의 장광설로 낭비되었기 때문이라는 것이 한국인을 제외한 대표 다섯 명의 평균 생각이었다.)

#8

미친 사람은 무서워하는 것이 없는데
미치지 않은 사람은 무서워하지 않는 것이 없다.

파티마 아마르의 기조연설에서 여섯 번이나 반복되는 특실이라는 어휘가 그 옛날 시영병원 6인실 해프닝을 불러왔다.

1983년 12월 22일. 환자 소리+보호자 소리+문병객 소리+TV 소리로 전날 아침이 되풀이되고 있던 6인실 병실에 젊은 의사가 인턴 넷을 달고 만물의 영장답게 직립 자세로 오전 회진차 들어섰다. 두어 걸음 간격으로 다닥다닥 붙어 있는 침대에서 침대로 옮겨 가다가 내 침대에 이르자 내 행색을 위 아래로 훽 훑고 나서 인턴들을 향해 뱉었다, "이건 뭐냐?"

머리통을 겨냥하고 던진 책이 오른쪽 눈을 찍고 떨어졌다. 인턴 넷 중 셋은 쿵쿵쿵 떠났고 한 명은 젊은 의사를 부축하고 조심조심 서둘러 병실을 나갔다.

법원 판결이라는 것이 항상 공정하지만은 않으므로 '우리 병원에서는 가난한 환자는 거지발싸개 취급한다'는 병원 측 기본 방침을 설사 정직하게 밝힌다 하더라도 판사가 맹랑하게 헌법 10조인지 뭔지를 들먹이면서 자칫 병원 측에 불리한 판결을 내릴 가능성을 완전히 배제할 수는 없다는 점을 결코 간과해서는 안 된다는 병원장의 주장이 이사장의 견해와 다르지 않았기 때문에 법정까지 가지는 않았다.

잘생긴 젊은 의사는 운도 좋았다. 이런 저런 이유로 병원장과의 친분 관계가 각별한 안구은행장이 병원장의 심심한 부탁을 흔쾌히 받아들여 최첨단 기기로 안구은행장 자신이 직접 집도한 각막이식수술로 바로 반 시간 전에 기증받은 누군가의 신선한 안구가 잘생긴 젊은 의사의 오른쪽 눈이 되었다.

2015년 3월 3일. 화요일, 비/안개.

입퇴원 사무실에서 전화가 왔다. 수술 전날에는 1인실이 없으니 하룻밤만 2인실에 있다가 수술 당일부터는 1인실로 옮겨주겠단다. 4박 5일 입원에 거추장스럽게 옮기고 자시고 할 게 있겠나 싶어 그냥 2인실에 주욱 있겠다고 했다.

내가 들어온 2인실에는 병상이 둘 다 비어 있었다. 병상 하나가 빈 채로 저녁 시간이 지나갔다. 오늘밤은 1인실이다.

벌러덩 누워 눈을 감는다. 천장이 사라지는 순간 진공상태로 돌입하면서 상상, 공상, 망상의 바퀴가 제풀에 굴러간다.

일명 자이언트 자라라고도 불리는 시트라 시트라 자라의 목이 먹이사냥 순간에 늘어나는 속도와 길이는 0.1초에 1미터이고, 수수두꺼비가 일단 먹이로 겨냥된 지네를 거의 빛의 속도로 낚아채서 입 안에 넣기까지 소요되는 시간은 1/1500초다. 〈내셔널 지오그래픽〉에 의하면 그렇다. 자, 이제, 일단 시트라 시트라 자라와 수수두꺼비를 나란히 앉혀 놓고, 수수두꺼비와 시트라 시트라 자라로부터 정확히 1미터 떨어진 지점에 3미터 정도의 가로줄을 횟가루로 주욱 긋고 나서 3미터 중심점으로부터 좌우로 정확히 1미터 되는 두 점을 선택하고 선택된 두 지점에 시트라 시트라 자라와 수수두꺼비가 각각 매우 좋아하는 살아 있는 먹이를 움직이지 못하도록 고정해 놓고 시트라 시트라 자라와 수수두꺼비가 각자의 먹잇감을 각자 자기 입 안에 넣는 순간까지의 속도를 관찰한 결과를 〈내셔널 지오그래픽〉이 발표한 결과와 비교해 보려고 한다.

이 작업에는 물론이고 이와 유사한 모든 작업에는 관측자가 필요하다. 또한 관측자는 (모든 정황이 정상이란 전제 하에서) 비논리적인 추리에 논리적으로 대처할 수 있는 지력의 소지자이어야 하며, 불가피하게 요구되는 관측자의 인원은 최소한 두 명이다. 왜냐하면 한 사람의 눈은 아무리 합쳐봐야 결코 두 개를 넘지 못하지만 두 사람의 눈은 합치기만 하면 (대개의 경우) 즉시 넷이 될 수 있으므로 관측자 한 명이 관측한 결과는 오로지 단 한 명의 관측 결과인 것에 비하여 관측자가 두 명인 경우에는 결과가 당연히 둘이 되고, 두 개의 관측 결과를 더해서 둘로 나누면 관측 결과의 중간값을 얻게 되고, 그렇게 되면 좁으면 좁을수록 좋다는 오차범위를 보다 더 좁힐 수 있을 뿐만 아니라 높으면 높을수록 좋다는 신뢰도 또한 조금이나마 더 높일 수 있기 때문이다. 아닌가?

선발된 관측자는 선발된 그날 그 순간까지 수수두꺼비와 시트라 시트라 자라를 단 한 번도 본 적이 없어야 하며 태도가 아주 당당하고 사사로움이나 그릇됨이 없이 떳떳한 사람이어야만 한다. 역사적 라스콜리니코프와 초현실적 스메르쟈코프가 이 두 조건을 만족시키지 않나 싶다.

선택된 두 사람은 되도록이면 같은 날 기왕이면 같은 시간에 동일한 장소에서 만나기로 약속한다. 그러나 약속한 그날 약속한 그 시간에 두 사람 모두 약속하지 않은 장소에 있다. 라스콜리니코프는 그날이 바로 약속 당일이라는 사실을 알고 있으면서도 소니아와 함께 고리키 기념 국립 레닌그라드 적군훈장 아카데미 볼쇼이 드라마극장에서 「예고르 불리초프와 그밖의 사람들」을 관람하고 나서 넵스키 대로를 거닐면서 각자가 우려하는 상대방의 현재 상황에 대해서 겉핥기 위로를 주고받는 것으로 드러난다. 한편, 상트 페테르부르크 국립대학교 철학부에 입학금도 없이 합격한 스메르쟈코프에게는 약속 전날이나 약속 당일이나 약속 다음날이나 모두 그날이 그날이었기 때문에 라스콜리니코프와 만나기로 약속된 날도 한낱 날에 지나지 않으므로 그날도 저녁을 따로 먹지 않아도 될 정도로 늦은 시각에 점심을 먹고 나서 조깅이라도 하려는 사람처럼 헐렁한 운동복 차림으로 집을 나선다. 물론 조깅은 하지 않고 터덜터덜 걸으면서 계간지《철학과 철학자》에서 청탁해 온 '포스트모더니즘의 시각에서 조명된 치치코프'를 주제로 한 소논문의 서론을 위한 본론을 구상하고 있다.

그러던 중, 라스콜리니코프 눈 앞에, 그리고 놀랍게도 동시에 스메르쟈코프 눈 앞에 아카키와 덕순이가 모습을 드러낸다. 순간 두 관측자들은 시트라 시트라 자라와 수수두꺼비를 뒤로 하고 빛의 속도로 줄행랑을 놓는다.

1842년 어느 날, 어렵사리 마련한 새 외투를 노상강도에게 빼앗기고 나서 한겨울에 외투 찾아 헤매다 결국 죽어가는 말단 관리 아카키 아카키예비치와 1937년 또 다른 어느 날, 죽어가는 아내를 지게에 지고 삼복 더위에 땀 흘리며 걸어가는 덕순이. '공자님허구 맹자님허구 팔씨름을 허였으면 누가 이겼으꼬?'라는 질문으로 향교의 장의와 선비들이 웃어야 할지 울어야 할지 분간을 못하게 만들었던 채만식 선생의 윤직원 영감이라면 아카키와 덕순이 중에서 누구를 보고 울고 누구를 보고 웃어야 헌다고 했으꼬?

수술은 아침 8시 첫 수술이고 마취는 전신마취라고 했다. 정맥마취인지 흡입마취인지 궁금했지만 묻지는 않았다. 정맥마취든 흡입마취든 마취에서 깨어난 의식은 마취 상태에서의 일을 전혀 모른다던데, 그렇다면 전신마취 상태에서 수술에 소요된 시간이

가령 약 세 시간이라 하고 그 세 시간을 내가 태어나서부터 바로 그 수술을 받을 때까지 살아온 시간들의 합과 (질적으로가 아니라 양적으로) 비교해 본다면

1) 하루 24시간 곱하기 한 달 30일은 720시간,

2) 한 달 720시간 곱하기 일 년 열두 달은 8,640시간,

3) 일 년 8,640시간 곱하기 내 나이 칠십은 약 604,800시간이다.

그러므로 내가 내일 아침 8시에 수술 받기 전까지 살아온 시간과 내일 아침 수술 받는 데 소요될 시간을 대략적으로 비교하면 604,800 대 3, 약분하면 약 201,600 대 1이다. 그래? 그래서?

누워 있다가 뒤숭숭해서 일어나 앉았더니 앉아 있어도 뒤숭숭하기에 다시 누웠다. 누웠다 앉았다를 되풀이해 보니 그게 그거였다.

나, 혹시…… 미쳤나?

언제고 미치기야 미치겠지만 그 언제고가 오늘밤은 아닌 듯 싶다. 잠을 불러와야겠다…… ontogeny recapitulates phylogeny, ontogeny recapitulates phylogeny, ontogeny recapitulates phylogeny, ontogeny recapitulates phylogeny, ontogeny recapitulates phylogeny, ontogeny recapitulates phylogeny, ontogeny recapitulates phylogeny, ontogeny recapitulates phylogeny, ontogeny recapitulates phylogeny, ontogeny recapitulates phylogeny, ontogeny recapitulates phylogeny, ontogeny recapitulates……

2015년 3월 4일. 수요일, 맑음.

아픈 증세를 뜻하는 명사 통증은 아픈 증세의 유무나 아픈 정도의 강약을 나타내는 있다, 없다나 심하다, 약하다 등의 자동사나 형용동사와 함께 쓰인다. 통증의 통상적 사용은 그렇다. 그러나 오전에 엘리베이터 앞에서 불시에 터진 통증을 근접하게나마 묘사하는 동사는 폭발하다였다. 수술이 끝나고 환자가 마취에서 깨어난 후 일정 시간 동안은 (적어도 진통제를 투여 받을 수 있는 병실로 돌아갈 때까지는) 통증에 무감하도록 적정량의 진통제를 환자에게 사전에 투여해야 한다는 당연한 일이 간과된 상황에서 '품행이 방정하지 않은 어정쩡한 응급환자'는 전신이 휘청, 바닥에 고꾸라졌다.

사람 병원이나 동물병원이나 병원은 병원이고, 사람 의사나 동물 의사나 의사는 의사고, 사람 환자나 동물 환자나 환자는 환자다. 아, 그리고 오진은 오진이다.

모모는 오진으로 죽을 뻔했다. 갑자기 밥은커녕 물도 못 삼키기에 동네 동물병원으로 뛰어갔다. 착실하게 빗어내린 긴 생머리를 거의 정확하게 반은 어깨 앞쪽으로 늘어뜨리고 나머지 반은 어깨 뒤로 넘긴 수의사가 진찰실에서 모모와 모모의 보호자인 나를 맞이했다. 전화도 있고 다른 잡동사니도 꽤 있었지만 하도 깔끔하게 정리되어 있어서 지저분하다는 느낌은 주지 않는 커다란 직사각형 테이블 위에 올려진 모모는 한겨울 얼음판에 내버려진 강아지

처럼 부들부들 떨었다. 자기가 잡고 진찰을 해야 하니까 보호자분은 손을 떼고 계시라는 수의사 말에 그 말도 일리가 있다 싶어 하라는 대로 했다.

진찰은 촉진으로 시작되었다. 수의사는 모모의 뱃가죽과 등가죽을 차례로 잡아당겨 올려보기도 하고 잡아당겨 내려도 보고 나서 두어 번 갸웃거리다가 다시 촉진으로 돌아가더니 이번에는 먼저 등가죽을 한 움큼 잡아당겨 올려보고 나서 뱃가죽을 쭈~욱 2센티 정도 아래로 잡아당겨 내렸다. 그러니까 등가죽과 뱃가죽을 각각 두 번씩 도합 네 번을 따로 따로 한 움큼씩 움켜쥐고 잡아당겨 올려도 보고 잡아당겨 내려도 본 셈이다. 등가죽이든 뱃가죽이든 살가죽이 한 움큼씩 위로든 아래로든 잡아당겨질 때마다 모모는 날카로운 비명을 지르며 발광했다.

나름 촉진을 마친 수의사는 모모의 등뼈와 위에 이상이 있는 것 같으니까 우선 엑스레이부터 찍어봐야겠다면서 '외부인 출입금지' 방으로 들어갔다가 잠시 후 A4 크기의 엑스레이 세 장을 들고 나왔다. 그러고는 진찰대와 맞닿은 회벽에 설치된 A4 갑절 크기의 유리판에 왼손으로 들고 있던 엑스레이를 대놓고 문제가 있는 부위라면서 엑스레이 이곳 저곳을 오른쪽 검지로 꾹꾹 눌러 보여주었는데 수의사의 검지가 닿을 때마다 닿은 부분이 물안개처럼 퍼져나갔다.

엑스레이 세 장 중에서 두 장은 등뼈 사진인데 두 장을 찍은 이유는 첫 번째 사진이 명확하지 않았기 때문이고, 위 사진을 한 장만 찍은 이유는 찍고 보니 위가 완전히 비워진 상태가 아니라는 것을 알게 되었기 때문에 다시 찍어야 한다면서 (물도 넘기지 못하는 상태의 강아지한테 먹이라고) 위세척용으로 가루약 3봉지를 주었다. 그러고 나서 솔직히 말해서로 시작된 내용인즉슨, 등뼈나 위나 엑스레이만으로는 미세한 부분까지 정확히 진단하는 것은 어렵다, 진단이 정확해야만 올바른 치료가 가능하다, 모모 상태가 위급하니 익일로 MRI와 위내시경을 찍을 수 있도록 예약을 해놓아주겠다,였다. 그럼 가루약 3봉지는 뭐하러 주었느냐고 따지려다가 참고, 고맙다는 인사까지 하고 돌아왔는데 왠지 찜찜했다.

다른 곳에 가서 진찰 한 번 더 받아보자는 친구 따라 찾아간 동물병원 수의사는 오전에 있었던 진찰 결과를 듣고 나서 모모를 2층으로 데리고 올라가 척추와 위를 찍은 사진 두 장을 들고 내려왔다. 엑스레이 상으로는 모모의 척추와 위에는 아무런 이상이 없다고 했다.

모모는 면역 매개 용혈성 빈혈일 것 같아 보이나 좀 더 자세히 알아보기 위해서는 여러 종류의 검사를 해봐야 하는데, 모모의 상태가 위중하므로 우선 입원을 시키고 지켜보자고 했다. 그건 그렇고, 모모의 병명으로 돌아가면, 면역이나 빈혈은 사용 빈도가 높은 어휘라서 무슨 뜻인지 모를 수 없지만, 면역 뒤에는 매개를 붙이고 빈혈은 용혈성으로 시작하니 난감했다.

진찰대로도 사용하는 책상 위에 놓인 채로 부들부들 떨면서 앉아 있던 모모가 숨 쉬기가 힘들다는 듯이 심하게 헉헉거렸다. 귓

속, 속눈썹 밑, 턱 아래는 아침까지만 해도 볼 수 없었던 농포가 그득했고 속눈썹 밑에 줄지어 있는 농포는 수의사의 손가락이 닿기가 무섭게 터지면서 분홍색 액체가 흘러나왔다. 급해졌다.

"이게무슨병이에요이런게왜걸렸죠고칠수는있나요?"

"면역 매개 용혈성 빈혈이란 만성 자가면역 질환을 말하는데, 쉽게 말하면, 자체 항원과 상호작용으로 초래되는 질환인데, 솔직히 말하면, 면역병 중에서도 아직까지 원인이 명확하지 않아 치료가 곤란한 질환 중 하나죠. 신체 내부의 어떤 것에 변질이 일어나서 전신에 염증이 생기는 병이라고 생각하시면 돼요."

많이 아프냐고, 통증이 심하냐고 물었더니 간단히 말하겠다면서 정말 간단히 말했다.

"사람이라면 너무 아파서 차라리 죽고 싶다고 말할 걸요."

입원 중에는 하루에 삼십 분 면회가 가능하다고 해서 강북에서 강남까지 내가 아주 싫어하는 운전을 해가면서 하루도 거르지 않고 면회를 갔다. 전신에 털이라고는 한 가닥도 없는데 꼬리 끝은 털이 소복하기에 그 까닭을 물었더니 꼬리털까지 다 밀어버리면 쥐 같아 보이기 때문이라고 했다. 듣고 보니 그도 그럴 것 같다 싶었다. 보기에 처참할 정도로 뼈밖에 없는 발목에 링거가 꽂혀 있었는데 물도 마시지 못하기 때문에 탈수 현상을 막기 위해서라고 했다.

퇴원할 때 받은 서너 종류의 약 중에서 가장 중요한 약은 스테로이드였다. 처방 받은 약은 열심히 먹였지만 두어 달 지나니까 예전 증상이 다시 나타났다. 의사 말로는 면역 매개 용혈성 빈혈은 (강아지에 따라서 다르지만) 스테로이드로도 두어 달밖에 효과가 없으며 죽을 때까지 먹여야 하는 경우도 있기 때문에 안락사를 택하는 보호자도 간혹 있다고 덧붙였다.

모모는 두 달에 한 번씩 병원에 모두 세 번 다녀왔다. 요즘은 코가 막혀 답답하다는 듯이 자주 킄킄거리고, 엄지 손톱보다 큰 사이즈는 삼키지 못하기 때문에 음식은 모두 잘게 썰어서 먹여야 하지만 어쨌든 모모는 지금 땅 위에 있다.

2015년 3월 5일. 목요일, 구름.

링거대를 들고 영안실 입구 근처까지 어렵사리 걸어갔다. 입구에서 3~4미터 떨어진 곳에는 붙박이 스탠드 재떨이가 셋이나 있어서 시신을 환송하러 왔다가 잠시 밖에 나와 담배를 빨면서 들숨날숨을 다듬는 사람들이 적지 않았다. 재떨이에 담배를 비벼 끄고 입구를 향해 돌아서는 한 남자를 가로막고 내 링거대를 잠시 좀 잡고 있어 달라고 청했더니 말도 없고 표정도 없이 받아들었다. 죽은 사람하고 가까웠나 보다.

2015년 3월 6일. 금요일, 맑음.

유리창에 달라붙어 알록거리기를 되풀이하던 명랑한 햇살이 그예 병실 안으로 들어왔다.

햇살을 마주하며 여자 둘이 들어섰다. 나이 차이가 있어봤자 서너 살 안팎일 것 같은데 화장한 여자가 민낯 여자를 엄마라고 불렀다. 엄마? 대여섯 살에 애를 낳았을 리는 없고. 한 여자가 다른 한 여자를 엄마라고 불렀으니 한 여자를 엄마라고 부른 여자는 딸일 수밖에. 딸일 수밖에 없는 여자가 엄마일 수밖에 없는 여자 어깨를 두어 번 토닥거린 다음 떠났다.

'병실 메이트'가 한숨을 거푸 내쉰다. 우울한가? 우울하겠지.

나로 말하면, 동네 의원에서 처방해 준 항우울제로 거의 1년을 버텼다. 혼자 살아서, 그래서 외로워서, 그래서 우울한 건 아니었다. 젊은 시절에는 사람에 치여 제대로 우울해 보지도 못했고, 지금은 어쩌다 우울할 때가 있긴 있지만 그새 우울에도 주름이 생겼는지 우울한 꼴이 가관이다.

어쨌거나 약발이 떨어지기 시작하기에 대학병원에 가서 특진을 받았다. 지난 한 해 동안 항우울제를 복용해 왔는데 요즘 들어 약효가 지지부진하다, 편안하다는 사람을 보면 구역질이 난다, 판소리를 들으면 한국인이라는 사실이 자랑스럽다, 냉장고 열기가 성가셔서 굶는다, 죽고도 싶고 살고도 싶다, 욕조 안에서 주체할 수 없이 떠오르던 아이디어들이 욕조 밖으로 나오면 가뭇없이 사라진다, 노랑색은 세상을 밝게 해주기 때문에 개나리로 울타리를 칠 수 있는 전원 주택으로 이사할 생각이다, 베토벤 첼로 소나타 3번은 자클린 뒤 프레만 연주해야 한다, 당근 케이크를 잔뜩 만들어서 이웃에게 나누어주고 싶다, 푸른 하늘을 보면 우울하다, 클래식 음악회에 자주 가려고 한다, 김치를 사먹고 싶지 않아서 귀농을 결심한다, 등등. 대책 없이 읊어대자 의사가 고개를 갸우뚱했다. 우울증이 아니라 바이폴라인 듯 싶은데 어르신 연세를 감안하면 우울증이면 우울증이지 바이폴라일 수는 없다면서 좀 전과 반대 방향으로 고개를 갸우뚱하더니 책상서랍에서 종이 한 장을 꺼내 내 쪽으로 밀었다. '생각하지 마시고 그냥 떠오르는 대로 체크하세요.' 한 줄짜리 질문들을 '예'나 '아니오'에 재까닥재까닥 체크하면서 내려가는데 '성욕을 느낄 때가 있다'가 나왔다. 멈칫했다. 나는…… 느끼나? 벗은 채로 누워 벗은 남자와 포개져 있고 싶다고 느낄 때가 있나? 있는지 없는지, 있었는지 없었는지 생각이 안 났다. 생각이 안 나니 '예'랄 수도 없고 '아니오'랄 수도 없는데, '예'는 아닌 것 같으면서도 '아니오'라는 확신도 없었다. 진단용 설문이라서 가능하면 정확하게 대답하고 싶었는데…… 의사의 눈길이 느껴졌다. '예'에다 후딱 체크해 버렸다. 마지막 질문에 체크를 끝내고 설문지를 180도 돌려 앞으로 밀었다. 결과를 일별한 의사가 고개를 들고 정면으로 마주보면서 한마디 했다. '의외네요.'

의외라니? '성욕을 느낄 때가 있다'에 '예'를 체크해서?

해시시 밤이었다. 인간성의 회복, 자연으로의 귀의를 대낮에 대로에서 부르짖던 친구들. 미국 사회의 정치적 이방인들이었던 나의 친구들이 주머니를 털어서 손에 넣은 해시시. 여섯 명이라서 짝짓기도 편리했다. 지미 핸드릭스, 그레이트풀 데드, 제니스 조플린, 짐 모리슨, 아, 그리고, 핑크 플로이드! 세 쌍이 벗어던진 옷들이 분방하게 널브러진 널찍한 거실에서 눈이 제풀에 떠진 건 잘 만큼 잤기 때문도 아니고 햇살이 지나치게 진했기 때문도 아니었다. 우리가 막스 폰 시도우라고 불렀던 녀석의 알몸이 내 알몸에 닿아 있었다.

그 다음 다음날 저녁. 아이리시 팝에서 여섯 명 중 누군가의 생일 파티가 한창 와글거리는 와중에 막스 폰 시도우가 내 곁에 다가와 섰다.

"나, 잠깐, 할 말이 있는데……."

눈빛이며 표정에 나, 지금 맨정신이다라고 쓰여 있었다. 잠깐 밖으로 나가자기에 기네스 잔을 손에 든 채 따라나갔다.

시커멓게 푸른 하늘에 벌건 달이 붙어 있었다.

"어, 만약에, 혹시, 나중에 말인데, 혹시라도……."

"혹시라도 뭐?"

"내가 책임질게, 약속할 수 있어, 약속하고 싶어. 내 말은, 혹시라도 니가 임신……."

"미친 놈!"

괘씸한 놈, 지 놈이 감히 내 행동에 책임을 져? 기네스가 막스 폰 시도우 면전에서 흘러내렸다.

늙은이의 증상이 우울증인지 바이폴라인지를 식별하기 위해서 '성욕을 느낄 때가 있다'를 리트머스 페이퍼로 사용한다? '아니오'

면 우울증, '예'면 바이폴라? 성욕이라……

"인생의 2년을 개도국에서 봉사하여 세계 평화에 기여하자!" 베트남 전쟁에 징집되느니 차라리 세계 평화에 기여하자는 수많은 젊은이들이 미국 제35대 대통령의 뉴프런티어 정책의 일환인 평화봉사단에 입단하기를 원했다. 1970년, 뉴저지 모리스타운에 있는 폐원에서 한국을 선택한 평화봉사단 자원봉사 지원자들과 함께 기숙하면서 하루 8시간씩 한국어를 가르치고 있던 나는, 그러니까, 베트남전쟁이라는 전쟁이 없었더라면 있을 수 없었을 일을 하고 있었다.

지원자 중에는 생면부지의 베트콩을 죽이기 위해서 베트남에 가야 하는 임무에서는 원천 면제된 여자들도 적지 않았다.

그중 한 여자는 미시시피 출신이라고 해서 미시시피 주의 속칭인 메그놀리아라는 별칭도 있었지만 전형적인 서던 벨이라면서 사내녀석들 사이에서는 스칼렛으로 통했다. 이 대단한 스칼렛이 버지니아 출신 젊은이에게 노골적으로 관심을 표명했건만 버지니아가 열을 올리는 여자는 따로 있었다. 그런데 하필 그 여자가 찌부째부하게 생긴 얼굴에 키는 버지니아 어깨에 닿을랑말랑한 47킬로그램짜리 한국어 선생, 나였다.

스칼렛은 버지니아가 자신에게 보이는 무관심에 대한 원망의 대상으로 머리 나쁜 여자답게 버지니아가 아니라 나를 찍었다. 그러고는 나를 라이벌로 삼아야 한다는 사실이 수모스럽다는 듯 가까이에서건 멀리에서건 나를 볼 때는 필히 도끼눈을 뜨고서야 바라보았다.

그런 분위기가 달포쯤 계속되고 있을 때 기이한 현상이 일어났다. 그전까지는 뛰어난 미모로 스칼렛이 거들먹거리는 꼴을 아니꼬워하던 못생긴 여성 봉사단원들이 이제는 나를 비위에 거슬린다는 듯이 대놓고 멀리했다. 여자 대 여자의 경쟁이 막을 내리고 국가 대 국가, 인종 대 인종의 대결이 막을 올렸던 것이다.

인디애나폴리스 콜츠가 슈퍼볼 IV에서 우승한 1970년. TV 화면에서 튀어다니는 풋볼이 각을 바꿀 때마다 폐원 라운지에서 터져나오던 함성. 광고 타임. 샴푸 광고가 시작하자 바닥에 앉아 있던 버지니아가 자리에서 일어나 벽에 기대 서 있던 내 곁으로 와서 나한테, 그러나 모두들 다 들어보란 듯이, 커다란 소리로 말했다.

"저게 내가 쓰는 샴푸야!"

"그래? 그럼 저거만 안 쓰면 되겠네."

버지니아는 빙긋 웃었고 소파에 앉아 있던 스칼렛은 고개를 획 돌려 나를 째려보았고 소파를 공유하고 있던 스칼렛의 가짜 친구들도 녹녹찮은 눈빛을 쏘아댔다. 저쪽은 스칼렛을 포함하여 넷, 이쪽은 달랑 나 하나. 공정한 게임이 아니었다. 공정하지 않은 게임이니 지켜야 할 규칙이 있을 리 없겠지만 있다 해도 지킬 생각은 없었다. 하여 버지니아를 써먹기로 작정하고 버지니아한테만 들릴 정도로 낮은 소리로 웅얼거렸다. 일순, 자기 귀를 의심하는 표정을 짓던 버지니아는 이어 얼굴이 훤해지면서 여보란듯이 나를 번쩍 들어올려 품에 안고 떠벅떠벅 라운지를 나왔다.

약속 중에는 어겨도 될 약속도 허다하지만 기필코 지켜야만 할 약속도 간혹 있는데 버지니아와 한 약속은 후자에 속했다.

차도 없고 택시를 부를 상황도 아니어서 그냥 두둑히 껴입고 걸어가다가 맨 처음 나오는 모텔로 들어갔다. 정색을 하고 질색하는 버지니아를 한마디로 제압하고 방값은 내가 냈다. 방도 깨끗했고 침대도 깨끗했다. 순서대로 움직였다. 아주 어리지는 않고 초등학교 3, 4학년 정도였을 때 엄마 따라 점집에 간 적이 더러 있었는데 그때 어느 할아버지 점쟁이가, '쯧쯧, 역마살이 낀 데다가, 순탄찮아, 기집애 팔자론' 하시던 말씀이 또렷이 들렸다.

버지니아는 새끼발가락부터 시작했다. 전혀 아무렇지도 않지 않았지만, 아니, 실은, 소스라치게 놀랐지만, 아무렇지도 않은 척, 하는 대로 하게 내버려뒀다. 누구였더라, 그게 누구였더라, 사랑하는 여자 구두에다 술을 부어 마셨다던 작가가…… 푸슈킨이었나? 그날 밤 함박눈이 펑펑 쏟아지던 소리는 오늘 밤에도 들린다.

그날 이후 나를 투명인간으로 대하던 스칼렛은 제주도 어느 마을보건소에 파견되었으나 재래식 변소에서 부들부들 떨면서 큰일을 보던 중 꿀꿀 꿀꿀 소리에 화다닥 놀라 아래를 내려다보았기 때문에 서울시 종로구 신문로에 위치한 평화봉사단 본부에서는 스칼렛의 귀국 요청을 흔쾌히 받아들였고, 그로부터 이틀 후 스칼렛은 노스웨스트 이코노미석 윈도 시트에 앉아 눈을 감고 치를 떨고 있었다. 스칼렛은 아직도 아름다운가? 그건 그렇고, 제주도 똥

돼지는 스칼렛의 성생활에, 성욕에 영향을…… 미쳤겠지?

화장실 옆 침대에 누워 있는 병메가 창가 옆 침대에 누워 있는 나한테 자기보다는 내가 창가에 더 가까이 있으니까 하는 소린지 "커튼 좀 쳐주시면 좋겠는데, 햇빛이……" 어쩌고 하기에 주문대로 고분고분 커튼을 쳐주니까 어느새 편한 마음으로 나를 대하려는 낌새가 보였다. 이번에는 답답하다고 가림막 좀 밀어 걷어줬으면 좋겠단다.

누워 있다가 일부러 일어나서 커튼을 치는 일에 비하면 일도 아니라고 생각했을 게다. 맞다, 일도 아니다. 커튼의 경우에도 왼손이 미세하게나마라도 자칫 잘못 움직이면 통증이 날뛰니까 우선 긴장된 왼팔 근육을 이완시켜 주기 위해서 왼팔을 왼쪽 옆구리에서 삼사십도 들어올린 다음 다시 왼쪽으로 한두 뼘 정도 밀어내서 주변의 어느 물체와도 접촉하는 일이 결코 없도록 손목을 공중부양 상태에 놓고 나서 엉덩이를 축으로 상체를 왼쪽으로 서서히 틀어가면서 왼발을 침대 밖으로 떨어뜨려서 마침내 발바닥이 일단 바닥에 닿으면 이번에는 오른쪽 어깨를 살짝 굽히면서 오른쪽 다리를 들어올려 왼쪽으로 돌리다가 침대 가장자리를 지나면 밑으로 내려뜨려서 바닥에 이미 자리잡고 있는 왼발 곁에 가지런히 내려놓은 다음 마지막으로 오른팔을 아래로 내려 오른쪽 주먹을 오른쪽 엉덩이에 바짝 밀착시켜서 오른팔을 지렛대 삼아 주먹으로 침대를 힘껏 누르고 상체를 서서히 침대에서 분리시키면서 바닥을 내리누르는 느낌으로 양쪽 발바닥에 힘을 실어 무릎을 조심스레 펴가면서 허리를 곧추세워 전신이 그런 대로 직립 상태가 되면 우선 공중부양하고 있던 왼팔을 ㄴ자로 접어 팔꿈치를 겨드랑이에 바짝 붙이고 나서 전신을 왼쪽으로 돌려 오른손으로 침대 머리맡에 서 있는 링거대를 거머잡고 어전을 물러나듯 최소한의 보폭으로 신중하게 침대 발치까지 뒷걸음질쳐서 다시 왼쪽으로 돌아 창문을 향해 움직이기만 하면 그 시점 어느 지점에다 링거대를 세워놓고 오른손으로 커튼 줄을 잡아당기는 일이란 그리 대단할 것도 없는 일이며 일단 커튼을 친 다음에는 커튼을 치기 위해 침대에서 바닥으로 내려왔던 과정을 정반대로 애면글면 되풀이만 하면 별 무리 없이 끝나는 일이긴 하지만, 그래도 그렇지, 침대에 누운 채로 줄만 주~욱 잡아당기면 후루룩 한쪽으로 몰려가면서 제풀에 걷어지는 게 가림막인데 그처럼 참으로 일도 아닌 일까지 해줄 마음은 없었다.

두 사람 사이를 가림막으로 쳐놓은 휘장 덕분에 피차 상대방을 볼 수 없다는 이점은 있었으나 휘장이기 때문에 상대방이 지껄이는 소리를 들리지 않게 할 수는 없다는 단점이 있었다.

"저는 내일 아침 수술이라서, 그래서 진정제를 먹었는데, 담당의사 말로는 부분마취만으로도 가능하기는 하지만 전신마취를 하는 게 환자한테는 더 편할 거라네요. 아, 참, 커튼 쳐주셔서 고마워요."

결국 답답하다는 쪽이 가림막을 치웠다.

"아유, 이렇게 얼굴 보면서 이야기를 하니까 참 좋네요, 그죠?"

"글쎄…… 뭐……."

웬 노인네가 닫힌 문을 굳이 열고 들어와서는 고개를 갸웃하면서, 아닌가, 하더니 훌쩍 나가버렸다. 아닌가라니? 병실 번호도, 해당 병실 안에 있는 환자 이름도 병실문 밖에 기재돼 있는데…… 노인네가 찾고 있는 것은 무엇인가? 있기는 있는 걸 찾고 있나?

곧이어 두어 시간 전에 왔다 간 병메 딸이라는 여자가 이번에는 남편을 데리고 들어왔다. 잔뜩 들고 들어온 프리지어로 병실 냄새가 일순간에 사라졌다.

"내일 아침에 무궁화실 환자 나간대. 그러니까 오늘밤만 참아. 거긴 보호자 침대도 따로 있으니까 아줌마 한 사람 와 있으라고 할게."

"많이 답답하시죠? 죄송합니다, 저희가 진작 손을 썼어야 하는 건데……."

"아이, 아냐, 죄송하긴, 그런데 이 시간에, 회사일은……."

"참, 별 게 다 걱정이야, 걱정할 게 그렇게도 없어?"

"왜 말을 꼭 그렇게 해? 편찮으신 분한테."

"나 특실 싫다. 여기가 좋아. 심심하지도 않고. 어서들 가봐."

"알았어. 이따 또 올게"와 병실문 닫히는 소리가 겹쳐 들렸다.

눈을 뜨면 입을 열어야 할 상황이라서 천장을 향해 감은 눈을 감은 채로 우산 펴듯 가슴을 쫘~악 펼쳤더니 마음이 보인다. 옹이 투성이다.

똑 똑 똑

"어라, 여긴 어떻게 알고?"

"중앙정보부에다 물어봤다, 왜?"

"아, 맞다, 육사 출신인 걸 깜빡했네."

"그놈의 소리 하는 건 진력도 안 나냐?"

"사실을 말하는 거에 진력이 나면 안 되지."

멀쩡했던 사람이 답답한 소리를 하는 걸 듣고 답답하다고 하는 멀쩡한 사람을 답답한 소리를 하는 사람보다 더 답답하다고 하는 기막힌 사람들하고 오랫동안 같이 살아야 했던 시절은 참 답답했다.

더는 참을 수 없다며, 도저히 견딜 수 없다며 남의 나라로 훌쩍 가버린 친구도 있었고, 여기서 참고 여기서 견디면서 필히 바꿔야 할 것은 반드시 바꿔야 한다고 목청껏 외쳐대는 바람에 한동안 불려들어갔다 나오고 나왔다 다시 끌려들어가기를 되풀이하더니 얼렁뚱땅 미국 명문대 경제학과 대학원생이 되어 세무회계학을 전공하던 친구도 있었다. 수상하고 험했던 그 시절, 눈깔사탕이 내가 자기 대선배님들 눈 밖에 나는 일에 연루되지 않도록 나의 행동거지를 항상 지켜보고 있었다는 사실은 한참 후에야 알았다.

"뭐야, 빈 손으로 온 거야?"

"아이, 별 소릴 다 하세요, 여기 먹을 게 지천인데요."

빈 손으로 온 사람한테 빈 손으로 왔냐고 묻는 게 듣기 불편했던지 침대 옆 탁자를 가리키면서 병메가 한 말이었다.

"안녕하세요?"

"안녕하시면 여기 이러고 계실까, 누구 놀려?"

그제서야 병메도 편한 얼굴이 되었다. 창가 의자에 자리잡은 눈깔사탕도 의젓했다.

여기서 이렇게 사는 것도 나쁘지 않겠다는 생각이 문득 들었다. 좋은 점이 한두 가지가 아니었다.

1) 무엇보다도 우선 제때제때 밥이 나오고,

2) 통증이 심하면 진통제 얻어먹으면 되고,

3) 뭐든지 좋으면 좋다 싫으면 싫다 딱 부러지게 아무한테나 말해도 되고,

4) 나가야 할 일이 있어도 나가지 않아도 되고,

5) 읽고 싶으면 읽어도 되고 읽기 싫으면 안 읽어도 되고,

6) 자고 싶은데 잠이 안 오면 잠 오게 하는 약 좀 얻어먹으면 되고.

"가까우신가 봐요, 두 분 사이."

"그래 보이죠? 보기에만 그래요."

"아이, 그래도 그냥 부럽네요."

더 먹을 나이도 얼마 남지 않았건만 눈깔사탕은 여전히 잘만 생겼다. 죽을 때도 하릴없이 잘생긴 채로 죽을 사람이다.

"어쩌다 이 꼴 됐는지 맞춰볼까?"

"말까?"

눈두덩에까지 주름이 생기고 있는 노인네 둘이 찧고 까부는 틈새에 병메도 끼어들었다.

"아세요? 어떡하다 손목이 저렇게……."

"아주 잘 압니다."

"그러셔? 어디, 맞춰봐."

"알래스카 말라뮤트!"

내 어린 시절, 큰외삼촌 집에서 내 세 살 생일 선물로 새끼 강아지 한 마리를 보내왔던 날, 돌이켜 보면, 그날까지는 그렇게 기쁜 날도 있을 수 있다는 것을 알 수 있는 날이 없었던 것 같다. 이름은 (쫑이나 메리는 너무 흔하다면서) 미국 영화배우 이름에서 따왔다. 아버지 아이디어였다. 쿠퍼는 70센티미터에 45킬로그램, 나는 110센티미터에 15킬로그램.

내가 쿠퍼를 타고 비틀거리면서 마당을 비~잉빙 돌 때마다, 그러다가 떨어지면 다친다고 처음에는 어지간하게 나무라던 엄마도 나중에는 우리를 보면서 솔직히 재미있어했다. 그러면서도 짜장면을 같이 먹는 것만은 끝까지 질색했다. 내가 나무젓가락으로 면발을 말아 들어올리면 쿠퍼가 얼씨구나 뛰어올라 한 입 베어물고 쿠퍼 이빨에 잘려난 면발은 내 입에 들어가고. 두 살짜리 독일 셰퍼드하고 다섯 살짜리 한국 여자아이는 짜장면 한 그릇을 그렇게 비웠던 사이였다. 지금도 주인하고 산책나온 세인트 버나드나 그레이트 데인을 보면 나는 그 주인하고 친구하고 싶다. 친구를 통해서 친구의 개와 친구가 되고 싶어서.

그날 밤, 「크리미널 마인드」 시즌 세븐으로 넘어가는데 술이 떨어졌다. 술, 담배 없이도 보고 싶은 시리즈는 아니었다. 술이 떨어졌으니까 그만 보면 그만이지만 세븐일레븐이 지척인지라 자리에서 일어섰다. 지갑을 집어들자 벌써 낌새를 읽은 모모가 이리 폴짝 저리 폴짝 좋아라 했다.

우리는, 아니, 나는 마주앙 메독 한 병, 스니커스 두 개, 고소미 한 통을 넣은 검정 비닐봉투를 왼손에 들고 오른손으로는 모모 목줄을 쥐고 「크리미널 마인드」를 향하여 걸어가고 있었다. 우리집 거실에서 세븐일레븐 계산대까지는 가스렌지 불을 켜놓은 채 다녀올 수 있는 거리라서 서두를 것까지는 없었다. 밤 9시. 높다란 나무기둥에 걸어놓은 가로등이 (몇 촉짜리 전구인지는 모르겠지만) 포크레인하고 트럭트랙터가 마주보면서 굴러갈 수 있을 정도로 널찍한 아스팔트 한길을 훤히 밝히고 있었다.

맞은편에서는 키가 큰 노인이 덩치가 보통이 아닌 큰 개를 데리고 산책 걸음으로 내려오고 있었다. 알래스카 말라뮤트!

"알래스카 말라뮤트요? 그게 뭔데요?"

"개입니다."

"개요?"

"나중에 보여드릴게요, 인터넷에 들어가면 사진 나오니까."

"두 분이……."

"불알친구!"

내 말에 병메 표정이 밝아졌다.

"불알친구는 무슨……."

"오라버니, 걍 넘어가십시다."

"말씀들도 정말 재밌게 잘하셔요."

"이 양반, 생기기만 잘했지 잘하는 건 별로 없어요."

"어머, 무슨 말씀을 그렇게……."

"허허허, 아주 틀린 말은 아닙니다."

아주 틀린 말이었다. 눈깔사탕은 마음 써주는 일을 잘했다. 유학 간다고 내가 한창 들떠 있을 즈음 영자 결혼식이 있었다. 신랑신부를 리무진에 태워 김포공항으로 보내 놓고 나니 어째 마음이 허했는지 어디 가서 술이나 한 잔 하지 않겠냐고 물어 왔다. 내가 하려던 소리였다.

〈절벽〉으로 갔다. 신세를 한탄하다 보니 〈절벽〉이라는 이름이 나왔는지, 시대를 통탄하다 보니 〈절벽〉이 걸맞다고 생각해서 이름을 〈절벽〉으로 지었는지 주인의 의도는 모르겠으나, 어쨌든 우리 젊은이들에게 〈절벽〉은 시대를 통탄하는 자리였다.

마셨다. 많이 마셨고 이야기도 많이 했다. 주로 내가 떠들었다.

진달래 색깔 안경으로 시작했다. 안경 이야기 들으니까 그 옛날 나 때문에 한바탕 웃었던 일이 생각난다면서 반 세기가 넘는 이야기를 꺼냈다. 초등학교 입학 직후, 어느 날 골목에서 마주쳤는데 내가 왼쪽 가슴에 달고 있는 이름표를 보고 화들짝 놀랐단다.

"야, 이거 누가 이렇게 했냐?"

"내가."

"아니, 왜?"

"이뻐서."

"이게 예뻐?"

"응, 학교에서 받은 국어책 펴봤는데, 이게 젤 이뻐."

이름표에 쓰여 있는 내 이름은 물음표로 끝나 있었다.

"내가 그랬어? 아하, 그랬구나. 그럼 그렇지, 초등학교 입학 당시 이미 정체성의 위기를 절감한 나의 잠재의식이 앞가슴에 달아놓았던 '나는 나냐?'는 팔랑개비가 되어 지금도 내 속에서 돌고 도는데 내가 뭔지만 알 수 있다면 그 뭔지가 바로 나라는 것을 단박에 알 수 있겠건만 나는 내가 뭔지 모르니까 나한테나 오빠한테나 내가 뭔지 말할 수 없고 나는 나만 뭔지 모르는 게 아니라 오빠가 뭔지도 모르고 내가 뭔지하고 오빠가 뭔지가 어쩌면 동일한 뭔지일 수도 있겠지만 내가 뭔지에서의 뭔지가 동동주가 아닌 건 분명한 것 같은데 오빠가 뭔지에서의 뭔지가 동동주인지 아닌지는 오빠가 아닌 나로서는 당연히 알 수 없지만 혹시라도 오빠가 동동주라면 나는 지금 오빠를 마시고 있는 거고 오빠는 지금 오빠 자신을 마시고 있는 거니까……."

말도 아닌 말을 끝도 내지 못하는 내 꼴이 마음에 걸렸던지, "해줄 얘기 또 있다"는 말로 말들의 진창에서 나를 끄집어냈다.

"미국 사람들이 하는 영어 말로는 내 이름이 뭐야?"

"이름은 우리말로 하거나 영어로 하거나 똑같아."

"중학생이 돼서 그것도 몰라? 모르면 그냥 모른다고 해!"

결국 실은 잘 모른다는 말로 끝을 냈다며 히죽 웃었다. 그토록 시답잖은 일까지 기억하고 있다니…….

동동주 탓인지 삽시간에 되돌아가는 오십여 년 속에서 문득 어렸을 때 있었던 이야기 하나가 생각났다.

"재미있는 이야기 하나 해줄까?"

"그러든지."

"싫음 말고."

"해보라니까."

초등학교 입학하기 전이었으니까 대여섯 살쯤이었나? 옆집 아이가 시골 할머니 집에 놀러 갔다가 들었다면서 사람이 쿨쿨 자고 있는데 전등을 확! 켜면 자던 사람이 콱! 죽는다는 아주 이상한 이야기를 했다. 그리고 그런 일이 정말로 있었다고 덧붙였다. 긴가민가 미심쩍어하는 나를 보더니 자기가 뭐하러 거짓말을 하겠냐, 자기 할머니가 서울에 자주 올라오시니까 할머니한테 직접 물어보고 싶으면 얼마든지 물어봐도 좋다고 했다.

정말일까? 믿기지 않았다. 그렇지만 그 아이 말이 맞는 것 같기도 했다. 뭐하러 그런 거짓말을 하겠는가? 그렇긴 하지만 전등불 켰다고 자던 사람이…… 아무리…… 정말…… 죽을까?

엄마는 개가 우스개로 한 소리라면서 웃기까지 했다. 눈깔사탕도 알다시피 날개가 없어 천사가 아닌 우리 엄마는 세상만사에 덮어놓고 착하기만 했지 실제로는 모르는 게 너무 많았기 때문에 옆집 아이 할머니네 시골에서 실제로 일어난 일이 실은 얼마나 놀랍고 무서운 일인지 모르는 것 같다는 생각이 들었다. 며칠을 두고 생각해 보았지만 그 아이 이야기가 정말인지 아닌지를 알 수 있는 방법은 딱 하나밖에 없었다. 직접 해보는 것이었다. 그러려면 우리집 식구한테 해봐야 하는데 정말 죽을 수도 있으니까 엄마는 절대 안 되고 '쿨쿨 자고 있는 사람'한테 해봐야 하니까 나한테는 해볼 수 없고, 아버지밖에 없었다.

밤새 눈이 펑펑 쏟아져서 숨이 헉! 멎을 정도로 아름다운 어느 날 아침, 빙판에서 춤추는 내 모습을 상상하면서 밥상머리에서 다짜고짜 피겨 스케이트를 사내라고 했다가 노랭이로 통하는 아버지한테 일언지하에 거절당했다. 숟가락을 내려놓고 본격적으로 떼를 썼더니 초등학교 들어가면 사주겠다면서 '사준 셈치고 우선 밥이나 먹으라'기에 '안 사준 셈치고 당장 사달라'고 대들었더니 껄껄 웃으셨던 분이었다. 피겨 스케이트는 그날로 내 손에 들어왔고. 그런 아버지한테 옆집 아이 이야기를 시험해 보기로 결심한다는 일은 결코 만만한 일이 아니었다.

일요일이면 낮잠을 즐기는 아버지 습관 때문에 기회는 일요일마다 있었지만 아버지를 볼 때마다, 하루에도 수십 번을 보는 아버지 얼굴을 마주할 때마다 계획을 실천에 옮겨야 할 용기가 가뭇없이 사라졌다. 마침내 마음을 다져먹기까지는 일요일이 세 개나 다녀갔다.

비오는 일요일이었다. 와도 억수로 퍼붓는 비 때문에 엄마는 혼자 장에 갔고 아버지한테는 여느 일요일과 다를 바 없는 일요일이었다. 가슴은 쿵쿵거렸고 안방문을 밀어 여는 손도 좀 떨고는 있었지만 일단 안으로 들어서는 데는 성공했다. 코고는 소리가 방안에 가득했고 아버지 얼굴이 문득 낯설게 느껴졌다. 스위치는 요즘처럼 벽에 있는 것이 아니라 전구 옆에 달려 있었기 때문에 발판 없이는 손에 닿지 않았지만 키 작은 엄마가 장롱 위에 물건을 올려놓기도 하고 내리기도 할 때마다 필요해서 세 단짜리 목재 발판을 붙박이처럼 윗목 한구석에 놓아두었기 때문에 스위치 높이는 문제가 아니었다. 웬만한 소리에는 아버지가 잠에서 깨지 않는다는 것을 잘 알면서도 살금살금 윗목에 가서 발판을 가져다 방 한가운데에 가만가만 놓았다. 그러고 나서도 잠시, 한동안, 아주 오랫동안 발판에 눈을 박고 서 있었다. 계획을 얼마든지 포기할 수 있는 순간들이 수없이 스쳐갔다. 마침내 용기를 낸 것은 생각 없는 두 발이었다.

켰다!

대낮이지만 비 때문에 어둑했던 방안이 확! 밝아졌다.

빗소리도 그치지 않았지만 아버지 코고는 소리도 멈추지 않았다.

"재밌지?"

"그래, 안 들었으면 후회할 뻔한 얘기다. 이 집 동동주 괜찮은데……."

〈절벽〉은 바위굴이었다. 대명천지를 뒤로 하고 컴컴한 굴 속으로 들어온 젊은 남녀는 등잔불과 촛불 밑에서 밥알이 동동 떠 있는 동동주를 들이키면서 자기들이 보여주고 싶은 자기 모습을 서로에게 실컷 보여주고 있었다. 1960년대 후반, 〈절벽〉 동동주는 서럽도록 맛이 좋았더랬다.

그 나이까지 등신짓 한 게 아무려면 전혀 없기야 하겠냐, 하나만이라도 들어나 보자는 내 말에 눈깔사탕의 표정이 굳어졌다. 굳어진 얼굴은 조각이었다. 보란 듯이 생긴 얼굴이었다.

청자 한 대가 꽁초가 되고 꽁초가 재떨이에서 으깨질 때까지 눈깔사탕은 눈을 내리깔고 말이 없다가 고개를 들고 나를 잠시 말갛게 마주보더니 다시 고개를 돌려 카운터를 향해 외쳤다, "저기요, 여기 한 항아리 추가요." 두 사발을 한숨에 들이키고 나서야 입을 열었다, "나 말이다, 실은 아무한테도 하지 못할 이야기가 있는데, 지금…… 너한테 하고 싶다."

눈깔사탕 친구의 누나가 끝끝내 아비를 밝히지 않은 채 아기를 낳았다. 동트기 전, 아기 어미의 어미는 자식 없어 서러워하던 뉴욕제과 주인집 대문 앞에 강보에 싸인 신생아를 내려놓고 초인종을 눌렀다. 중년이 훌쩍 넘은 빵집 부부는 업둥이를 애지중지했다. 궁핍한 시절에 맛난 음식 먹고 예쁜 옷 입으면서 자란 업둥이가 초등학교 입학하던 날, 하필이면 그날, 거짓말같이 바로 그날, 눈깔사탕 친구 누나가 눈깔사탕을 찾아왔다. 칠 년 만인가, 팔 년 만인가? 그날 알았다. 그날에야 알았다.

〈절벽〉에서 그날, 그렇게, 눈깔사탕과 나는 친구가 되었다.

밥쟁반이 들어왔다. 신경정신과에서 처방해 준 약을 먹기 위해서 밥을 조금 떠 넣었다. 밥쟁반이 나갔다. 커피 가지고 오겠다며 눈깔사탕이 밥쟁반을 따라 나갔다.

"어르신께선……."

"그냥, 할머니~ 그러세요. 그게 듣기 편해요."

"말씀하시는 것도 그렇고, 뵙기에도……."

"내 직업이 뭐였는지 궁금하신가 본데, 나, 선생이었어요."

"아, 그러셨구나. 어쩐지……."

"말 잘하죠?"

"근데, 무슨……."

"뭘 가르쳤느냐구요? 영어요."

"어머나! 그럼, 영어를 아주 잘하시겠네요?"

"네, 아주 잘해요."

"아유, 좋으시겠어요, 부럽네요, 정말."

노크 소리와 동시에 문이 열리면서 병메 딸이라는 여인이 들어섰다.

“뭘 벌써 또 왔어?”

“잠깐 들른 거야. 얘기 좀 할 게 있어서. 있잖아, 그 땅 말이야, 그거, 이틀 전에 작자가 나왔는데…… 그 땅 팔아서 그 돈 나 주면 안 돼?”

“왜, 돈 필요하니?”

“응, 지금 목돈이 좀 필요해. 구슬이 아빠 사업이…… 자금난으로 힘들어 하고 있어.”

“그럼, 팔지 뭐. 나야 땅은 해서 뭐하냐.”

“좋았어. 나 빨리 가봐야 해, 구슬이 땜에.”

엄마의 딸은 딸이 걱정되어 서둘러 엄마를 떠났다.

“저 양반이 딸?”

“네? 아니, 실은, 저 딸은…… 아들 하나 딸 하나…… 있긴 있었는데…… 슬하에?”

“나요? 난 없어요.”

“연세도 있으신데 적적하시겠어요.”

“뭐, 그렇게 적적하진 않아요.”

“남편 되시는 분…… 여쭤 봐도 되나 모르겠네요.”

“괜찮아요, 나, 숨길 거 별로 없는 사람이라서.”

“무슨 일을…….”

“직업요?”

"네, 그냥 궁금해서……."

"한 마디로 말하기가, 글쎄, 그게, 그러니까……."

"아이, 괜한 걸 여쭤 봤나 봐요."

"아니, 그게 아니라, 실은 내가 결혼을 여러 번 했기 때문에 몇 번째 남편 직업을 말씀드릴까, 해서요, 하하하, 차례로 다 말씀드릴 수 없는 건 아니지만."

"어머나! 그러세요? 결혼…… 몇 번 하셨는지 여쭤 봐도……."

"다섯 번."

오다 가다 한두 번 자고 만 경우와 십오 년 동안 함께 살았던 남자를 제외하면 오십여 년에 걸쳐 삼 년 이상 함께 보낸 남자는 네 명이다. 넷이 모두 1963년에 신설된 '사실상 혼인관계존부 확인제도'와 사실혼주의에 입각한 '호적법 76조 2호'에 의하면 '사실상 혼인관계에 있는 당사자의 한쪽이 법원의 심판을 통해 혼인신고를 할 수 있다'는 사실을 모르고 있었기 때문에 나로서는 결혼 걱정은 할 필요가 없었다. 다만, 사실혼으로 인정되는 관습법에 의하면 나는 결혼을 네 번 한 셈이고 거기다 십오 년 동안 함께 살았던 남자를 더하면 다섯 번이다. 병메한테 다섯 번 결혼했다고 말한 건 그러므로 사실이지만 혹시라도 병메가 사실혼은 혼인으로 인정하지 않는다면 사실이 아니기도 하다.

오다 가다 한두 번?

경우 1. 대학 시절. 마지막 여름방학을 자축하자면서 여섯 명이 안면도에 가서 닷새를 놀았다. 낮에는 낮에 어울리게 놀았고 밤에는 밤에 걸맞게 놀았다. 섬에서 돌아온 다음날, 첫 날 같이 잤던 학생한테서 꼭 좀 만나자는 연락이 왔다. 안면도 여행에 동참하기에는 지나치게 학구적이고 지나치게 과묵하고 지나치게 우직한 친구였는데 섬에서 보니 소주에 약하기에 장소를 명동 OB베어로 정해 주었다. 용건? 자기하고 결혼하잔다. 두 사람 앞에 각각 500cc를 사뿐히 내려놓으면서 웨이터가 은근한 목소리로 흘리는 '좋은 시간 되십시오'에 나도 모르게 새어나왔다, 씨~팔.

경우 2. 유학 시절. 시끌시끌한 학생회관에서 한 녀석이 느닷없이 소리쳤다, '내 소원은 커트 보네거트를 만나는 것이다!' 그 소리가 바통이 되어 저마다 자기가 만나고 싶은 생존 작가를 외쳐댔다. 나도 물론 소리쳤다, '윌리엄 사로얀!' 그러자 놀랍게도 자기 할아버지가 사로얀하고 친하다는 녀석이 나타났다. 자기 할아버지하고 사로얀 아버지하고 아르메니아에서 캘리포니아 프레스노로 같이 이민왔단다. 다음 순간 나는 사로얀하고 친하다는 할아버지의 손자 곁에 이미 앉아 있었다. 방학에 프레스노에 데리고 가주겠다는 약속을 어렵잖게 얻어냈고 방학 일주일 앞두고 하룻밤 같이 보냈다. 그게 다였다. 프레스노에 가고 싶지도 않았고 사로얀을 보고 싶지도 않았다. 『내 마음은 고원에*My Heart Is in the Highland*』를 다시 읽었다.

경우 3. 십여 년 전. 동침을 거절하는 아내와 동침을 원하는 노처녀 화가 사이에서 허구한 날 참아야 하는 욕구를 불결한 창가보다는 청결한 샤워실에서 해결한다는 몹시 위생적인 사십 대 후반 남자와 상관된 상스러운 밤이었다. 나를 선생님이라고 부르면서 십여 년 넘게 알고 지내온 사이이다 보니 간혹 늦은 시간에 고민을 들고 오기도 했다. 섹스 관련 고민도 적지 않았다. 그러나 나는 누가 누구하고 자는지, 누가 누구하고 자다 말았는지에 관해서는 원래 전혀 관심이 없고 내가 누구하고 자는지에만 신경을 쓰기 때문에 그 남자의 섹스 관련 고민에는 실질적으로 별 도움이 못 됐지만 말동무로는 성실하게 대해 주었다. 그러던 어느 날 밤, 평소에는 맹물만 마시던 작자가 '오늘은 지도 한 잔 할랍니다'로 시작하더니 진하고 토닉워터를 반반씩 섞어 딱 한 잔 마시고 나서 벌게진 얼굴로 한다는 소리가, '나, 오늘, 여기서 잘랍니다'였다. 어색했다. 괘씸했다. 그래? 기억하고 싶지 않아도 결코 잊을 수 없게, 그렇게 자 주었다.

사실혼 남편 다섯 중에서는 세 남자만 돌이켜보겠다.

남자 하나. 칸딘스키 작품 전시회에서 마주치게 된 기다랗게 생긴 화가한테서 연락이 왔다. 호텔 바에서 만났다. 내가 죠니워커 스윙을 더블로 추가 주문할 때 기다란 화가는 싱가폴 슬링으로 네 번째 잔을 비우고 있었다. 유학생 시절에 여름방학마다 바텐더 보조로 아르바이트를 한 덕으로 웬만한 칵테일은 내가 직접 만들 수도 있고 주문하는 술의 종류와 마시는 양으로 손님의 신분과 상태를 대충 가늠하는 법도 배웠다. 어쨌거나 싱가폴 슬링을 자기가 마시려고 주문하는 남자는 내가 일했던 바에서는 삼 년 동안 한 사람도 없었다. 동반한 여성을 위해 주문하는 경우 (물론 모든 남성의 경우도 아니고 모든 남성의 경우이어서도 안 되지만) 눈빛으로 보내는 남성의 의도를 읽은 바텐더가 두둑한 팁을 염두에 두고 싱가폴 슬링의 적정 도수인 13~15도를 진과 체리브랜드의 양을 두세 배로 하여 30~40도까지 높여 놓으면 슈거시럽과 레몬쥬스로 인한 새콤달콤한 맛에 과일 주스라도 마시듯이 두어 잔 들이킨 동반 여성은 졸지에 후딱 취해 버린다. 바텐더의 속셈에 따라서는 알코올 농도가 적정 도수를 밑도는 경우도 간혹 있지만 그날 그 호텔 바텐더는 그냥 바텐더였다.

"하나 더! 내가 왜 화가가 된 줄 아세요?"

"하나 더!"는 주문이어서 다섯 잔째 싱가폴 슬링이 대령했고, "내가 왜 화가가 된 줄 아세요?"는 자문이어서 자답이 나왔다.

벽난로 위에 걸려 있는 「카르타고를 건설하는 디도」를 바라보며 성장한 아버지는 현재 미술대 학장이시고, 여고 시절에 서양화가 할머니하고 아테네에 가서 아크로폴리스 언덕에 올라 파르테논 신전을 (안으로는 들어갈 수 없으므로) 먼 발치서 넋놓고 바라만 보다가 돌아온 어머니는 조각가와 건축가 사이에서 한동안 갈팡질팡하다가 조각가가 되었고, 아버지를 빼닮은 여동생은 서양화를 전공하고 파리 8대학에서 석사를 마치고 귀국, 현재 국립대학에서 조교수로 서양화 실기를 강의하면서 수채화 작가로 활약하고 있으며, 자랑을 하려고 하는 게 아니라 실제로 친할아버지의 할아버지는 당대에서, 그러니까 조선 제25대 왕 철종 시대에서 손꼽히는 동양화가였으니 문중에서 뛰어난 화가들이 배출된 건 어제 오늘 일이 아니고…….

이제 내 이야기 좀 들어보자기에 잠시나마라도 입을 다문 게 반가워서 나오는 대로 지껄였다.

나는 부산에서 태어났다. 선장이라서 일 년의 반 이상을 바다에서 살던 아버지는 자기가 파도 타는 동안 아내는 육지에서 바람타고 있는 눈치가 보이자 그 즉시 이혼, 나를 개의치 않고 훌훌 바다로 돌아가고, 엄마는 나를 나 몰라라 하면서 바람 타던 남자한테 가버리고 멀쩡한 부모 두고 졸지에 고아가 된 나는 여섯 살. 때는 6 · 25 직후, 1937년에 설립된 플랜 인터내셔널의 한국 지부로 서울역 뒷전에 자리잡고 1953년에서 1979년까지 한국에서 구호활동을 실시한 포스터 페어렌츠 플랜의 플랜을 통해서 나는 미스터 게리 겔러웨이라는 미국인 장로교 목사의 수양 딸이 되었고, 수양 아버지에 대한 수양 딸의 의무는 수양 아버지가 다달이 보내주는 일정 액수를 수양 딸이 얼마나 감사하는 마음으로 받는지, 수양 아버지의 도움으로 수양 딸이 얼마나 행복하게 살고 있는지, 그날 그날 날씨는 얼마나 더운지 혹은 추운지, 바람은 얼마나 부는지, 수양 딸이 수양 아버지를 얼마나 보고 싶어 하는지, 수양 딸은 장차 얼마나 훌륭한 사람이 되고 싶어 하는지 등등, 보고 항목 별로 빈 칸을 채우 듯이 작성한 편지를 포스터 페어렌츠 플랜에 보내면 포스터 페어렌츠 플랜에서 고용한 번역팀이 수양 딸의 편지를 영역해서 수양 아버지한테 보내고, 영역된 수양 딸의 편지를 받은 수양 아버지는 사랑과 격려로 가득 찬 짤막한 편지를 포스터 페어랜츠 플랜 번역팀에 보내면 포스터 페어렌츠 플랜 번역팀은 수양 아버지의 편지를 한역해서 수양 딸한테 보내고…… 그러기를 150번 남짓 되풀이하면서 고등학교까지 다녔고, 고등학교 졸업 후에는 누드 모델 아르바이트로 대학을 졸업한 다음…….

"어~이, 여기 한 잔 더~!"

갈 만큼 갔구나 싶어서 그 자리에 그대로 내버려두고 일어섰다.

다음날 오후, 자기 화실에 초대하고 싶다는 전화가 왔다. 윌리엄 터너의 오리지날이 있다는 소리에, 나는 참 치사한 사람이라서, 망설이지 않고 응했다.

남자 둘. 『사람이 간다고 하여 사람의 길은 아니다』를 읽고 나서 시인에게 전화했다. 자기는 모르는 사람을 만나는 일은 피할 수만 있으면 피하면서 사는 사람이라고 했다. 무안했다. 시인은 아니지만 나도 시 몇 편은 써본 사람인데…… 하지만 나 역시 모르는 사람을 만나는 일은 피할 수만 있으면 피하면서 살아오지 않았던가. 두어 달 후에 다시 연락했다.

퇴계로 아스토리아호텔에서 양식으로 저녁 먹고 염천교 옆 승합차 종점에서 수원 가는 택시 타고 수원 청계장에서 하룻밤 자고 여관 아침밥 먹은 후 수원에서 서울 가는 승합차 타고 염천교 옆 승합차 종점에서 내렸다. 차에서 내리고 나서야 아침에 세수하려고 빼서 세면대 위에 놓았던 칠보반지를 깜빡하고 왔다는 것을 알았다. 퍽 좋아하던 반지였지만 매사에 포기가 빠른 편이라서 연연해하지는 않았다. 두 번째 만난 날, 시인이 반지를 건네주었다. 첫 번째 만나고 헤어지던 날, 헤어지고 나서 나는 내 갈 길로 갔지만 알고 보니 시인은 그 길로 수원 가는 승합차 타고 청계장으로 돌아가서 칠보반지를 끼고 있던 여종업원에게서 반지를 사왔던 것이다. 그리고 그날부터 우리는 삼 년 동안 된장찌개도 끓여 먹고 두부찌개도 끓여 먹으면서 잘 살았다.

그러다가 어느 날, 시인은 정지용 시인의 시 「띄」를 남겨놓고 떠났다.

하늘 우에 사는 사람
머리에다 띄를 띄고,
땅 우에 사는 사람
허리에다 띄를 띄고,
땅속나라 사는 사람
발목에다 띄를 띄네.

남자 셋. 어깨까지 내려오면서 물결치듯 부드럽게 굽실거리는 그 보기 좋던 머리가 두피에 달라붙다시피 짧고 꼽슬꼽슬했다.

"파마 했어?"

"아냐, 중력이야."

"뉴헤이븐에서는 언제 내려왔어?"

"첫 학기 끝나기 전에."

"왜? 돈 준다고 했다며?"

"받긴 받았는데…… 그냥 접었어."

"왜?"

"철학자는 없고 철학자 사도들만 있어서."

"댈러스 건설 공사장은?"

"예일에 비하면 시간 낭비는 아냐."

"여기 와서 같이 살래?"

"글쎄……."

같이 살았다. 우드스탁 페스티벌에도 같이 갔다. 장가들고 시집가는 일은 애초부터 두 사람 사이에 개재될 일이 못 됐다.

십오 년을 같이 살다가 내가 역겨웠던지, 세상사가 거슬렸던지, 나하고 세상하고 둘 다한테 싫증이 났던지 어느 날 불쑥 나가더니 영영 돌아오지 않았다. 그리워하면서 시도 써봤다.

옛날, 아득한 옛날

새끼여우가 왕뱀한테 반했던 그 옛날

여우는 하루에 한 살 먹고

왕뱀은 하루에 백 살 먹고

아, 하루가 하루가 아니던 그 옛날

새끼여우가 백 살 되던 날
동그란 가슴에 잘록한 허리로
겨울 빛에 금빛 옷 반짝이며
왕뱀 찾아 땅밑으로 내려가던 날
아, 왕뱀은 용 되어 하늘로 오르던 날

"그럼, 혹시, 아까 그분하고도……?"

"아뇨, 그 사람 내 남편 했던 적 없어요. 젊었을 때는 쳐다만 봐도 숨이 막힐 정도로 겁나게 잘생겼었는데, 뭐, 잘생겨서 본인한테 좋을 게 뭐가 있겠어요? 여자들한테 시달리기나 했지. 아마 그래서 결혼도 안 하고 평생 혼자 사는지도 모르죠."

"그렇군요…… 그랬군요……."

얼레리 꼴레리~ 얼레리 꼴레리~
누구 누구는~ 얼레리 꼴레리~
누구 누구를~ 얼레리 꼴레리~
좋아한대요~ 얼레리 꼴레리~
얼레리 꼴레리~ 얼레리 꼴레리~

작정 없이 되풀이되는 얼레리 꼴레리 합창에서 누구 누구는하고 누구 누구를이 누구고 누군지는 그때 그때 다르다. 누구 누구는에는 남자애 이름이 들어가고 누구 누구를에는 여자애 이름이 들어가는 게 원칙인데, 어쩌다가 누구 누구는에 여자애 이름이 들어가고 누구 누구를에 남자애 이름이 들어가는 날에는 여자애는 자기가 남자애를 선택한 여자애가 돼서 창피해 죽고, 남자애는 남자애대로 자기가 여자애한테 선택당한 꼴이 돼서 창피해 죽고, 나머지 아이들은 손뼉까지 쳐가면서 너무 너무 재밌어 죽고, 골목은 얼레리 꼴레리로 삽시간에 아수라장이 되고…….

눈깔사탕을 넋놓고 좋아하던 초등학교 저학년 시절, 정확히는 3학년. 칠판 글씨가 잘 안 보인다고, 안경을 껴야 할 것 같다고 아버지한테 거짓말을 했다. 아버지는 나를 데리고 종로 화신백화점 옆 천보당 안경점에 갔다. 안경이 한 곳에 그렇게 많이 있을 줄은 상상도 못했다. 아이들 안경테는 진열장 한 곁에 따로 나란히, 줄줄이 진열되어 있었다. 안경 끼는 아이들이 생각보다 많은 것 같아서 기분이 별로였다. 우선 테부터 골라보라고 하기에 그렇잖아도 안경테 때문에 안경을 원했던 나는 유리 진열장에 코를 박았다. 쓰기만 하면 얼굴이 확 돋보일 안경테들이 즐비한 가운데 특별히 세 개가 맘에 들었다. 딱 하나만 골라야 한다는 것쯤은 알고 있었다. 진달래 색깔, 봉숭아 색깔, 개나리 색깔. '고른다'는 건 참 어려운 일이었다. 대번에 선택하지 못하는 나를 어벙하게 봤는지 주인 아저씨가 내 어깨를 토닥거리면서 달래듯이 말했다. "안경테는 조금 있다 천천히 고르기로 하고, 우리, 검안부터 하자, 응?" 검안? 검안이라니? 학교에서 하는 시력 검사?!

눈이 나빠서 칠판 글씨가 잘 안 보인다고 거짓말한다, 아버지는 나를 데리고 안경점에 간다, 색깔이 제일 예쁜 안경테를 고른다, 예쁜 안경을 끼니까 얼굴이 예뻐진다, 얼굴이 예쁘니까 눈깔사탕이 날 좋아한다는 내 각본에 검안은 없었다.

앉으라기에 앉기는 앉았지만 마음이나 의자나 편치 않았다. 앉고 보니 맞은편 벽에 시력검사표가 두 개나 붙어 있었다. 왼쪽 검사표에는, '란돌트 고리'라고도 부른다는 건 한참 후에야 알았지만, 구멍 뚫린 원도 많았다. 원에 구멍이 뚫렸거나 말거나 아라비아 숫자가 깨알이거나 말거나 내가 맞힐 수 없는 건 없었다. 어쩐다? '시력검사는 시력이 좋은 사람이 아니라 시력이 나쁜 사람을 위해서 만들어진 검사'라고 하셨던 선생님 말씀이 떠올랐다. 그렇다면 안경점은 시력이 좋은 사람이 아니라 시력이 나쁜 사람을 위해서 있는 가게다. 그런데 2.0/2.0이 안경점에서 시력검사를 받고 있다! 빈 철테 안경에 알을 집어넣고, 시력검사 하고, 알을 꺼내고, 다른 알을 집어넣고, 다시 시력검사 하고, 알을 또 꺼내고, 또 다른 알을 집어넣고, 또 시력검사를 했다. 알이 바뀔 때마다 알의 도수도 당연히 달랐겠지만 나는 이미 결심한 대로 알이 바뀌거나 말거나 시력검사표 밑에서 네 번째 줄부터는 엉터리 답을 했다. 안경테는 진달래꽃 색깔로 정했고 안경은 사흘 후에 아버지가 찾아오셨다. 엄마는 계집애가 안경을 쓰면 어쩌냐면서 꼭 교실에서만

쓰라고 했고, 나는 꼭 그러겠다고 하고는 대문을 나서기가 무섭게 안경부터 꺼내 썼다. 살짝 어질어질했지만 그건 또 그런 대로 재미났다. 남자애들은 나한테 '네 눈깔'이라는 별명을 붙여주었고, "너, 눈 나빴었냐?"가 눈깔사탕이 보인 유일한 반응이었다.

"소개해 드릴까요?"

"아이, 아니에요, 별 말씀을……."

"바깥양반, 뭐 하셨던 분이에요?"

"음…… 어려서부터 고생 무척 많이 했어요, 좋은 사람이었고……."

"피곤하시죠? 그냥 좀 쉬실래요?"

"아, 아녜요, 아녜요. 아까까지만 해도 불안하고 초조했는데, 두 분 덕분에, 다른 세상 보는 거 같아서, 아녜요, 피곤하긴요. 혹시…… 피곤하세요?"

"나요? 하하하. 뭘 한 게 있어야 피곤하고 말고 하죠. 전신마취하고 잠시 침대에 누워만 있다가 왔는 걸요, 뭐."

"어머! 전신마취를 하셨었어요? 겁나지 않으셨어요?"

"마취해 본 적 없으세요?"

"임플란트 할 때."

"국소마취 해보셨군요. 내 경우는 왼쪽 손목만 부러졌는데도 손목뼈가 엉망으로 부러져서 금속판 고정술이 필요했기 때문에 전신마취를 했죠. 어쨌든, 전신마취를 할지 부위마취를 할지는 환자가 아니라 의사가 결정할 일이지요."

"그렇게 말씀하시는 거 들으니까, 정말 그러네요. 정말, 말씀, 참~ 잘하세요. 제가 운이 좋아서…… 하마터면 특실 갈 뻔했는데."

"피곤하지 않으시면, 우리, 옛날 얘기나 할까요? 수술하고 상관 없는 이야기면 아무거나. 돌이켜보면 많잖아요, 그리운 사람들 이야기."

솜틀집은 왕십리에서 세들어 살던 한옥 뒷마당에 있었다. 넓죽한 뒷마당 한켠에는 돼지우리도 있었는데 주인이 낮에는 집을 비운다는 걸 돼지들도 아는지 일곱 마리나 되는 크고 작은 돼지들이 낮이 되면 허술한 우리에서 뛰쳐나와 좋다는 건지 싫다는 건지 종잡을 수 없는 표정으로 꿀꿀대면서 뒷마당을 휘젓고 다녔다. 늘 그랬다. 그래서 솜틀에서 흩뿌려진 솜가루로 머리가 허연 젊은 아버지한테서는 늘 돼지 냄새, 돼지우리 냄새가 났다.

초등학교 다녀서 읽고 쓰기 배웠으면 그걸로 됐지 계집애가 중학교는 무슨 얼어죽을 중학교냐는 게 아버지 생각이었다. 아버지 생각대로만 살았던 병약한 엄마는 잔병치레로 시달리다가 서른세 살에, 내가 초등학교를 졸업하던 해에 떠났다.

시작은 위로 오빠 둘, 아래로 여동생 하나, 연년생 사남매였으나 큰오빠는 세 살 때 홍역을 이기지 못했고, 둘째 오빠는 두 살 때 뭘 잘못 집어먹고 병원에 가보기도 전에 그대로 떠났고, 조산으로 태어난 여동생은 약골이어서 초등학교도 아홉 살이 되어서야 가까스로 입학했지만 학교 가는 날보다 집에서 앓는 날이 더 많다가, 어느 날 아침, 영영 일어나지 않았다.

자식농사 개판쳤다면서 아버지는 솜틀집에 일감이 뜸하면 불쑥 집을 나가 이삼 일 후에 후줄근한 모습으로 돌아왔다. 엄마 살아생전에 웬 젊은 여자를 집에 들여 우리 식구로 살게 한 것도 그 무렵이었다. 부석사 가던 길에 허름한 선술집에 들렀다가 하룻밤 묵는 김에 함께 했던 주모였다는 사실은 훗날에나 알았다. 아버지를 따라왔다니 박복한 여인이었다.

아들, 아들, 아들 노래 부르던 아버지한테 젊은 여자는 아들을 낳아주었다. 그런데 고추 달고 태어난 아기는 손가락이 여섯 개였다. 아버지는 당장이라도 뒤로 넘어갈 듯이 펄펄 뛰면서 누구에랄 것 없이 욕설을 퍼부었다. 손가락이 여섯 개 달린 아기를 낳은 것이 어미의 잘못인 것처럼 아버지는 병신 새끼 낳았다고 어미를 구박하고 어린 것은 쳐다보지도 않았지만 어미가 어린 것을 아버지 눈에 띄지 않게 숨기다시피 하면서 키웠기 때문에 아버지는 '병신 새끼'를 보고 싶어도 볼 수도 없었다.

육손이는 다른 아이들과 다른 점이 하나 더 있었다. 두 살 때까지야 아직 어려서 그렇다 치더라도 다섯 살이 되어서도 배가 고프면 배가 고프다고 말을 하는 게 아니라 밥을 줄 때까지 '밥, 밥, 밥, 밥, 밥……' 소리만 되풀이했다. 어쩌다가 육손이가 눈에 띄기라도 하면 아버지는 그 어린 것한테 삿대질까지 해가면서 병신 꼴값한다고 으름장을 놓았고 병신 자식 낳은 죗값으로 젊은 아내는 죽을 준비라도 하듯이 아버지 앞에서는 숨도 가늘게 쉬었다.

다섯 살까지는 엄마 치맛자락을 잡고 살았지만 여섯 살이 되어서도 다른 아이들보다 손가락이 하나 더 많을 뿐 아니라 말까지 심하게 더듬어서 육손이는 또래와 섞일 수가 없었다. 그러다가 태어나서부터 감기 한 번 걸려본 적이 없던 육손이는 여섯 살 되던 해 선달 그믐날 밤, 새해를 맞이하기를 마다하고 식구들이 잠든 틈을 타서 아버지 없는 세상으로 가버렸다. 한동안 부둥켜안고 있던 자식의 시신을 방바닥에 뉘어놓고 슬그머니 밖으로 나간 어미는 끝내 돌아오지 않았다.

열여덟 살 되던 해, 아버지는 솜틀집에 드나들다가 나를 눈여겨본 젊은이를 사위로 삼기로 결정했고 그렇게 결정한 연유를 아버지답지 않게 자상하게 말했다.

학교라고는 문턱에도 가본 적이 없지만 산골에서 할머니하고 단 둘이 살면서 읽기 쓰기는 할머니한테 배웠다, 열다섯 살에 할머니를 잃고 무작정 상경했다, 숙식 제공하는 포목상에서 일 년 동안 허드렛일 하면서 살았다, 동대문시장 바닥에서 포목상을 전전하면서 십여 년을 보냈다, 스물아홉에 자기 포목상을 차렸다, 장사 수완이 뛰어나다, 앞으로 큰돈 벌 위인이다였다.

아버지 말대로 남편은 장사 수완이 뛰어났다. 포목상은 하루가 다르게 번창했다. 십 년이 채 안 됐는데 동대문 시장에만 점포가 세 개, 남대문 시장에도 둘이나 있었다. 점원들만도 스무 명이 넘었다.

옷감 장수는 유행에 좌지우지될 수밖에 없고 유행 따라 우왕좌왕하다가는 큰 돈은 못 번다고 판단한 남편은 석 달 만에 포목상 다섯을 모두 처분했다. 결혼한 지 십 년, 스물여덟에 첫 아이를 낳았다. 아들이었다. 남편은 첫아들 이름을 따서 〈우석상회〉를 차리고 유행과 무관한 안감을 도매로만 거래하면서 염색에도 손을 댔다. 침염기 · 날염기는 일제로, 염색반장은 그 바닥에서 30여 년 경험을 쌓은 노장으로, 무지직물 · 자수직물염색에 홀치기염색도 취급했다. 성공 비결은 간단했다. 직원들이 잘 살아야 자기도 잘 살게 된다는 원칙을 고수했다.

다음 해에는 딸. 그즈음 해서 부동산에 관심을 보이기 시작한 남편이 오 년 동안 매입한 토지는 전국에 걸쳐 30만 평이 넘었고 강남에 있는 호화 빌라 여섯 채와 빌딩 다섯 개도 남편 소유였다. 1985년 여름, 놀이터에서 놀던 아들이 미끄럼틀 꼭대기에서 떨어졌다. 목골절로 인해 경추가 손상되면서 전신이 마비됐다. 일 년이 넘게 자리에 누워 있다가 갔다.

재력만 믿고 시도한 일들이 줄줄이 낭패였다. 사기도 여러 번 당했다. 〈우석상회〉와 염색공장도 남의 손에 넘어갔고 서귀포 땅 10만 평만 제외하고는 그렇게 저렇게 보낸 십오 년 사이에 빌라 여섯 채와 토지 20만 평은 차례로 모습을 감췄다. 지친 모습을 보이기 시작했을 때부터 세상을 떠나기까지 오 년 동안 남편이 외출한 횟수는 열 손가락 안에 들었다. 집 안에만, 그것도 주로 자기 방 안에만 박혀 있었다.

서양에는 "무슨 일이든 할 만한 가치가 있다고 생각되는 일은 잘할 만한 가치가 있다"는 속담이 있다면서 남편은 하루 평균 네 시간 자고 두어 번 베란다에 나가 구름 바라보고 나머지 시간은 소설책에 묻혀 보냈다. 그리고 읽은 책은 방 한구석에 싸놓았다가 헌책방에 보냈다. '읽은 책을 뭐하러 가지고 있어, 다시 읽을 것도 아닌데', 서가를 들여놓지 그러느냐고 한마디 했다가 얻어들은 소리였다.

책 한 권을 들고 식탁에 나타난 날, 자리에 앉아 나를 물끄러미 바라보더니 내 쪽으로 책을 밀어놓으면서 처음 듣는다고 착각할 정도로 낯설어진 다정한 목소리로 말했다. '내가 제일 좋아하는 소설책이야. 한 번 읽어봐, 당신도 좋아할 거야.' 남편한테서 받은 마지막 선물이었다.

"아이, 나 혼자만 말을 너무 많이……."

"더 하시면, 난, 더 좋은데, 따님 이야기도."

"딸요? 어…… 딸은…… 그러니까…… 딸은 재수학원 다니다가 누구한테 무슨 소리를 들었는지……."

"재수학원요? 그럼 아까 엄마라고 불렀던……."

"네? 아, 아녜요, 그건…… 그게……."

"하려고 하시던 얘기 그냥 하세요, 나 신경 쓰지 마시고."

딸은 어릴 때부터 잘 웃었다. 깔깔거리는 소리가 동그랗고 맑았다. 누구를 닮았는지 천성이 밝았고 자라서도 명랑한 성격은 그대로였다. 대학에 떨어지자 방긋 웃으면서 한다는 소리가 자기는 아무리 여러 번 대학에 떨어져도 엄마, 아빠보다는 학벌이 월등 높으니 올 한 해는 그걸로 흡족해하시기 바란다였다. 그 쾌활한 성격의 밑변은 올곧은 품성이었다.

동네 유치원 다닐 적 일이었다. 어느 날, 저녁 식탁에 앉자마자 툴툴거렸다.

"나, 다른 유치원 다닐래!"

어린 것이 별 소릴 다 한다 싶어 그냥 무시하려고 했는데 의외로 단호했다. 유치원 바꿔주지 않으면 아예 안 다니면 안 다녔지 지금 유치원에는 다니지 않겠으니 그리 알라는 식이었다. 막무가내였다. 윽박지르려는 나를 제지하고 남편이 다독거렸다.

"그래 그래, 다른 유치원으로 가자. 그런데 지금 유치원 왜 싫으니?"

"선생님이 나빴어!"

"선생님이? 선생님이 왜?"

"어떤 애가 꽃병을 깨뜨렸다고 걔를 때렸어!"

"그랬구나…… 선생님이 화가 많이 나셨나 보다, 그치?"

"정말 잘못했다구 걔가 울면서 말했어. 그리고 내가 다 봤어, 걔가 일부러 그런 거 아냐, 뛰어가다가 모르고 탁 쳤어. 그런데도 선생님은 걔를 용서해 주지 않고 뺨을 두 번이나 아주 세게 때렸어."

남편이 고개를 끄덕였다.

다른 유치원으로 옮겨간 지 일주일도 안 돼서 일이 또 터졌다. 이번에는 눈이 퉁퉁 부어서 돌아왔다. 무슨 일이 었었냐고 물어도 당최 입을 열지 않더니 저녁에 남편한테 봇물터지듯 쏟아냈다.

"나, 인제부터 아빠 말 하나두 안 들을 거야! 아빠 땜에 오늘 선생님한테 얼마나 혼났는지 알아?! 선생님이 나한테 뭐라고 했는지 알아? 거짓말쟁이래! 아빠가 하라는 대로 했는데 그랬다가 선생님한테 거짓말쟁이라는 말만 들었어! 애들 다 있는 앞에서! 애들은 내가 정말 거짓말쟁인 줄 알 거라구! 아빠 잘못이야! 아빠가 내일 나하고 같이 가서 우리 선생님하고 애들한테 내가 거짓말한 게 아니라고 말해! 안 그러면 나 유치원 안 가!"

남편이 손수 챙겨주는 딸아이 점심 도시락은 점심밥이 아니라 정성밥이었다. 음료수에다 후식으로 과일까지 몇 조각 챙겨넣었다. 그러고는 덧붙이는 말이 있었다, "먹을 만큼만 먹어, 다 먹지 말고."

바로 그 말이 꼬투리가 되었다. 엄마가 정성껏 싸주신 도시락을 고마운 마음으로 깨끗이 다 먹지 않은 딸아이를 나무라는 선생님한테, "우리 아빠가 먹을 만큼만 먹으랬어요, 억지로 다 먹지 말랬어요"라고 대답한 것이 화근이 되었다. 먹기 싫으면 먹지 마라, 남겨도 좋다고 하셨다? 도시락을 엄마가 아니라 아빠가 싸주셨다? 딸아이가 그토록 억울해했던 거짓말쟁이는 (모르긴 해도) 갓 졸업한 어린 여선생 입에서 얼결에 튀어나왔으리라. 다음날 남편은 딸하고 같이 유치원으로 출근했다.

딸아이 초등학교 입학을 앞둔 가을이었다. 이삿짐을 싸고 있던 중인데 아이가 자기는 지금 집이 좋다면서 애를 먹였다. 어수선한 상황에서 퍼뜩 떠오른 대로, "이사 가면 강아지 사줄게"라고 했더니 빨리 이사가자고 재촉했다.

요크셔 테리어를 들고 들어온 날, 딸아이는 거실 바닥에 납작 엎드려서 두 손가락으로 강아지 등을 살살 쓰다듬으면서 이름은 자기가 짓겠다고 하기에 그러라고 했더니 그 자리에서 토토라고 지어 불렀다. 딸아이가 토토를 끼고 사는 건 그렇다 치고 남편도 집에 들어서면 토토부터 찾았다. 나도 강아지를 좋아하는 편이라서 토토는 얼렁뚱땅 우리집 대장이 되었다.

어느 날 저녁, 네모난 식탁에 세 식구가 각자 자기 자리에 앉자마자 토토가 고양이처럼 날렵하게 뛰어올라 하나 남은 빈 의자에 앉았다. "니가 사람인 줄 아냐? 넌 개야." 오른손으로 툭 밀치면서 내 입에서 나간 소리였다. 바닥에 떨어진 토토는 발딱 일어나 아무 일도 없었다는 듯이 한달음에 쪼르르 딸아이 곁으로 갔다. 남편은 들었던 수저를 내려놓았고 토토를 들어올려 무릎 위에 앉힌 딸아이 눈에는 눈물이 그렁그렁했다. 잠시 아무도 아무 말도 안 했다. 참으로 긴 잠시였다. 이윽고 딸아이가 울먹이는 소리로 더듬거렸다, "엄마, 내 생각인데…… 토토는…… 자기가…… 사람인 줄 아는 게 아니라…… 우리가 모두…… 개인 줄 아나 봐."

중3 여름방학 첫 날, 새로 사귄 친구하고 같이 놀러 가기로 약속했다면서 아침 일찍 나가더니 저녁에 친구를 데리고 들어왔다. 친구라는 아이의 차림새에 나도 모르게 눈살을 찌푸렸다. 얼굴에는 화장기도 있어 보였다.

"그 아이 아버지는 뭐 하시는 분이냐?"

"몰라, 왜?"

"공부는 잘하니?"

"아니, 못해."

"형제자매는?"

"언니 하나 있어. 왜, 어떤 집안인지 궁금해?"

"물론이지, 새로 사귄 친구인데 ."

"아버지는 공사장에서 일하다가 다리가 부러져서 누워 있고, 엄마는 밤마다 빌딩 청소하고, 언니는 고등학교 다니다가 임신해서 가출했어. 하나 더 알려 줄까? 걔, 참 착한 애야, 엄마 딸보다 훨씬 착해. 이제 됐어?"

딸아이가 남녀공학 고등학교 다닐 때 일이었다. 어느 날 학교 건물 뒤 후미진 곳에서 웬 남학생 한 명이 동년배들한테 뭇매를 당하는 광경을 우연히 목격했다. 늘 야유의 대상이 되고 얻어맞는 일도 허다했다는데 그 이유가 동성애자이기 때문이라는 것을 알게 된 딸아이는 **"동성애자는 이성애자를 탄압하지 않는다!"**라는 플래카드를 들고 등교 시간에 정문에서 한 달 동안 일인 시위를 했다.

대학 졸업을 앞두고 딸은 친구들과 함께 그토록이나 아름답다는 설경을 보러 설악산에 갔다. 눈나무들이 햇빛으로 황홀하게 반짝이던 날 일행은 등반에 나섰다. 다섯 명 중 두 명이 실족하여 한 명은 추락사했고 딸아이는 의식이 돌아올 때까지 열두 시간 동안 응급실에 누워 있었다. 뇌진탕이었다. 심한 경우에는 죽거나 정신 이상이 될 수도 있다고 하던데 딸은 죽지는 않았지만 정신은 예전 같지 않았다. 광주 정신병원에도 다녀왔고…… 그러면서, 그러느라고, 그러다 보니 삼 년이 지나가 있었다.

신경정신과 의사들이 말한 예후도 긍정적이었지만 부모 눈에도 차도가 보였다. 그때부터 통원 치료가 시작되었고, 그때부터 남편 머릿속에는 미래 사위에 대한 생각뿐이었다. 남편은 사업상 수십 년을 알고 지내온 사람들의 아들을 내가 아는 것만도 서너 명은 만나봤는데 그중 누구도 한 번 이상은 만나지 않는 것 같기에, "다 자란 사람을 단 한 번 만나서 알면 뭘 알겠냐?"고 했지만 그러던 어느 날 누군가의 아들을 만나러 나갔던 남편이 환한 얼굴로 돌아왔다.

"오늘은 제대로 만났어."

남편은 항상 같은 장소에서 같은 시간에 젊은이들을 만났다. 호텔 커피숍, 세시부터 한 시간 남짓. 오랫동안 알고 지내온 사람들의 자제라서 낯선 얼굴은 없었다. 자기들이 남편을 만나는 이유도 알고 나왔고 딸아이한테 문제가 있었다는 정도는 알고 나온 사람들이었다. 상대가 맘에 들든 안 들든 기회를 봐가면서 남편은 '딸과 토토 이야기'를 들려주었다. 그러고는 반응을 관찰했다. 오로지 그 반응 하나로 남편은 딸의 남편감을 고르고 있었다. 원하는 반응이라는 건 애초에 없었고 다만 그 이야기를 듣고 무슨 말을 하는지 듣고 싶었다고 했다. 정말 재미있다면서 명랑하게 웃는 젊은이, 어린 나이에 그런 말을 하다니 대단하다고 감탄하는 젊은이, 잘만 하면 일류 변호사 되겠다면서 덕담하는 젊은이, 등등 대여섯 명 중에서, "어렸을 땐 심성이 그렇게 고왔는데 사고 이후에 겪은 고생이 너무 심해서…… 할 말이 없습니다"라고 말한 젊은이가 있었다. 남편 지인 중에서 그 당시 부도가 나서 형편이 무척 어려운 사업가의 아들이었다.

돈 없는 아버지가 딸을 위하는 마음에서 장차 돈 많이 벌 사위를 찾았듯이, 돈 많은 아버지는 딸을 위하는 마음에서 장차 돈 많이 필요할 사위를 찾았다.

"아침에 수술하신다고 해서, 죄송합니다, 이 사람 커피만 가져왔습니다."

"아이, 아니에요, 지금은 마실 수도 없지만 저는 원래 커피 잘 안 마셔요."

"자, 에스프레소. 뭐하러 이렇게 독한 걸 마시냐?"

"진한 커피를 좋아하시나 봐요."

"그러게 말입니다. 거, 뭐 좋은 거라구."

"우리 사위도 에스프레소가 좋대요, 맛있대요."

에스프레소를 가지고 그것도 대화라고 주거니 받거니들 한다.

병메를 마주보며 눈깔사탕이 내 침대 발치에 걸터앉았다.

1965년 겨울은…… 겨울이었다.

12월 25일. 토요일, 새벽 4시. 얼어붙은 계단에 얼어붙은 채로 앉아 기다렸다. 지배권력에 대한 저항통제기기의 흉악망측한 사이렌 소리가 얼어붙은 허공을 삽시간에 박살냈다. 계단을 내려가는데 살얼음 부서지는 소리가 났다. 바지도 얼어붙어 있었나?

젊은 남녀가 어깨동무하고 쓸 데 없어진 종각에서 광화문 사거리 방향으로 비틀거리면서 「고요한 밤」을 부르는 게 아니라 외쳐댔다. 세 번째 「고요한 밤」에는 나도 합세했다.

1818년, 오베른도르프 마을, 성 니콜라스 교회 보좌신부 요셉 모어 작사, 프란츠 그루버 작곡. 예수는 마리아의 아들, 요셉은 모어 부인의 아들, 프란츠는 그루버 부인의 아들. 엄마의 새끼, 엄마의 새끼, 엄마의 새끼.

새끼는 귀엽다. 새끼 사람, 새끼 공룡, 새끼 쓰쓰가무시, 잠깐, 대다수의 사람은 아무리 새끼라도 뱀의 새끼는 귀엽지 않다고 한다. 세계 인구를 어림잡아 칠십억이라고 하고 칠십억의 대다수가 뱀은 새끼도 싫다고 한다 치자. 어림잡은 칠십억에서 칠십억의 대다수를 빼면? 약 칠십억의 대다수가 어쩌다가 약 육십구억구천구백구십구만천이라면 이 세상에서 뱀을 좋아하는 사람은 약 구천 명이다. 그리고 이 구천여 명이 뱀을 좋아하는 이유는 참으로 가지각색일 것이다.

마리아나 이사벨 가르시아가 미국 대학원을 멕시코와 인접한 텍사스 오스틴 주립대학교로 결정한 이유는 아홉 살부터 같이 살아온 아르볼리따를 자주 보러 가기 위해서라기에 (아르볼리따가 누구인지 모르지만 아르볼리따가 누구든 간에) 누군가와 십육 년이나 같이 살아왔다면 그럴 수도 있겠다 싶었지만 그래도 그렇지 오로지 아르볼리따-방문-편의도모 차원에서 대학원을 선택했다니…… 어쨌거나 아르볼리따에 대한 사랑이 대단도 하다 싶었는데 좀 더 듣고 보니 아르볼리따는 마리아나가 아홉 살 때 태어난 시날로안뱀이었다. 시날로안뱀 평균 수명은 십에서 십오 년, 아르볼리따는 열여섯. 아르볼리따가 죽을 때까지 얼마나 더 살아 있을지 알 수 없었기 때문에 마리아나의 살아 있는 시간은 당장이라도 들이닥칠 수 있는 아르볼리따의 죽을 시간을 축으로 맴돌고 있었다. 내가 너라면 그리고 나한테 아르볼리따가 있다면 나는 당장 죽을지도 모르는 나의 아르볼리따를 뒤로 하고 알량한 대학원에 가겠다고 미국까지 오지는 않았을 것이다, 게다가 대학원이라는 데는 언제라도 갈 수 있을 뿐만 아니라 아예 가지 않아도 그만인 곳이지만 아르볼리따 목숨은 (열여섯이라면 사람 나이 아흔이 넘었을 텐데) 언제라도 끊어질 수 있을 뿐만 아니라 나를 볼 때까지 마냥 붙어 있을 수만은 없잖겠냐고 짜증이 나는 것을 꾹 참고 나름 따끔하게 나무란 적이 있는데 반 세기 전 일이라서 그런가? 그때 마리아나 반응이 어땠는지 지금은 전혀 생각이 안 난다.

뱀을 싫어하는 이유를 징그럽다로 뭉뚱그려 말하는 사람은 대체로 뱀과의 감각적 교감을 체감한 적도 없고 뱀에 관한 지식도 극히 미비하면서도 실물이 아니라 영상매체를 통해 어쩌다 한두 번 후딱 보기만 한 걸 근거로, 오로지 사람의 관점에서 보여주고 구경하는 뱀 그림, 뱀 사진을 근거로 뱀에 대한 혐오감을 갖게 된 게 아닌가 싶다. 물론 독사한테 물린 적이 있는 사람의 경우는 예외지만. 잠깐, 독사 한 마리가 한 사람의 팔, 다리를 물어서 멀쩡한 사람을 장애인으로 만들어 버릴 수 있는 경우의 합은 **nPr=4(4-1)(4-2)(4-3)(4-4+1)=24!** 모든 뱀이 독사는 아니지만 독사도 선택의 여지 없이 뱀이라는 사실은 사실이다. 그러나 독사한테 왼쪽 팔을 물려서 썩어들어가는 왼쪽 팔을 잘라버려야 했거나 오른쪽 팔을 물려서 오른쪽 팔을 화급히 절단해야만 했던 사람이 아슬아슬하게도 당신이 아니라 바로 그 순간 당신 곁에 있던 당신 친구였다면 친구에 대한 당신의 우의가 제아무리 두텁다 하더라도 친구가 아니라 당신이 독사한테 물리지 않았던 것을 통탄해하지는 않았을 듯 싶고, 또한 독사한테 물리지 않았던 유일무이한 이유는 독사가 물지 않았기 때문이었음은 누구보다도 현장에 있었던 당신이 잘 알고 있으므로 인지상정상으로라도 당신은 독사한테 고마워해야 하는 것이 순리겠건만 독사한테 물릴 뻔만 했지 실제로는 물리지도 않았으며 물 수도 있었는데 물지 않았던 독사한테 고마워하기는커녕 당신은 당신 친구가 어느 특정 독사 한 마리에게 물렸다는 단순한 사실 하나만으로 세상에 있는 모든 독사는 물론이고 사람에게 아무런 해도 입히지 않는 아름다운 시날로안뱀의 가늘디가느다란 새끼뱀과 순하디순한 콘스네이크의 가느다랗고 야리야리해서 도저히 징그러울 수가 없는 새끼뱀을 포함한 모든 뱀과 모든 뱀의 모든 새끼를 공평하게 싫어할 것이다. 맞나? 맞다면 당신은 비논리적이고 반이성적인 사고의 소유자이다.

뱀 이야기를 하다 보니 항간에 널리 퍼져 내려온 뱀과 상관된 또 다른 이야기가 생각난다. 퍽 오래전에 낙원이라는 동네에서 홀랑 벗은 채로 유기농만 먹으면서 무탈하게 살고 있던 젊은 남녀한테 웬 뱀 한 마리가 찾아와서 여자한테 사과나무에서 사과 한 알 따먹어 보라고 자꾸 꼬드기는 바람에 결국 여자는 사과 하나를 따서 (통째로 다 먹은 것도 아니고) 딱 한 입 베어먹었을 뿐인데 그 즉시 심경에 변화를 일으켜 주변에 널린 넓적한 잎사귀를 두어 장 황급히 집어 자신의 알몸 일부를 가리고 자신의 권유로 한 입 베어먹은 남자도 일단 알몸 일부를 가리게 하고 남자를 성화같이 재촉하여 함께 티그리스-유프라테스 강 하구 딜문섬으로 이사갔다는 소리는 나 혼자만 들어 아는 이야기가 아니다.

이 이야기를 들으면서 떠오르는 궁금증은 즉각 해소될 수 있다.

1. 하고 많은 과일 중에서 하필이면 사과인가?

복숭아나 바나나였다면 하필이면 복숭아냐, 하필이면 바나나냐가 될 테니까 무작위로 선택된 과일이 사과였다고 치면 궁금증은 해소된다.

2. 파충류 중에서 하필이면 뱀인가?

개구리나 도마뱀이었다면 하필이면 개구리냐 하필이면 도마뱀이냐가 될 테니까 사과와 마찬가지로 뱀도 무작위 선택의 결과라고 치면 궁금증은 사라진다.

3. 남자 제쳐놓고 하필이면 여자인가?

남자 아니면 여자, 여자 아니면 남자이어야만 한다는 상황을 감안하면 궁금증이란 있을 수 없다.

그러나 은연중에 머릿속에 들어와 생각을 요하는 요소가 하나 있다. 즉, 평소에는 별로 즐기지도 않던 과일을 꼬드김에 빠져 따먹었다고 하니 꼬드김의 본질에 관해서, 유혹의 정체에 관해서 생각 좀 해봐야겠다.

유혹은 성가시다. 어미유혹 한 마리가 일단 새끼유혹을 두 마리 낳고 낳으면 그 두 마리 새끼유혹들은 즉각 두 마리 어미유혹으로 성장하는 동시에 각각 두 마리 새끼유혹들을 낳고 낳고 낳고 낳는가 하는 순간 네 마리 어미유혹들이 되자마자 즉시 또 각각 두 마리 새끼유혹들을 낳고 낳고 낳고 낳고 낳고 낳고 낳고 낳는다 하기가 무섭게 다시…… 2의 n승이다. n이 짝수다. 세균이다. 동물 중에서는 유독 사람만이 유혹균의 숙주란다. 이 소리는 생리의학으로 잘못 하면 노벨상을 받을 뻔했던 어느 노인의 연구 결과라지만 실제로 노벨상을 받은 건 아니니까 그 양반 말이 말이나 되는 소리인지 아닌지는 여러 명의 제삼자가 다시 연구를 해봐야 알 수 있을 것이다. 여하튼 그 노인의 연구 결과에 의하면 유혹균이란 균에는 딱 두 종류가 있다. 하나는 호흡기 계통의 염증성 질환과 유사한 성격을 지니고 있어서 마치 유행성 감기처럼 전염성이 매우 높고 다른 하나는 흑사병이나 콜레라 같은 전염병 못지않게 치사율이 매우 높다. 성가신 균이다.

12월 25일, 새벽 4시 30분. 얼어붙은 바깥 세상을 뒤로 하고 두 명의 「고요한 밤」에 묻어서 들어선 곳은 오늘은 세종문화회관이라는 이름으로 불리는 시민회관 뒷골목. 판잣집을 연상케 하는 목조 건물 1층은 유리문에 '아침식사 합니다'가 붙어 있는 광명식당.

광명식당 입구 왼쪽, 2층으로 올라가는 얄팍한 나무 계단은 수년 동안 하루도 쉬지 않고 닳고 있었기 때문에 어쩌다 움푹 파인 가운데를 밟았다가는 자칫 계단하고 같이 함몰될 위험이 있으므로 왼쪽이든 오른쪽이든 계단 끄트머리만 디뎌야 안전하니까 계단 오른쪽 끄트머리를 디딜 때는 몸은 왼쪽으로 슬쩍 틀고 계단 왼쪽 끄트머리를 디딜 때는 몸은 오른쪽으로 슬쩍 틀고 시선은 오른쪽 벽이든 왼쪽 벽이든 이미 몸을 틀어놓은 쪽에 해당하는 벽에 보내고 어둠 속에서 손바닥으로 벽을 얼추 쓰다듬어 가면서 (나중에 재봐서 정확히 알고 하는 말인데) 가로 60센티 세로 15센티 계단을 일렬종대로 엉거주춤 비틀비틀 오르다 보니 마지막 계단이었다. 잠그지는 않고 닫아만 두었던지 여자가 미니까 문이 열렸다.

솔벤트, 터펜타인 냄새. 한가운데 이젤이 서 있고 따뜻한 감색을 배경으로 한 시골 풍경에 얼굴이 동그란 여자아이들이 서 있는 1, 2호 크기 유화 그림들이 양쪽 벽을 채우고 있고, 신문지, 쓰레기, 옷가지가 구석 구석에 아무렇게나 쌓여 있고, 군용침대 머리맡에 놓인 널찍한 탁자 위에는 커피포트, 컵 두 개, 유리잔 두 개와 손바닥만 한 양은 재털이가 있고, 열린 채로 팽개쳤는지 화구 박스는 내장을 마룻바닥에 쏟아놓은 채 자빠져 있고…… 그럼에도 불구하고 백열등 조명 덕에 사람들이 쓰레기하고 합쳐져도 그런 대로 그럴듯해 보였다. 그리고 난로! 아! 난로! 드럼통만 한 석유난로가 냉기로 얽힌 삭신을 일순간에 찌르르르 풀어놓았다.

남자는 첼리스트였고 여자는 화가였고 대한민국은 제3공화국이었던 그날. 벌거벗고 서서 소주 마시는 여자, 벌거벗고 서서 소주 마시는 여자를 소주 마시면서 (제껵 마르라고) 아크릴 물감을 사용하여 에어브러싱 기법으로 캔버스에 옮겨놓는 여자, 마룻바닥에서 벌거벗고 서서 소주 마시던 여자가 캔버스로 옮겨 가서 벌거벗고 서서 소주 마실 때까지 '콜 니드라이(신의 날)'만 되풀이 연주하는 남자. 이 그림을 실크스크린으로 (대량생산 하지 말고) 딱 한 장 찍어내서 워홀한테 보내고 싶었지만 세계적인 팝 아티스트가 1965년 서울 코리아 뒷골목 화실 풍경에 관심을 보일 리가 없을 것 같기에 서울이 아니라 레이캬비크에서 보내는 것처럼 보이게 하기 위하여 올라퓌르 아스게이르손을 통해서 보냈다. 그리하여 이미 이름을 휘날리고 있던 워홀은 1960년대 억울한 서울의

서글픈 뒷골목 향기를 캠벨 수프 깡통처럼 희한하게 차용하여 상업 미술품으로 전용하는 데 성공한 덕분에 더욱더 유명해졌다.

"수술보다 더 무서워요, 전신마취가."

전신마취라는 소리가 1965년 겨울에서 좌충우돌하던 나를 병메와 눈깔사탕 곁으로 순간이동시켰다. 눈깔사탕은 등을 돌리고 있었기 때문에 내 정신줄이 잠시 어디인가 다녀왔다는 걸 알 수 없었고, 눈깔사탕 얼굴 바라보느라 정신줄을 놓고 있던 병메는 나한테 한눈팔 겨를이 없었다.

"건막류 수술이라면……."

"저도 알고 있어요, 간단한 수술이라는 거."

"혹시 전신마취를 하게 된다 해도 무서워하실 건 전혀 없습니다."

"마음 놓고 무서워하세요. 무서워하지 않으려고 애쓰면 외려 더 무서운 법이에요. 쯧쯧, 수술 앞둔 양반한테 한다는 이야기가 고작 수술 이야기야? 아까 내가 말했죠? 수술하고 상관없는 이야기면 아무거나 좋다고. 아무렇게나 해도 하다 보면 제풀에 이야기가 되는 게 이야기니까."

"이 사람 말, 일리 있습니다. 내일 아침 일은 의사한테 맡기시고 지금은 마음을 편히 가지시는 게 중요하니까 아무 이야기나 잠시 하시다가 일찍 주무시는 게……."

"오라버니! 길다, 길어."

"딸은 봄에 결혼했고 남편은 겨울에 세상을 떠났어요, 십 년 전에요. 처음 일 년 동안은 공연히 오갈이 들어서 남편 방에 못 들어가겠더라고요. 남편이 자기 방에, 자기 책상머리에 자기를 조금 남겨놓고 간 것 같아서요.

무슨 청승으로 혼자 80평에서 사냐고, 30평 정도로 줄여 가서 강아지라도 하나 키우면서 살라고, 나이 먹어서 혼자 사는 게 정신건강에 얼마나 나쁜 건지 알기나 하냐고, 딸이 하도 성화를 부리는 바람에 퇴계로에 세 번이나 갔었는데…… 저는 뒷마당에 돼지우리가 있던 집에서 자랐거든요, 새끼들이 어미 젖을 빨면서 하루가 다르게 커가는 걸 보면서, 개가 아니고 돼지라서 그랬는지는 모르지만 어미 없는 새끼는 한 번도 본 적이 없어요. 어미가 멱따는 소리를 지르면서 타이탄에 실려나가는 날도 있지만 그런 일은 새끼가 다 자란 다음에나 있는 일이라서 죽으러 가는 걸 알기라도 하는 것처럼 비명을 지르면서 펄펄 뛰는 어미가 너무 너무 가엽고 불쌍해서 눈물이 난 적도 있지만 새끼돼지가 불쌍하다고 느낀 적은 없었어요. 그런데 퇴계로에선, 얼핏 보기에도 종류가 다른 것들이 오글오글 뭉쳐 있는데 어떤 새끼는 어디가 아파서 힘이 없는지 밑에 깔려서 머리만 삐죽 내밀고 있고, 밖에서도 볼 수 있도록 철망상자 서너 개를 진열장에 주욱 늘어놓았는데…… 진열장에 다가가 안을 들여다보면 서로들 엉켜 있던 새끼들이 어떻게 아는지 저마다 고개를 반짝 들고 나를 똑바로 바라봐요, 그럴 때 그 표정이, 그 눈빛이, 제발 자기를, 자기를 좀 데려가 달라는 것처럼, 모르겠어요, 왜 그랬는지, 눈이 마주치니까 그냥 눈물이 나오데요,

어미 품에서 언제 떼어냈는지, 그 조막만 한 것들이 어쩌다가 철망상자 속에 갇히게 됐는지……."

"아무래도 집을 옮기는 게 좋겠네요. 우리 동네로 와도 좋고. 강아지도 하나 데리고."

"또, 또, 또 시작이다."

"왜, 내 말이 어디가 뭐 어때서?"

"오랫동안 살던 집을 떠난다는 게 어디 말처럼 그렇게 간단한 일인가."

"아니, 같이 듣고도 그러네, 그 큰 집이 무섭다시잖아. 뭐가 문제야, 80평에서 30평으로 확 줄이는데. 오라버니는 그게 탈이야, 있지도 않은 문제를 만들어내서 고민하는 재간이 있단 말이야."

"딸 내외가 알면 어르신한테 고맙다고 인사할 거예요."

"딸 내외요? 아~ 프리지어 잔뜩 들고 온 부부요? 그럼, 뇌진탕으로 고생했던 딸은……."

"그건…… 그 딸은…… 실은……."

"답답하네, 그냥 하던 이야기 하세요."

"아, 네…… 저도 두 분 사시는 동네로 이사가고 싶네요. 이런 걸 인연이라고 하는 거겠죠?"

"자아, 그럼, 이사는 이미 한 거나 진배 없고, 강아지 이름은 뭐로 하는 게 좋을까?"

"지금 여기서 강아지 이름 짓는 게 그렇게 급해?"

"그럼 지금 여기서 급하게 해야 하는 나만 모르는 일 있어? 고민하는 재간 있는 사람은 미루는 재간도 있더라. 왜, 강아지 이름 짓는 거 미뤄 뒀다가 나중에 작명소 가서 지어달랠까?"

"아녜요, 그냥 지금 하나 지어주세요."

"수놈으로 할래요, 암놈으로 할래요?"

"글쎄, 어느 게 좋을까요?"

"주인 맘이죠, 수놈으로 하면 전에 우리집 요크셔 테리어한테 내가 지어주었던 이름 하나 주고."

"유리하고 아리?"

"응."

"둘 다 예쁜데 어느 걸로 할까요?"

"그것도 주인 맘이죠. 유리는 고구려 시조 주몽의 아들인 왕자 이름이고 아리는 옛날 철학자 중에서 아리스토텔레스라는 사람이 있었는데 그 사람 이름 앞만 딴 거고. 자, 하나 골라봐요."

"철학자 이름도 예쁘긴 하지만 왕자 이름으로 하고 싶네요."

아침이면 퇴원할 내가 하도 나부대는 바람에 점잖은 눈깔사탕은 물론이고 아침이면 수술할 조신한 병메까지 자기 퇴원 후에야 있을 수 있는 이사 이야기이며 강아지 이야기에 말려들어 병실 분위기가 졸지에 화기애애해졌다.

"노래 하나 해주라."

"또 싱거운 소리 한다, 여기가 어디인데 노래를 하래? 영화 좋아하잖아, 지금은 그냥 영화 이야기나 하지 그래."

영화 보다가 오줌 마려우면 앉은 자리에서 그냥 누는 남자들도 있었던지 공짜표로 내가 드나들던 청계극장이나 평화극장은 들어가면 우선 코부터 막고 숨을 쉬어야 할 정도로 지린내가 독했다. 허긴 오늘이니까 지린내니 뭐니 해가면서 배부른 소리 하지만 대한뉴스가 시작할 즈음이면 간사한 후각은 이미 마비된 상태여서 지린내로 영화 맛이 떨어진 적은 거의 없었다.

청계천 4가에서 행인들에게 물어 물어 찾은 평화극장에서 「녹원의 천사」를 보았다. 내 생애 첫 외국 영화였다. 화면 구경하랴 자막 읽으랴…… 뽀얗게 빛나는 사기 인형이 녹색 들판에서 갈색 말을 타고 검은 머리를 휘날리며 질주하고 있었다. 아프로디테보다 좀 더 아름다워서 그예 세상을 들썩거리게 만든 여인이 바로 그날 내가 평화극장에서 본 사기 인형이었다. 돌이켜 보면 어린 나이에서부터 내가 지난한 현실에서 뒤로, 앞으로, 위로, 아래로 두어 걸음 물러서서 생각하고 상상하면서 훌훌히 버티어 올 수 있었던 것은 「녹원의 천사」에서 시작되지 않았나 싶다.

지린내로 한몫 톡톡히 하던 청계극장에서는 툭하면 동시상영을 했다. 운이 좋으면 둘 중 하나는 볼 만했고 운이 썩 좋으면 잊지 못할 영화도 볼 수도 있었다. 「여로」가 그런 영화였다. 요주의 인물 색출을 위하여 국경을 넘는 차량을 검거하는 소련 장교 율 브린너, 국경을 넘으려는 버스에 헝가리 레지스탕스 일원과 동승한 데보라 카, 버스의 억류를 데보라 카에 대한 율 브린너의 정념으로 치부하면서 데보라 카에게 율 브린너와 한 번 자주기를 요청하는 승객들, 연모의 정을 누르고 결국 버스의 월경을 허용하는 소련 장교, 사라져가는 버스를 바라보며 담배 한 대 피워 무는 소련 장교를 매복하고 있던 헝가리 레지스탕스 여성 대원이 총을 쏘아 쓰러뜨리고…… 박정희가 대통령 좀 해보려고 법석을 떠는 와중에 나는 「여로」가 청계천에서 삼선교로 옮겨갈 때까지 도합 여섯 번을 보았다. 그러느라 데보라 카가 아주 살짝 사팔이라는 것도 알았고 중학교 시절에는 나 혼자 율 브린너를 율리 보리소비치 브리네르라고 부르면서 꼴값을 떨기도 했다.

"어때, 여기 있다 내일 갈래?"
"여기 잘 데가 어디 있다고."
"누가 자래? 날씨 이야기 좀 하다 보면 아침일 텐데, 뭐."
"이제 주무셔야 하는데 조용히 해야지."
"아유, 이제 겨우 여덟시인데요, 뭐. 저 신경쓰지 마세요."
"간호사가 뭐라고 할걸."
"보호자는 환자 곁에 있으면 안 된다고?"

2015년 3월 7일. 토요일, 맑음.
전날 병메를 엄마라고 불렀던 여인이 무궁화실이 비었다며 병메 물건을 챙기고 있었다. 수술실에서 직행해서 나도 없고 눈깔사탕도 없는 넓디넓은 방에 혼자 있을 병메를 떠올리니 마음이 편치 않았다. 첫날 밤만은 같이 있어주고 싶다고 딸한테 말했더니 아주머니 한 분이 와 있기로 되어 있으니 고맙지만 신경쓰시지 않아도 된다고 말은 상냥하게 했으나 나를 흘깃 보는 시선은 퇴원하는 노인네 형편에 별 걱정 다 한다고 말하고 있었다.

오후에 눈깔사탕이 들렀다. 같이 병메한테 갔다. 수술이 성공적이었다는 말을 듣고도 당연하다는 생각에서인지 나는 별 감흥이 없었는데 눈깔사탕은 '다행이네요'라고 했다.

나는 병메 머리맡에 바짝 다가가 앉았다. 찌그러진 표정 때문에 늙어 보여서 싫었다. 반깁스까지 한 주제지만 나는 이미 서 있고 병메는 좀 더 누워 있어야 한다는 생각에서 웃기는 소리를 늘어놓아 소리내어 웃게 하고 나도 같이 웃어주었다. 그러고 나서 떠날까 하는데 딸이라는 여인이 들어왔다. 간편하게 떠날 수 있어서 좋았다.

눈깔사탕이 운전하고 왔지만 지하주차장으로 내려가는 엘리베이터를 지나쳐 밖으로 나왔다. 예술의 전당을 마주보면서 걸어가다가 자그마한 카페 앞에서 눈깔사탕이 걸음을 멈추고 나에게 턱짓을 해보였다.

눈깔사탕은 녹차, 나는 에스프레소.

"요즘 많이 우울하냐?"

"왜, 그래 보여?"

"환자 웃길 정도로 여유를 보이는 게 걸려."

"예민하기는."

눈깔사탕이 똑바로 바라보았다. 나이를 먹어도 눈은 변치 않나 보다.

"어디 여행이나 갈래?"

"아냐, 지금 이대로 괜찮아."

"술, 혼자 마시지 마라."

"술 소리 하니까 술 생각 나네, 술 마시러 가자."

"어디를 가서 술을 마시냐, 늙은이들이, 남 보기 흉하게."

"남? 우리가 모르는 남이라면 우리를 흉하게 보거나 말거나고, 우리가 아는 남은 우리가 술 먹는 걸 흉하게 볼 리가 없고. 어쨌든, 이런 남이든 저런 남이든 우리 둘이 술 한 잔 마시는 데 남이 왜 끼어들어?"

"그래도 그렇지, 나이가 칠십인데……."

"칠십 먹은 늙은이가 술 마시면 입에서 바퀴벌레 나오냐?"

눈깔사탕이 껄껄 웃었다.

별의별 입술에 별의별 키스를 다 해봤건만 그렇게 웃을 수 있는 눈깔사탕하고는 반세기가 지나도록 입맞춤이 없었다니 내가 너무 무심했나?

#9

우리 중에는 어제 미친 사람과 오늘 미치는 사람과
내일 미칠 사람이 있을 뿐이다.

30평짜리로는 당장 나온 게 없다고 해서 10평 늘려 병메는 우리 아파트 옆옆 동으로 이사왔다. 나는 모모를 앞장 세우고 이사 선물로 삼 개월 된 말티즈를 가지고 갔고 눈깔사탕은 광주요 찻잔 세트를 내밀었다.

북한산 허리께에서 꼭대기, 하늘을 올려다보며 하염없이 앉아 있는 민둥바위, 큼직한 바위 틈새를 찾아 채우고 있는 높고 낮은 나무들. 모두가 한꺼번에 6층 베란다 유리문 안으로 들어왔다.

저기 저 바위는 언제부터 저기서 저러고 있어 왔나?

벽을 테두리로 하다시피 어마어마한 TV 사이즈에 과묵한 눈깔사탕이 한마디 했다.

"여긴, 뭐, 그냥, 거실극장이네요."

"이렇게 큰 TV는 저도 처음 봐요, 적적할 때 영화라도 보라며 딸이 들여다놨어요."

"딸요? 뇌진탕으로 고생했던 딸?"

"그건…… 그 딸은…… 실은……."

"아이, 또 답답하게 구시네. 그냥 영화 얘기나 하죠. 우선 「왕과 나」로 시작합시다. 그러고 나서 「여로」를 보고, 그 다음에 「카라마조프 형제들」을 보고, 마지막으로 「아나스타샤」를 보기로 하지요. 그럼 율 브린너는 대충 커버가 되니까."

"주인공 남자 보려고 영화 보는 것은 어렸을 때 이야기지 지금이야……."

"지금이야 뭐? 어쨌든 우리 이제부터 일주일에 하나씩 봐요. 다음주에 뭐 볼까?"

"「애수」 어때?"

"비비안 리 보고 싶구나?"

"무슨 이야기인데요?"

"1차 세계대전 때 있었던 비극적인 사랑 이야기예요, 원래 제목은 「워털루 브리지」이고."

"제목이 다리 이름이에요?"

"보면 알게 돼요, 그 다리가 어떤 다리인지."

"그럼, 다음주에는 「애수」 보기로 하지."

"실은…… 그전에 드려야 할 말씀이 있는데…… 어떻게 시작해야 좋을지……."

"아무렇게나 시작해도 좋으니까 편하게 말해요."

"실은…… 제가 병실에서, 제가 한 이야기, 저에 대한 이야기…… 실은…… 사실이 아니에요."

"사실이 아니라니! 그럼, 거짓말을 했단 말이에요?"

"전부 다는 아니고……."

"나, 원, 기막히네. 난 거기에다 대고 일일이 대꾸까지 했으니…… 어이, 기분 드럽다."

그만 일어서자는 표시로 눈깔사탕 왼쪽 소맷자락을 슬쩍 끌어당겼더니 눈깔사탕은 자기 오른손으로 내 오른손을 슬며서 밀어내면서 차 한 잔 마실 수 있느냐고 병메한테 나지막이 물었다. 그러자 내 앞에는 머그잔을 채운 커피가 왔고, 커피라면 질색을 하는 두 사람 앞에는 빈 찻잔과 뜨거운 물 밑에 차잎이 가라앉아 있는 사기 주전자가 놓여졌다.

나는 병메를 마주하고 앉아 있었다. 고개를 꼿꼿이 들면 눈이 마주칠 것 같아서 목 뒤에서 힘을 좀 뺐더니 병메 앞에 놓인 찻잔이 눈에 들어왔다. 찻잔을 그렇게 집중해서 뜯어보기는 평생 처음이었다. 찻잔에 그려놓은 자그맣고 조용한 꽃들. 그중에서 제비꽃이 다가왔다.

어렸을 때는 제비꽃이라고 하지 않고 반지꽃이라 불렀는데 10센티미터 정도 되는 꽃줄기를 가운뎃손가락에 둘러서 매듭을 짓고 난 다음 꽃줄기가 끊어지지 않도록 조심하면서 꽃이 손가락 위에 반듯하게 앉아 있게 만든다. 반지다. 그러고 나서 모두들 왼쪽 손을 앞으로 쭉 뻗는다. 누구 반지가 제일 예쁜지 내기하는 거다. 우리 중에서 똘똘한 아이 말로는 반지꽃을 오랑캐꽃이라고 부르기도 한다는데 왜 그렇게 부르는지는 알고도 말을 안 했는지 모르니까 말을 못했는지 모르겠다. 치과집 딸이었는데 지네 아버지가 치과의사라고, 그래서 우리 동네에서 썩은 이빨 있는 애들은 모두 자기 아버지한테 가야 한다며 어찌나 뻐기고 다녔던지 우리들 놀이에 걔를 끼워주자는 아이는 한 명도 없었다. 오죽하면 썩은 이빨 있는 애들까지도 걔하고는 놀고 싶어하지 않았을까.

거짓말을 할 수 있는 능력을 부여받은 동물이 인간 이외에도 있나? 나름의 언어를 지니고 있는 것으로 알려진 꿀벌이나 돌고래도 실은 나름의 언어로 거짓말을 하기도 하나? 꿀벌이나 돌고래가 거짓말을 하거나 말거나 인간이 하는 거짓말이라는 말에 대해서 생각 좀 해봐야겠다.

거짓말 종류 1. 화자는 거짓말을 의도하고 거짓말을 했고 청자는 화자의 거짓말은 거짓말이라는 사실을 알고 있다.

예) 동료 중 한 명이 자기는 꽃포비아가 있다고 하면서 꽃포비아를 갖게 된 경위를 털어놓았다. 산골에서 엄마는 나물 캐고 아버지는 나무 하면서 단란하게 살고 있었건만 아버지가 미친 늑대한테 정강이를 물리고 나서부터 집안은 풍비박산이 났다. 그 즈음해서 사람 · 늑대와 늑대 · 사람이 되어버린 아버지의 나무 하기는 꽃나무만 꺾기로 바뀌었다. 이른 봄부터 산골에는 개나리와 진달래가 지천이었지만 그중 거의 반은 아버지 손에 꺾여 나갔다. 하루에도 수차례나 드나들면서 그때마다 꽃가지를 한아름 안고 돌아온 미친 아버지는 가지가 회초리가 될 때까지 개나리꽃과 진달래꽃을 타작했다. 그러고 나서 회초리가 부러져 나갈 때까지 어린 딸한테 매질을 했다. 그리하여 어린시절부터 시작된 여자의 꽃포비아는 어른이 되어서도 사라지지 않았다고 했다.

거짓말 종류 2. 화자는 거짓말을 의도하고 거짓말을 했고 청자는 화자의 거짓말을 참말로 받아들였으나 결과적으로 화자의 거짓말은 거짓말이라는 사실이 밝혀진다.

예) 병메는 거짓말을 의도하고 거짓말을 했고 나와 눈깔사탕은 병메의 거짓말을 참말로 받아들였으나 결과적으로 병메의 거짓말은 거짓말로 밝혀진다.

• 'I love you'도 종종 이러한 종류에 속한다.

거짓말 종류 3. 화자는 거짓말을 의도하고 거짓말을 했으나 청자는 화자의 거짓말을 참말로 받아들였고 아이러니컬하게도 화자의 거짓말은 참말이 된다.

예) 사르트르의 『벽』에서 주인공 레지스탕스 대원은 동지의 은신처를 밝히라는 요구에 거짓말을 의도하고 거짓말을 했으나 동지가 은신처를 변경하는 바람에 결과적으로 화자의 거짓말은 참말이 되어 동지는 체포된다.

• 제주 4 · 3항쟁에서 토벌군이 자행한 '무장대 초토화 작전'에서 빚어진 수많은 참상이 이러한 종류에 속한다.

거짓말 종류 4. 화자는 선의로 거짓말을 했으나 청자는 그것을 참말로 받아들였고 결과적으로 화자는 선의의 거짓말로 인하여 재앙을 자초하게 된다.

예) 카뮈의 『이방인』의 주인공 뫼르소가 감방에서 발견한 신문조각에 실린 기사 내용. 체코슬로바키아의 작은 마을을 떠난 청년이 25년 만에 크게 성공하여 고향으로 돌아와 어머니를 놀라게 해드리려고 아내와 아이를 호텔에서 하룻밤 묵게 하고 자기 혼자 어머니와 누이가 경영하는 여인숙에 들어간다. 어머니가 자신을 알아보지 못하자 그냥 재미로 자신의 신분을 밝히지 않은 채 하룻밤을 그곳에서 투숙하기로 하고 자기가 가지고 있는 많은 돈을 두 사람에게 보여준다. 그날 밤 어머니와 누이는 남자의 돈을 훔치려고 남자를 망치로 때려죽인 후 시체를 강에 던져버린다. 다음날 아침 이러한 상황을 전혀 모르는 남자의 아내가 찾아와서 남자의 신분을 밝힌다. 어머니는 목을 매어 죽고 누이는 우물에 빠져 죽는다.

"저…… 마음 편히, 떠오르는 대로 말씀하세요. 거짓말도 좋고 정말도 좋고 거짓말을 다시 거짓말하셔도 좋습니다, 허 허."

"거짓말을 다시 거짓말한다고 해서 정말이 되는 건 아니지, 아마."

"편하게 말씀하십시오."

"솜틀집도 돼지들도, 주인집 돼지들이기는 하지만 정말 있었고 아버지하고 어머니 이야기도 정말이에요. 육손이하고 육손이 엄마 이야기도 정말이고, 남편이나 아들 딸 이야기는 정말이 아니지만 결혼하기 전까지의 이야기에는 거짓말이 별로 없어요."

"별로 없다니까 하는 말인데……."

눈깔사탕이 제발 입 좀 다물라는 눈길을 보내왔다.

"내가 중학교 가는 걸 아버지가 반대한 건 사실이에요. 그런데 실은 나도 중학교에 가고 싶은 마음은 별로 없었어요. 아버지 말대로 읽을 줄도 알고 쓸 줄도 아니까요. 집에서 집안일만 하니까 특별히 서둘러야 할 일도 없고 서두르지 않으니까 시간이 많이 생기고 그래서 소설을 읽었어요. 소설은 정말 많이 읽었어요."

"다른 사람들 상상 속에서 편하게 살았구먼."

"네?"

"소설을 많이 읽으면서 살아오셨다니까 하는 말인가 봅니다."

"중년이 돼보이는 여자를 딸이라고 했을 때 뭔가 이상해도 한참 이상하다 했지. 속일 게 따로 있지, 허긴 속은 내가 우습지만."

"딸이 아닌 건 아네요. 어디서부터 말씀드려야 할지, 너무 얽혀 있어서…… 딸은 물론 제가 낳은 딸은 아니고, 그렇다고 남편 딸도 아니고…….”

“별 놈의 딸도 다 있네.”

“입양하셨나요?”

“법적으로는 입양을 했는데 그런 경우도 입양이라고 해야 하는지…….”

“아이, 짜증나네. 그만 하죠, 꼭 들어야 하는 얘기도 아니니까.”

“계속하시지요.”

“남편이 제대하고 나서 대학원에 다니고 있었을 때 일이래요. 어느 여학교 앞을 지나는데 마침 학교가 파해서 학생들이 몰려나오는 중이었는데 그 많은 애들 중에서 한 여학생이 눈에 들어왔대요. 그때 남편 나이는 스물아홉이었고 첫눈에 반했다고 하대요.

그런데 그 여학생이 가출해서 웬 남자하고 같이 산다는 소문이 퍼졌대요. 상대방 남자는 군인이었다니까 나이차도 퍽 있었을 텐데. 어쨌든 그 여자는 다른 남자를 사랑했고 그 남자도 그 여자를 사랑했으니까 남편 첫사랑은 짝사랑이 됐고요.”

“그놈의 사랑 소리 좀 빼면 좋겠네.”

“아, 네, 그럴게요. 그 여학생은, 그땐 이미 학생도 아니었지만, 자기가 사랑하는, 좋아하는 남자하고 삼 년 동안이나 같이 살았는데, 그래서 아이도 하나 낳았는데, 딸이었대요, 그런데 아이를 낳으니까 남자가 사라졌대요.

그 당시 《학원》이란 잡지 있었던 거 생각나세요? 《학원》 표지에 나올 정도로 대단한 미인이어서 그 여학생 모르는 남학생은 가짜 학생이라고 할 정도였지만 그래도 그 여학생이 웬 남자하고 동거한다는 소문이 퍼지니까 남학생들은 모두 돌아섰대요. 그런데도 남편은 그냥 그 자리에서, 여자 앞에는 나서지도 못하면서……

여자는 일을 해야 하는데 갓난애가 있어서, 그 상황에서 집에 들어가고 싶어서 들어갔겠어요? 부모는 딸자식 하나 없는 셈치고 살고 있었는데 막상 딸이 돌아오니까, 그것도 어린 것까지 달고 들어오니까 차마 내치지는 못하고. 어린 것을 부모가 돌보게 하고 자기는 워커힐 카바레에 나갔대요. 거기서 오 년 동안이나 일을 했는데 그동안에도 남편은 여자를 먼 발치에서 지켜만 보고. 그러니까 팔 년 동안이나 짝사랑을 한 거죠. 그러다가 용기를 내서 구혼을 했는데 즉석에서 거절당하고. 그래도 남편이 하도 지극정성으로 나오니까, 남편 말로는, 불쌍해서였는지 귀찮아서였는지 결국에는 해주겠다고 하더래요."

"별 얘기도 아니네."

"말씀 계속 하십시오."

"삼 년 동안 동거는 했지만 혼인신고는 하지 않았기 때문에 아이가 나중에 학교 갈 때 문제가 없으려면 호적에 올라 있어야 하는데 아이 아버지는 행방이 묘연하고, 그래서 궁리 끝에 여자 아버지 호적에 올려놓았대요. 그러니까 호적상으로는 자기 딸이 자기 여동생이 된 거고 자기 아버지하고 자기 딸의 아버지는 호적상으로는 같은 사람이었죠.

결혼하고 나자 여자는 딸을 데려오라고, 같이 있고 싶으니까 데려오라고 하더래요. 엄마가 딸하고 같이 살고 싶어하는 건 당연하지만, 그렇다고 사실은 모녀 관계라고 하면서 무작정 데려올 수는 없고, 법적으로 그건 안 되나 봐요. 그랬더니 입양을 해서라도 데려오라고 했대요. 그래서 아이를 입양한 거죠."

"뭐야, 그럼, 모녀이자 자매이자 양엄마잖아?"

"네. 아, 그리고, 남편 집안이 대단한 부자였는데 아들이 당치도 않은 여자하고 결혼하겠다니까 집안 망신이라고 펄쩍 뛰면서 반대했는데…… 하긴 어느 부모가 그런 결혼을 반가워하겠어요? 그렇지만 부모가 반대하면 뭐해요, 마흔이 다 돼가는 아들이 그 여자가 아니면 누구하고도 결혼하지 않겠다고 버티는 데야. 결국 허락은 해줬지만 꼴도 보기 싫다면서 아들 내외를 미국으로 보내버렸대요.

미국에서 사는 것도 순탄치만은 않았나 봐요. 유부녀가 유학생을 유혹하고, 이민 가서 자리잡고 살고 있는 유부남을 유혹하고, 미국 남자들한테도 추파를 던지고, 한인 사회에서는 그 여자가 한국 여자 이미지를 더럽힌다고 법석을 떨고…….

제 생각인데, 그 여자만 나무랄 수는 없는 거 같아요. 어린 나이에 사랑했던 남자한테 버림받았으니까요. 평생 행복할 줄 알았는데 평생 불행하게 됐으니까 남자에 대한 생각이 많이 달라졌겠지요. 다시 또 남자를 사랑한다는 게, 사랑하고 싶지도 않았을 거 같아요. 오히려 자신이 버림받아 입었던 상처를 남자들한테, 아무 남자한테나 입히고 싶었는지도 모르죠. 소설에서라면 흔히 볼 수 있는 일이지요.

아, 참, 그런데 딸을 입양까지 해서 데려다 놓고 나서 무슨 생각에서인지 딸을 심하게 구박했대요. 자기를 버린 남자의 자식이라서 그랬는지는 모르지만, 그것도 실은 말도 안 되는 소리죠, 엄마는 엄마인데.

미국에 도착하자마자, 딸은 그 당시 여섯 살이었는데, 엄마가 딸한테 제일 먼저 한 일이 뭔지 아세요? 커피 끓이는 방법을 가르쳐 주더래요, 그 어린 것한테. 그런데 찬장이 너무 높아서 의자를 가져다 놓고 그 위에 올라서서 머그잔을 꺼내야 했다던데, 머그잔을 하필이면 어린애 손이 안 닿는 찬장에 넣어 놓았는지…… 커피 끓이는 것만 가르친 게 아니고 계란 프라이하는 방법도 가르치고 토스트 굽는 방법도 가르치고. 그렇게 해서 아침마다 커피하고 계란 프라이하고 토스트를 쟁반에 받쳐들고 조심 조심, 커피가 조금이라도 흐를까 봐, 그러면 혼나니까. 엄마가 너무 무서워서…….

사람들이 대놓고 손가락질도 하고 하루가 멀다 하고 창피스러운 일도 많았지만 그래도 남편의 사랑은 흔들리지 않았대요. 그러면서 미국에서 십 년이나 살았으니 별별 일이 다 있었겠죠.

한 번은 미국에 간 지 일 년도 채 안 돼서 운전을 배운 지 얼마 되지도 않았을 때 동네 한바퀴 돌면서 드라이브나 하고 오겠다면서 나갔는데 일부러 그랬는지 실수로 그렇게 됐는지는 모르지만 여하튼 하이웨이로 들어섰대요. 하이웨이니까 차도 많고 차들이 무섭게 달리고 트럭도 많고. 그런데 어떤 트럭 운전사가 4차선에서 웬 동양 미인이 재규어 컨버터블을 덜덜 떨면서 운전하고 있는 걸 보고 속도를 늦추고 여자 차에 가까이 다가갔다 멀어졌다 하면서 그때마다 경적을 울리고 느긋하게 아래를 내려다보면서 재미있다는 듯이 손가락질까지 해가면서 껄껄대니까 여자는 겁도 났지만 펄펄 뛰면서도 말은 못하니까, 제 말은 영어는 못하니까, 자기 성질을 못 이겨서 결국 자기 차로 트럭을 박았대요. 트럭을 박았으니 차야 엉망이 됐고 하이웨이 경찰도 왔고. 그런데 여자는 미국에 간 지 거의 일 년이 됐지만 영어라고는 '플리즈'밖에 몰라서 남편이 도착할 때까지 그냥 '플리즈'만 했대요. 그러니까 경찰이 '플리즈 왓?!' 하면서 짜증을 냈대나 봐요. 그러는 와중에 트럭 운전사는 경찰한테 뭐라고 했는지 잠시 후 떠나버렸고 남편은 여자가 크게 다치기라도 했을까 봐, 죽지만 않았기를 바라면서……."

"그런데 그런 이야기를 어떻게 그렇게 세세하게 다 알고 있어요?"

"결혼하고 오 년쯤 지나자 딸이 저를 받아주었어요. 그리고 그때부터는 미국에서 있었던 이야기를 많이 했죠. 거의 다 기억하고 있더라고요.

미국에서 산 지 십 년 정도 되었을 때 일어난 일인데, 말을 해도 될지 모르겠네요, 딸하고 상관되는 일이라서."

"찜찜하면 하지 말아요."

"기왕 시작한 이야기니까 하겠어요. 그 당시 여자는 서른여섯이었는데 열 살은 젊어 보여서 딸하고 같이 있으면 모녀가 아니라 자매로 볼 정도였대요."

"그거야 얼마든지 그럴 수 있는 일이지."

"그런데 엄마가…… 엄마가 딸아이 남자친구를 빼앗으려고 했대요. 그것 때문에 모녀간의 불화가 그칠 새가 없었고요. 싸울 때마다 남편이 말리려고 하면 여자는 부엌에 들어가 식칼을 들고 나와서 남편을 죽여버리겠다고 악을 쓰고 딸은 딸대로 비명을 지르고 이웃에서는 경찰을 부르고…… 그런 일이 하도 자주 생기니까 이웃 보기가 미안하기도 하고 창피하기도 해서 이사를 갔지만 이사가서도 마찬가지였고요. 여자가 원하는 건 이혼이었대요. 진심으로 이혼을 원하는 것 같아서 결국 남편도 이혼에 동의했고 여자는 기어이 자기 딸 남자친구하고 결혼했고 남편은 딸을 데리고 한국으로 돌아오고."

"그럼 병원에서, 도대체 왜 나한테 거짓말을 했어요?"

"죄송해요. 처음 뵙는 분한테 제 인생을 사실대로 말씀드릴 수는 없고 다시는 뵐 일도 없을 거라고 생각하고, 정말이 아니면 어떠랴 싶어서, 저도 모르게…… 정말 죄송해요. 그냥 재미있게 하면 좋아하실 것 같아서……."

"거짓말하는 이유 한 번 들을 만하네. 그러니까 나를 배려해서, 내가 좋아하라고 소설 쓰듯이 재미있게 이야기를 꾸며냈다, 그 말이네요? 자기 이야기니까 자기 맘대로 할 수 있잖냐, 그거네 그래. 히야, 편하게 사시네. 오라버니 그만 일어납시다."

"다 말씀드리고 싶은데……."

"하십시오."

눈깔사탕은 일어나지 않았다. 놀라운 일이었다. 눈깔사탕이 남의 사적인 일에 관심을 보이는 것은, 내가 아는 한, 처음이었다. 병메는 주저하지 않고 이야기를 이어갔다.

아버지 솜틀집은 하루가 다르게 어려워졌다. 열여덟 살이 되던 해, 병메는 동네 아주머니가 운영하는 식당 주방에서 설거지일을 하고 있었다. 그러던 어느 날, 웬 남자가 부동산 중개인을 데리고 나타났다. 알고 보니 고층 건물이 두 개는 들어설 수 있는 부지를 고르고 있던 중에 중개인 소개로 왕십리에 왔고 왕십리에서 마음에 드는 반듯한 부지를 찾았는데 병메 부녀가 세들어 살고 있던 주인집이 부지 한쪽 귀퉁이에 앉아 있어서 남자는 시가의 세 배를 주고 주인집을 매입했다. 이십여 년 가까이 아래채에 세들어 살아오다가 갑작스레 오갈 데 없게 된 병메 부녀를 측은하게 여겼던 집주인이 지나가는 말로 병메 부녀 사정을 이야기했더니 남자는 병메 부녀를 한 번 만나보고 싶다고 했고 그렇게 해서 한 번 만난 후에는 주인집이 철거되기까지 자주 찾아왔다.

그러던 중 어느 날, 남자는 병메 없이 밖에서 아버지를 만났다. 그리고 그날 밤, 병메 아버지는 딸한테 놀라운 이야기를 했다. 남자하고 나이 차이가 좀 있긴 하지만, 삼십 년 차이였다, 사람이 점잖은 데다가 대단한 부자니까 평생 고생할 일은 없을 거다, 그리고 일이 성사되면 아버지 당신한테는 아파트 한 채와 포목점을 내드리겠다고 했단다.

국민학교도 다니지 못하시고 그래서 한글도 제대로 읽지 못하시는 아버지, 식구들 배 곯지 않게 하려고 평생을 손바닥만 한 솜틀집에 갇혀 살아오신 아버지, 이제는 솜틀집도 사글세 방도 잃어버린 아버지. 그런 아버지한테 아파트라는 데서 살 수 있다는 것이, 당신 소유의 포목점까지 가져본다는 것이 어떤 것인지 병메는 너무도 잘 알고 있었다. 삼십 년이 아니라 삼백 년 차이라고 하더라도 받아들였을 결혼이었다. 병메는 즉석에서 응낙했고 병메 의사를 전해들은 남자는 병메한테서 본인의 의사를 직접 들어보고 싶다고 했다.

병메는 약속 시간에 맞춰 도착했는데 언제 왔는지 남자는 문 쪽을 바라보면서 구석 자리에 앉아 있었다. 처음 보는 얼굴이 아니어서 곧바로 남자가 앉아 있는 테이블로 갈 수는 있었지만 막상 일류 호텔에 들어서자 자신의 몰골이 수치스럽게 느껴져서 순간이기는 하지만 그대로 되돌아 나오고 싶은 충동을 느꼈다.

병메가 테이블에 다가오자 남자는 자리에서 일어나 의자를 끌어낸 다음 병메가 자리에 앉으려고 하자 여자가 의자에 손을 대지 않고도 편히 앉을 수 있도록 다시 의자를 살포시 제자리로 밀어넣어 주었다. 병메에게는 새롭고도 불편한 경험이었다.

그렇게 멋있게 차려입은 여자들을, 그렇게 멋있는 양복을 입은 남자들을 한꺼번에 그렇게 가까이에서 보는 것은 병메에게는 평생 처음 있는 일이었지만, 솔직히 말해서, 부자나라에 잘못 들어온 가난뱅이 눈에는 사람들보다는 사람들이 입고 있는 옷만 보였다. 괜히 왔다는 후회, 오지 말아야 할 곳에 와 있다는 후회로 가슴이 빠근했다.

남자가 묻는 말에 녹차라고 대답했건만 웨이트레스가 오자 남자는 치즈케이크와 피칸파이도 한 조각씩 가져오라고 했다. 먹어보지는 못했어도 치즈케이크는 무엇인지 알 것 같았지만 피칸파이는 듣도 보도 못한 소리였다. 웨이트레스가 와서 어느 분이 피칸파이고 어느 분이 치즈케이크냐고 묻자, 두 사람이 반반씩 먹을 거니까 가운데에 놓으라고 했다.

파이와 케이크를 잘라서 각각 반씩 담은 접시 하나를 말없이 병메 앞으로 밀어놓으면서, '이렇게 나오게 해서 죄송합니다. 내가 생각이 짧았네요'라고 말했다. 아버지뻘 되는 사람이 존댓말을 썼지만 나지막하고 부드러운 음성 때문인지 듣기에 별로 거북하지는 않았다. 그러나 이렇게 나오라고 한 것이 왜 죄송한지, 생각이 짧았다는 것은 또 무슨 소리인지 알 수 없었지만 평소에도 무엇에 관해서든 질문이라는 것을 별로 하지 않는 것이 습관처럼 되어 있기 때문에 병메는 그냥 잠자코 있었다. '혹시 불편하면 다른 곳으로 자리를 옮길까요?' 아무말도 하지 않았는데 처음 만난 자기 마음을 그 정도로 알아주는 사람이라면 구태여 자리를 옮기지 않고도 그 호텔 그 커피숍에서 편히 있을 수 있다는 자신이 생겼기 때문에, '아네요, 괜찮아요'라고 한 대답은 진심이었다.

커피를 한 모금 마시고 남자가 이야기를 시작했다. 부친에게서 병메 의사를 전해 듣기는 했지만 먼저 자신의 과거를 들어보고 그래도 자기와 결혼할 의사가 있는지 말해 달라고 했다. 그러고는 자기가 어느 한 여인을 축으로 지금까지 살아왔던 인생을 두어 시간에 걸쳐 서서히 펼쳐놓았다. 고개를 약간 숙이고 있는 모습이 마치 기억 속에 들어가 있는 사람처럼 보였다.

듣고 보니 나이 차이는 문제도 아니었다. 그토록 사랑했던 여인이 있었던 남자하고 결혼한다는 것도 문제될 일은 아니었다. 문제는 남자가 아직도 그 여인을 절절히 사랑하고 있다는 사실이었다.

이야기를 끝내고 나서야 남자는 고개를 들고 병메를 마주보면서 묻고 싶은 것이 있으면 무엇이든 편히 물어보라고 했다. 편히는 아니더라도 물어보고 싶은 것이 하나 있기는 있었다. 도대체 나하고 결혼하고 싶어하는 이유가 뭔가요? 엄마를 닮아서 예쁘게 생겼다는 말은 어려서부터 들어온 소리지만 그건 그냥 얼굴뿐이고 집안일을 도맡아하다시피 했기 때문에 그 나이에 벌써 손가락 마디가 굵어져 있었다. 병메는 자기 손이 자기한테 속한 것이 아니라 실은 어느 젊은 노동자의 손이 잠시 자기한테 와 있는 거라고 상상한 적도 있었다.

병메는 그때까지의 남자의 인생에 대해서는 더이상 궁금한 것이 없었다. 오히려 자기 스스로 자신에 대해서 간략하게라도 말해 주고 싶었다. 나는 초등학교밖에 안 다녀서 무식하다, 내가 아는 세상이라고는 소설에 나오는 세상뿐이다, 당장은 결혼하고 싶은 마음이 없지만 찢어지게 가난한 생활에서 벗어날 수만 있다면 언제고 누구하고라도 결혼할 수 있다고 말해 주고 싶었다.

병메가 고개를 숙이고 있었기 때문에 남자는 병메의 표정을 볼 수 없었다. 이윽고 병메는 고개를 들고 나직이 물었다.

"왜 저하고 결혼하고 싶으세요?"

뭐든지 편하게 물어보라고 했던 때와는 달리 남자는 미간을 심하게 찌푸렸다. 불쾌해서 찌푸린 것이 아니라 어떻게 답을 해야 좋을지 몰라서 힘들어하다 보니 그런 표정이 나오지 않았나 싶었다. 병메는 기다렸다. 한참을 기다렸다. 남자는 시선을 병메의 눈이 아니라 턱에 고정시키고 말했다. 더듬거렸다.

"처음 본 순간…… 어떻게 그게 가능한지 모르겠는데…… 그쪽을 처음 본 순간…… 왜 그런 기분이 들었는지, 왜 그런 느낌이 들었는지, 며칠 동안 많이 생각해 보았지만…… 나이 때문이 아닌 것만은 분명한데…… 그래서 그 이후로 여러 번 다시 찾아가서 보았지만……내가 할 수 있는 말은, 그쪽을 처음 본 순간, 옛날 그 사람을 처음 보았던 그 순간이 겹쳐져 보였어요, 머릿속에서 빛이 지나가는 것 같아서 아찔할 정도로……."

일단 입을 뗀 남자는 마치 그것으로 용기라도 얻은 사람처럼 혹시 자기와 결혼하기로 결정한다면 동의해야 할 조건이 하나 있다고 단도직입으로 나왔다. 조건? 결혼을 하게 되든 말든 그 조건이라는 것이 뭔지 궁금했지만 병메는 조건이 뭐냐고 묻지는 않았다. 남자가 제풀에 털어놓을 때까지 병메는 잠자코 앉아 있었다. 가슴

떨리게 하는 조건이었다.

소설을 대여해 주는 청계천 헌책방에서 이삼 년 동안 제목만 보고 뽑아서 일주일에 두어 권씩 빌려가는 병메를 딱하게 여겼던지 어느 날인가부터는 읽어보라면서 책방 아저씨가 직접 골라서 권해주었다. 『제인 에어』나 『폭풍의 언덕』도 아저씨의 추천으로 읽었다. 그러고 나서는 병메가 직접 선택해서 읽을 때가 됐다고 하셨다. 병메에게는 『오만과 편견』이 흥미로웠다. 남녀 관계가 그렇게 얽혔다가 풀리는 것도 신기했고 사랑에 관해서 뭔가 배웠다는 기분도 느끼게 해주었던 소설이었다.

헌책방을 드나든 지 삼 년 되던 해, 엄마가 세상을 떠난 지 삼 년 되던 해, 아저씨는 자기가 엄마를 좋아했었노라고 병메한테 고백 아닌 고백을 했다. 우리 엄마도 아저씨를 좋아했느냐고 물었더니 아저씨는 눈을 감고 고개를 가로 저었다. 도대체 우리 엄마는 못생긴 데다가 성질까지 더러운 우리 아버지하고 왜 결혼했는지 아저씨는 알고 있느냐는 질문에 아저씨는 감았던 눈을 조금 뜨고 병메를 바라보더니 빙긋이 웃으면서 두 사람 결혼은 연애결혼이었다고 말했다. 아저씨는 혹시 지금도 우리 엄마를 좋아하고 있는지, 그래서 아직도 혼자 살고 있는 건지도 물어보았다. 아저씨는 대답 대신 선반에서 책 한 권을 꺼내와서 병메한테 내밀었다. 그 주일, 병메는 『생의 한가운데』를 읽었다.

"이제부터는 헌책방 아저씨 이야기인가?"

"아니, 그게 아니라……."

그 시절에 읽은 소설들은 주로 남녀 간의 사랑을 다루고 있었다. 덕분에 병메는 남자를 남자로 생각하면서 쳐다본 적은 단 한 번도 없었으면서도 실제로 연애를 몇 번 해 본 사람보다 사랑을 둘러싼 남녀 관계에 관해서는 자기가 더 잘 알고 있을지도 모른다고 생각했다. 그러나 현실에서는 누구를 사랑하거나 누구한테서 사랑을 받아본 적이 없기 때문인지는 모르겠지만 병메한테는 로체스터보다는 히스클리프가 더 마음에 들었다. 진정한 사랑이란 항상 숭고한 희생정신을 지니고 있어야 한다는 것이 병메의 사랑관이었다.

알량한 사랑관은 나름 확립되어 있었지만 다 자란 나이에도 병메는 성관계는 고사하고 키스도 해본 경험이 없었다. 성관계나 키스가 뭘 어떻게 하는 건지도 모른다는 말은 물론 아니지만 키스는 연애 시절에 애정의 표시로 연인끼리 하는 것이고 성관계는 결혼한 남녀가 하는 성교를 의미한다는, 키스와 성관계에 관한 놀라운 생각을 가지고 있었다.

조건을 말한 남자는 병메가 그 자리에서 답을 하기를 바라지는 않는다고 덧붙였다. 일주일 후, 자기는 같은 시간에 같은 자리에 앉아 있을 테니 혹시 자신의 조건을 받아줄 의사가 있다면 일주일 후에 보자면서 자리에서 일어났다. 그리고 자기가 직접 운전해서 병메를 집에 데려다 주었다.

조건은 '성생활은 없을 것이다'였다. 그래도 가? 미쳤냐? 그게 결혼이냐? 팔려가냐? 돈이면 다냐? 그래, 돈이면 다다! 비구니 된 셈 칠까? 비구니는 걸식하는 여자라는 말이라던데 부잣집에 가서 호의호식하는 게 걸식이냐? 내가 하는 결혼은 결혼이 아니니까…… 말들이, 소리들이 아우성을 치면서 정신을 뒤흔들어 놓고 있었다. 그러나 육신은 전혀 흔들리지 않았다. 흔들리지 않는 육신으로 정직하게 슬퍼하고 싶었지만 슬퍼지지가 않았다. 동이 트기 전에 병메는 조건을 받아들이기로 결정했다.

"남편 되시는 분, 십 년 전에 돌아가셨다고 하셨나요?"

"네. 이상하죠? 십 년 전에 죽은 남편인데, 죽은 지 십 년이나 됐는데 그런데도 어떤 땐 지금도 옆에 있는 사람처럼 생생하고, 예전에 가끔 스치고 지냈던 사람처럼, 낯은 익지만 잘은 모르는 사람처럼 느껴질 때도 있고, 그럴 때는 남편이 조금밖에 안 죽은 것 같은 생각이 들기도 하고, 모르겠어요, 시간이 뒤섞여져서……."

시간이 뒤섞여진다……

비엔나 소년합창단의 「들장미」를 일학년이 단체관람하기로 한 날은 일요일, 아침 10시. 번쩍 눈이 떠진다. 자고 있었다니! 방안에는 아무도 없다. 허겁지겁 교복을 꿰어입고 전차정류장까지 달린다. 종로 3가에서 내려 중앙극장까지 또 달린다. 저만치에서 한 사람씩 차례로 입장하고 있는 것이 보인다. 숨을 헉헉 뿜어내면서 구르듯이 달려가 맨 뒷사람 뒤에 선다. 드디어 표 받는 아가씨한테 표를 내민다.

"학생, 이건 오늘이 아니라 내일 표야."

그럼, 오늘은? 일요일 표가 내일 표라면 오늘은, 오늘은…… 토요일? 토요일이라면 중앙극장 앞이 아니라 교실 안에 있어야 한다!

동네 어른 한 분이 나를 가리키시면서 "쟨 천재야"라고 딱 잘라 말씀하신 적이 있다. 일요일 표를 들고 토요일에 헐레벌떡 극장에 나타난 천재는 다시 달리기 시작한다. 명동성당도 덕수궁 담도 달리기에 치어 순식간에 뒤로 물러선다. 정문까지는 거의 다음 순간이다. 다음 순간, 솟을대문이 우뚝 앞을 막는다. 정문이 닫혀 있다?

어스레한 빛이 사위를 둘러싸고 있다. 행인도 보이지 않는다. 섬뜩하고 으스스하다. 한달음에 정동을 빠져나간다. 신문로 쪽으로 돌다가 다리가 무너진다. 하늘이 눈에 들어온다. 짙은 잿빛 구름이 휙 휙 날아간다. 하늘이 낮아지고 있다. 한길이 휑뎅그렁하다. 자동차 드문 차도도 휑뎅그렁하다. 세상이 어두워만 가고 있다. 프란체스코 수도회 건물 시멘트 벽에 기댄다. 다시 하늘을 올려다본다. 흉흉하다. 세상이 끝나가고 있다.

정거장도 덩그러니 혼자 쓸쓸하다. 눈을 감는다. 굳게 닫힌 솟을대문이 보인다. 검은 하늘이 보인다. 전차 구르는 소리가 아스라이 들린다.

앉아 있는 아이 얼굴이 자연스럽다. 서 있는 어른 얼굴이 천연덕스럽다. 손잡이를 움켜잡는다. 시선은 둘 곳 찾아 창밖에 나가 있다.

종각인가? 종로 2가인가? 줄줄이 늘어선 상점들이 일제히 불을 붙여댄다.

아! 그랬구나!

아침이 아니었구나!

저녁이었구나!

그날은 낮잠 자다 일어나 하루 앞서가서 헤맸지만 나이가 들어서는 간혹 이삼 일이 뒤섞인 적도 있었다.

"재혼하시지 않은 이유라도……?"

"글쎄요. 아무도 믿지 않을 결혼생활이라는 걸 이십 년 동안 하다 보니까 결혼이라는 말만 들어도…… 결혼할 당시만 해도 아버지하고 저는 아무것도 없어서, 아버지는 돈을 못 벌고 내가 버는 돈으로는 살아가기가 막막하고……."

"소년소녀 가장들도 잘만 살더구먼."

"그 아이들이 잘만 사는 거 같냐?"

"아녜요, 옳으신 말씀이에요, 제가 버는 돈으로도 살아갈 수 있었을 거예요. 재혼은 생각해 본 적이 없어요. 소설만 읽으면서 사니까, 어찌 보면, 어린시절의 연장이지만 평생 그렇게 살아 왔기 때문인지 혼자 사는 거에 익숙해져서…… 두 분을 알게 돼서 새로

사는 기분이 들어요."

"그거, 뭐, 우리더러 부담 가지라는 소리도 아니고."

"말씀 계속 하십시오."

"신기하죠? 남편은 어떤 여자를 사랑하는데, 나 아닌 다른 여자를 사랑하는데…… 어떤 한 사람이 다른 한 사람을 그토록이나 사랑하는 건, 사랑할 수 있다는 건, 내가 읽은 소설에서는 있었지만 현실에서는 있을 수 없다고 생각했거든요.

여자를 사랑할 때 어떤 남자는 요란하게 사랑하고 어떤 남자는 조용히 사랑하는 거 같아요. 남편은 그 여자를 조용히 사랑했죠. 그 여자에 대한 남편의 사랑이 변하지 않고 지극할수록 그런 남편이, 남편이 아니라 한 사람으로서 싫지 않았어요, 좋았어요. 어렸을 때 읽었던 소설에 나오는 남자 같았어요, 사랑하는 여인을 위해서 모든 것을 희생하는 남자. 그러면서도 이상하게 그 여자는 부럽지 않았어요.

내가 했던 결정을 후회할 때도 있었지만 달리 결정했더라도 그건 그런 대로 후회했을지도 모르죠. 모르겠어요, 왜 모르겠는지도 모르겠고……."

"그 이상한 여자, 자기 딸 남자친구하고 결혼했다는 여자, 그 여자는 지금 뭐해요?"

"그 결혼은 오래가지 못했어요, 일 년 후에 이혼했다니까. 그리고 그 다음에 한 결혼도 실패했고 그 후에도 또 결혼한 것 같았는데. 남편한테는 가끔 편지를 보내왔어요. 이런 저런 남자들한테

치이다 보니 남편이 그립기도 했을 거예요.

그 여자하고 이혼하고 한국으로 돌아온 후부터 남편이 세상을 떠날 때까지, 이십 년 동안인데, 그동안 남편은 단 한 번도 거르지 않고 매달 그 여자한테 생활비를 보냈어요. 그 말은 임종이 가까워지자 한 말이라서 저는 그제서야 알았지만. 자기가 떠나고 나면 내가 자기 대신 좀 보내주라고…… 전 재산을 나한테 70프로, 딸한테 30프로씩 물려준다는 내용은 유언장에 있어서 진즉에 알고 있었지만 그 여자가 죽을 때까지 매달 생활비를 보내주라는 건 유언이었어요. 그리고 마지막으로 눈을 감기 전에 양손으로 내 손을 잡고……."

"딸은 뭐래요?"

"별말 없었어요, 하긴 무슨 말을 하겠어요? 자기 양아버지가 자기 친엄마한테 생활비 보내준다고 불평할 순 없으니까요.

엄마 닮아서 미인인데 남자친구도 사귀지 않고 서른 살이 다 됐는데도 결혼 생각은 하지도 않으니까, 여자는 시집을 가야 여자라고, 남편답지 않은 소리를 하면서 자기가 잘 아는 사람 아들인데 집안 좋고 인물 좋고 미국에서 박사학위 받고 돌아와서 현재 공과대학 부교수이고…… 하도 말이 많으니까, 알았다고, 만나보겠으니 그만 하라고, 그리고 정말 나가서 만나고 들어왔어요. 남편이 반가워하면서, 그래, 어떻더냐, 마음에 들더냐고 물으니까 자기는 마음에 드는데 그쪽에서 싫다고 할지도 모르겠대요. 나중에 알고 보니 자리에 앉자마자 한다는 소리가, 자기는 좋아하는 사람이 있다고 하더래요.

아버지와 딸 사이가 워낙 가까워서, 친아버지와 친딸도 그렇게 가깝기가 쉽지 않은데 두 사람이, 말하자면, 같은 여인한테 버림받은 셈이죠. 결국 딸은 서른 살에 아버지가 소개해 준 남자하고 연애결혼 했고 지금은 딸 하나 있고 부부끼리도 사이가 좋아요. 저세상에서 남편도 기뻐할 거예요."

"남편, 병으로 갔어요?"

"아뇨. 아침에 일어나서 세수하고 식탁으로 오다가 쓰러졌어요. 구급차를 부르고 응급실로 달려가고 의사들이 몰려왔지만…… 늦었어요."

"지금도 거짓말하고 있는 건 아닌지 모르겠네요."

"아녜요."

"내가 그걸 어떻게 알아요?"

"모르실 거예요, 그런데 저는 알아요."

눈깔사탕이 빙그레 웃었다. 그리고 나한테는 떠오르지도 않았던 질문을 했다.

"마지막으로 무슨 말씀을 남기셨는지……."

"고맙다고 했어요."

눈깔사탕이 자리에서 일어났다. 이제 떠나려나 보다 싶어서 나도 따라 일어서려고 하는데 베란다 쪽으로 가더니 밖을 내다보았다.

"나뭇가지가 흔들리는 걸 보니 파도가 출렁이겠군."

그러고는 얼굴을 쳐들고 민둥산 너머 흘러가는 구름을 바라보고 구름이 흘러가고 남겨놓은 하늘을 올려다보았다. 곧게 펴고 있는 등이 나이답지 않아서 보기 좋았다. 병메한테 마음이 있구나…….

눈깔사탕이 제자리로 돌아왔다.

"남편 되시는 분, 돌아가실 때 연세가 어떻게 됐죠?"

"일흔여덟요."

"두 분 사이는 삼십 년 차이라고 하셨으니까……."

"저는 올해 마흔여덟이에요."

애들아 오너라 달 따러 가자
망태 메고 장대 들고 뒷동산으로
뒷동산 올라가 무등을 타고
장대로 달을 따서 망태에 담자.
저 건너 순희네 불을 못 켜서
밤이면은 바느질도 못한다더라

#10

미치지 않은 사람만이 미친 사람이 될 수 있다.

엘리베이터를 기다리고 있는데 눈깔사탕이 나오지 않았다. 6층에 올라와서 문을 여는 엘리베이터 안으로 들어가서 '열림'을 계속 누르고 있자 그제서야 눈깔사탕이 들어섰다. 1층을 눌렀다. 4,5층에서는 6층에서 내려오는 엘리베이터를 기다리고 있던 사람이 없었던지 문이 닫히자마자 엘리베이터는 후르륵 1층으로 내려가 문을 열어주었다.

엘리베이터에서 나오자 눈깔사탕이 웬 봉투를 내밀었다.

"이게 뭐야?"

"너한테 전해 달라더라."

"언제?"

"방금 전에, 우리 나올 때."

"그래서 늦게 나왔구나."

"늦게는 무슨."

"그런데 왜 나한테 직접 안 주었대?"

"그거야 나도 모르지."

"거, 이상하네, 연애편지인가?"

"싱건 소리 말고, 표정이 심각하던데."

"참하게 봤는데 비밀 있나 봐, 그치?"

"비밀 없는 사람도 있냐?"

"지금 읽어보고 질문 있으면 올라가서 물어볼까?"

"그건 아닌 것 같고, 내일이나 모레 다시 들르는 게 어때?"

"알았어, 그러지, 뭐. 나야 급할 거 없으니까."

"우리, 여기 너무 자주 오는 거 아니냐?"

"자주는 뭐, 일주일 만에 오는 건데."

눈깔사탕한테는 아무말도 하지 않고 그날 밤 병메한테 전화했다. 다음날 오후에 눈깔사탕하고 같이 들러도 괜찮겠냐고 물었더니 괜찮다고 했는데 그렇게 생각하고 들어서 그런지 목소리가 평소보다 차분하게 가라앉은 것 같았다.

단지 안에는 어린이 놀이터가 각 동마다 하나씩 있고 아이들이 노는 동안 어른들은 아이들을 지켜보라고 아이들을 향한 나무벤치가 한두 개씩 있다. 눈깔사탕 아파트로 갈까 하다가 우리 동 놀이터로 불러냈다. 벤치에 앉으면 저 멀리 하늘까지 시야에 들어온다. 두 사람이 나란히 앉아 있으니까 눈깔사탕이 하늘을 바라보고 있는지 미끄럼틀을 바라보고 있는지는 알 수 없지만 왠지 하늘도 아니고 미끄럼틀도 아니고 병메를 바라보고 있을 것만 같았다.

"어제 전화해서 오늘 오후에 들르기로 했어. 같이 가자."

"혼자 가야 하는 거 아냐?"

"걱정 마, 같이 간다고 해놨으니까. 나, 아직 안 읽었다."

"그래? 왜?"

"같이 보려구."

싫다 좋다 말이 없다.

"〈보기〉에 가서 점심이나 먹자."

이사 와서 벽지 하던 날, 그날이 내가 〈보기〉에 처음 간 날이었다.

"이 집 이름 특별나네요."

빙긋 웃으면서 주인 아저씨는 탁 트인 주방 앞에 쪼그리고 앉아 있는 강아지를 가리켰다.

"쟤 이름이에요."

"강아지 이름이 보기예요?"

"아뇨, 복이를 소리나는 대로 한 거예요."

"재밌네. 그런데 묶어놓지 않고 저렇게 그냥 놔둬도 괜찮아요?"

"아무 데도 안 갈걸요. 나한테서 잠시도 눈을 떼지 않으니까."

"껌딱지네. 그래도 밖에 나다닐 때는 목줄을 해야지, 사람도 사람이지만 자동차들 때문에요."

"그럼요, 어디 갈 때는 목줄을 합니다. 그런데 여기 있을 때는 꼼짝도 안 하고 저렇게 그림처럼 앉아 있는데 그런 애한테 목줄을 하는 게 미안해서…….”

“이 댁에선 뭐가 제일 맛있어요?”

“하하, 다 맛있는데, 뭘 좋아하세요?”

“매운 거, 청양고추 넣어서 매운 거 말고요.”

“알겠습니다. 비빔국수를 약간 맵게 말아드리지요.”

“그런데 강아지 있어서 싫다는 손님은 없어요?”

“없어요, 다른 데 가서 먹으면 되니까.”

강아지 이야기가 공통분모가 되어 분식집 아저씨와 나는 그 자리에서 친해졌고 눈깔사탕은 내 덕에 공짜로 아저씨와 친해졌다.

흔치 않은 일이지만 모모를 혼자 집에 남겨놓고 우리 두 사람의 발길은 〈보기〉로 향하고 있었다. 젊지도 못하면서 늙지도 않은 주인 아저씨가 단골손님을 반겼다. 눈깔사탕은 깨끗한 기름으로 튀긴다고 항상 돈까스만 먹고 나는 청양고추를 넣지 않고도 내 입맛에 맞게 맵게 비벼주는 비빔국수만 먹기 때문에 주문은 피차가 할 필요도 없고 받을 필요도 없었다.

서둘러 먹지도 않았는데 다 먹고 보니 1시였다. 1시도 오후 축에 들기는 하지만 1시에 들어가기는 뭐해서 시간 좀 죽일 양으로 단지 건너편에 있는 약수터로 갔다. 약수터는 야트막한 산중턱에 있어서 시간에 쫓기는 일이 없는 우리는 특별히 틈을 낼 것도 없이 이틀 걸러 한 번씩은 운동 삼아 가지만 약수통 들고 오르내리는 사람 구경이 별로라서 주말은 피한다.

약수터에 가면 거기까지 올라간 것이 아까워서인지 샘물에 대한 예우를 갖추기 위해서인지 목이 마르지 않아도 약수물을 한두 모금 마시게 된다. 나만 그러는 게 아니다. 마치 물 한 모금 마시러 간 사람처럼 모두 그렇게 한다. 그러고 나서는 진짜 시원하니까, "아! 시원하다!"를 연발한다. 내 손에서 약수물을 핥아먹는 모모도 "아! 시원하다!"는 표정을 짓는다. 그런데 눈깔사탕은 "아! 시원하다!"를 하지 않는다. 언젠가 오라버니는 약수물이 시원하지 않느냐고 물었더니 그걸 뭐 꼭 큰소리로 말을 해야 하냐고 되물은 적이 있다. 오라버니는 그런 사람이다. 소리내서 말하지 않아도 되는 건 소리내서 말하지 않는 사람이다. 반세기가 넘도록 알고 지내오는 동안 수도 없이 망가지고 무너지는 나를 볼 때마다 손을 뻗어 일으켜주었지만 그게 다였다. 말은 없었다. 그런 오라버니가 그날은 약수물을 한 모금 들이키더니, "아! 시원하다!" 하면서 나를 보고 빙긋 웃었다. 병메가 오라버니를 바꿔놓고 있었다.

이제 어디고 가서 편지만 읽고 나면 병메한테 가기에 시간적으로는 안성맞춤이다. 단지에서 정문 초소를 지나 아래로 주욱 내려가면 아무거나 아무때나 팔겠다는 소린지 '양주, 소주, 커피, 김밥, 샌드위치 – 24시간 영업합니다'라는 푯말을 달아놓은 집이 있다. 지하 1층에 있는 이 집 이름은 〈은하수〉다.

〈은하수〉로 내려갔다. 술 마실 시간은 아직 안 됐고 밥 먹을 시간은 지나서인지 손님은 우리뿐이었다. '흡연구역'이라는 딱지가 벽에 붙어 있는 안쪽으로 들어가서 구석 테이블에 자리잡고 커피

두 잔 주문하고 편지를 꺼냈다. 봉해져 있어서 뜯어야 했다. 흔히들 '편지를 열어본다'고 하는데 난 성질이 급해서 네 면 중 아무 쪽이나 왼손으로 잡고 오른손으로 그냥 부~욱 뜯는다. 그러다가 내용이 찢어지는 경우도 있다. 그럴까 봐 이번에는 사~알~살 뜯었다.

어디서부터 어떻게 말씀드려야 노여움을 풀어드릴 수 있을지 모르겠습니다. 떠나시고 나면 앉아 있던 자리에서 날이 밝을 때까지 움직이지 못했던 날도 있었습니다. 많은 생각 끝에, 뵙는 자리에서보다는 혼자 앉아 생각을 추려가면서 글로 말씀드리기로 했습니다.

지난번 오셨을 때 하신 말씀, 사실입니다. 아버지를 모시고도 제가 벌 수 있는 돈으로 얼마든지 살아갈 수 있었습니다. 아버지 노후를 염려해서 부자한테 시집간다는 말은, 그런 말은, 효녀는 아니더라도 아버지를 생각하는 마음이 있는 딸이나 할 수 있는 말입니다. 저는 아버지를 좋아했던 적이 없습니다. 아버지를 보고 자라면서, '나는 아버지 같은 남자하고는 절대 결혼하지 않겠다'가 아니라 '나는 절대로 결혼은 하지 않겠다'고 생각했을 정도로 아버지를 싫어했습니다. 그렇다고 해서 아버지 노후가 걱정되지 않았던 건 아니었지만 그것은 아버지 노후 문제가 해결되면 내가 더이상 아버지하고 상관하지 않아도 된다는 생각에서였습니다.

가난은 저의 집 식구였습니다. 식구 중에서 아버지보다 유일하게 더 무서운 것이 가난이었습니다. 형제자매도 어머니도 가난만 없었더라면 지금 제 곁에 있을 식구들입니다.

성생활이 없는 결혼생활이라는 것이 정상적인 결혼생활이라고 생각하지는 않았습니다. 그러나 그것이 가난보다 더 힘들고 가난보다 더 무서울 수는 없다고 생각했습니다. 태어나서부터 함께 자란 가난을 한순간에 사라지게 해줄 수 있는 결혼이라면 제가 그 결혼을 어찌 마다하겠습니까. 지금도 그때 제 결정을 후회하지는 않습니다. 부끄럽지도 않습니다.

결혼하고 처음 이삼 년은 살아는 있었지만 살고 있는 것은 아니었습니다. 사람은 희망이 없으면 못 산다고, 감옥에 갇힌 죄수도, 종신형을 받은 죄수까지도 나름대로 희망을 가지고 산다고, 희망에 대한 열망은 끝이 없고, 그래서 희망이 희망인 것이라고…… 어느 책에서 읽었습니다. 그런데 살아보니까 희망 없이도 살아지더라고요. 절벽에서 떨어지다가 멈출 수는 없다고 말들 하잖아요, 제 경우를 두고 하는 말입니다.

나보다 두 살 아래인 딸은 돈에 팔려간 나를 대놓고 꺼려했습니다. 그런 속에서 오 년을 지냈고, 그동안의 시간은 강물처럼 흘러가는 것이 아니라 낙숫물처럼 위에서 아래로 한 번에 한 방울씩 떨어지고 있었습니다. 그래도 견디면서 지낸 보람이 없지는 않았습니다. 딸이 서서히 다가왔고 나중에는 친자매처럼 가깝게 지냈지요. 저한테는 그렇게 된 우리 관계가 큰 위로가 되었습니다.

그렇지만 제가 희망이라는 것이 없이 살았던 것에는 변함이 없었습니다. 언젠가는 나도 남편이라고 부를 수 있는 남자하고 결혼생활이라고 말할 수 있는 결혼생활을 할 수 있을지도 모른다는 희망은

제가 가질 수 있는 희망이 아니었습니다. 자식을 낳아서 키워볼 수 있으리라는 희망도 제 희망이 될 수는 없었습니다.

병실에서 드린 거짓 이야기는 어찌 보면 제가 가질 수 없는 갖가지 희망을 엮어놓은 것이었다고 생각해 주십시오. 그리고 용서해 주십시오.

눈깔사탕 쪽으로 편지를 밀었다. 다 읽은 후에 눈깔사탕은 편지를 테이블 위에 놓고 고개를 수그린 채 잠시 말이 없었다.

차는 없다고 해서 커피를 시켰던 눈깔사탕은 커피잔을 옆으로 밀어놓고 소주 한 병을 주문했다. 나는 커피 한 잔을 더 시키면서 편지봉투를 뜯을 때부터 피기 시작한 담배가 거의 떨어져 가고 있었기 때문에 담배도 있냐고 물었더니 바로 건너편에 담배가게가 있으니까 사다드리겠다면서 뭘 피우시냐고 물었다.

담배 떨어질 걱정은 안 해도 된다는 것만으로도 마음이 다소 느긋해졌다.

"이야기할 때는 몰랐는데, 국민학교만 나왔다고 그랬지? 그런데 글은 꽤 잘 쓴다, 그치? 소설을 많이 읽어서 그런가?"

"글짓기대회 심사위원 하고 있냐?"

"되게 감싸고 드네, 맘에 있구나?"

"실없는 소리."

"좋아하는 사람 좋다고 하는 게, 원~ 그렇게 어려워서야."

눈깔사탕이 어색하게 웃었다.

"이걸 읽고 들어가서 무슨 이야기를 하지?"

"글쎄다…… 간다고 했으니 안 갈 수도 없고."

"좀 어색하긴 하겠지만 읽으라고 줘서 읽었는데, 뭐. 그러니까 여기서 아무 이야기나 하면서 긴장 좀 풀고 가자."

내가 먼저 시작했다.

"지지난 겨울에 말이야, 죽기 전에 돌기둥 구경이라도 해보고 싶었던 참에 웬 관광여행사에서 6박 7일로 〈그리스신화 유적을 찾아서〉를 한다기에 갔지. 날씨는 오라지게 춥고 일정이 꽉 짜여서 시간이 없다고 버스로 한참을 달리다가 화장실 있는 데서 우루루 쏟아놓고 십오 분 안에 오줌이든 똥이든 처리하고 다시 모이라는 소리에, '멀리 가지 말고 여기 이 무덤 근처에서 놀다가 선생님이 호루라기 불면 금방 다시 모여야 해요, 알겠죠?'라고 하시던 그 옛날 담임선생님 음성이 들리기도 하고……."

"지난 겨울에, 어디 좀 다녀오겠다고 했던 거 생각나니? 제주 올레길에 갔었어. 걷고 또 걷고 수평선을 바라보고. 매일 바다를 보니까 내가 없어지더라. 이제는 눈만 감으면 남해 바다가 보여."

"난 눈 뜨고도 우리 동네가 보여. 큰 길에 들어서면 2층 건물이 있고 1층은 정육점, 2층에는 사진관하고 동네의원. 그런데 말이야, 정육점이나 사진관은 성일정육점, 국제사진관이라고 써놨는데 동네의원은 세종의원이라는 간판을 달아놓고도, 2층에 있다고 했잖아, 2층 창문에 플래카드 같은 걸 위에서 아래로 늘여뜨려 놨는데 거기에다 커다랗게 '포경수술 합니다'라고 써놨어. 처음 눈에 띄었을 때는, 저게 무슨 수술을 한다는 건지 궁금했지만 그 자리만 지나면 까맣게 잊어버리고 또 그 앞을 지나다 플래카드를 보면 또 그게 무슨 수술인지 궁금하고 지나치고 나면 또 잊어버리고, 세종의원이 큰 길에서 들어오는 초입에 있잖아, 그러니까 하루에 한두 번은 그 플래카드를 보게 돼. 엄마 심부름으로 성일정육점에 가는 날은 두세 번이나 보고. 그래서 어느날 마음 먹고 그게 무슨 수술인지 알려면 포경이 무슨 뜻인지만 알면 된다 싶어서 또 잊어버릴까 봐 집에 가자마자 사전을 들쳐봤거든, 세상에, 고래잡이래! 나, 그때 놀랐던 건…… 세종의원이 고래를 잡아다가 수술을 한다니! 아무리 생각해도 말이 안 돼서, 화자 생각나? 생선가게집 큰딸 말이야, 가끔 가게에 나와서 아버지를 도우면서도 공부도 잘하고 부지런하고 착하다고 어른들이 아이들 야단칠 땐, '생선가게집 화자 좀 봐라'로 시작했거든. 어쨌든 내가 화자한테 언니 언니 하면서 따랐기 때문에 화자한테 물어보면 되겠다 싶어 화자한테 물어봤더니, 그때 화자가 중1이었나 2였는데, 뭐랬는 줄 알아? '이다음에 크면 알게 될 거야.' 기분 되게 나쁘더라, 겨우 중1이면서, 자기는 컸다, 그거잖아, 그래서……."

"이제 가볼까?"

눈깔사탕이 손목시계를 보면서 한 소리다. 귀를 기울여서 들어야 할 이야기를 하고 있었던 것은 아니지만 어느 정도는 자기와 공유했던 어린시절을 회상하고 있었는데 그런 내 이야기를 대충 들었다가 말았다가 하면서 실은 얼마나 더 지체하다가 병메한테 가면 좋을까에 골몰해 있었던 것 같아서…….

매번 빈 손으로 가기도 뭐하니까 오늘은 뭐라도 좀 사가지고 가자며 과일가게에 들어갔던 눈깔사탕이 이것 저것 한아름 안고 나왔다.

집안에 들어서자, "아이, 뭘 이런 것까지"와 "별 거 아닙니다"가 합쳐지니까 오기 전에 우려했던 어색함이 가뭇없이 사라졌다.

망고, 멜론, 천혜향, 스위티, 딸기, 체리, 블루베리. 고루고루 집어 온 것을 보니 그중에서 적어도 하나는 좋아하리라는 계산이 들어 있는 것이 보였다.

딸기나 체리는 간단하게 물에 씻기만 하면 되지만 망고는 다르다. 망고를 무척 좋아하는 내가 망고를 먹는 방식은 우선 바나나 껍질 벗기듯이 망고 껍질을 주욱 벗기고 나서 두 손으로 양쪽 끝을 잡고 막무가내로 한 입씩 하모니카를 부는 거다. 그렇게 먹어야 망고 먹는 맛이 난다. 물론 그러는 과정에서 망고 국물이 턱으로 줄줄 흘러 내리지만 그거야말로 간단하게 물에 씻기만 하면 된다. 다만 남의 집에서는 차마 이 방식으로 먹을 수 없다는 단점이 있기는 하다. 그런데 병메는 평생 망고만 취급하면서 살아온 사람 같았다. 넓적하고 얇은 망고씨에서 살이 떨어져 나가지 않도록 회를 뜨듯이 얄팍하게 칼집을 내서 누구든지 포크만 가져다대면 썰어놓은 사과 먹듯이 먹을 수 있도록 정리해서 접시에 담아 테이블에 가져다 놓았다.

이제 응접실 테이블은 이런 저런 과일로 치장을 마쳤고 커피 한

잔과 설록차 두 잔도 각각 임자를 찾아 앉았다. 그러고 나자 사라져버린 줄 알았던 어색함이 다시 찾아왔다. 세 사람 모두 그 자리에서 선뜻 편지 이야기를 입에 올리지 못하고 있는데 고맙게도 모모하고 유리가 졸래졸래 달려왔다. 이때다 싶어서 화제를 강아지 이야기로 돌리려고 일전에 있었던 일을 꺼냈다.

"얘, 삽살개예요?"

"아뇨."

"맞다, 삽살개 치고는 몸집도 작고 다리도 너무 짧네. 말티즈가?"

"아뇨."

"아네요? 말티즈같이 생겼는데, 그럼, 뭐예요?"

"꼬똥요."

"꼬똥? 아니, 이름 말고 종류요."

"이름 아니고 종류예요."

"그런 종류가 다 있어요?"

"있죠. 마다가스카르 항구 툴리아라에서 피는 목화라는 뜻으로 꼬똥 드 툴레아라는 이름이 붙었고 말티즈하고 비숑프리제가 자연교배해서 태어난 견종인데 마다가스카르가 섬이다 보니 아무래도 외부와 고립돼서 수백 년 동안 견종이 순종으로 유지될 수 있었고 꼬똥은 영어로 코튼이잖아요 코튼은 우리말로 목화고 목화는 솜이라는 말이니까 그래 그런지 아마 그래서 그럴 거에요 어쨌든 꼬똥은 털이 잘 안 빠져서 강아지털 알레르기 있는 사람한테도 좋고 성격이 명랑해서 아이들 있는 집에서 키우기도 좋고 또…….”

“여자 눈이 나를 위 아래로 훑더니 휭~ 하니 횡단보도를 건너가는데 건너가는 걸음걸이가 몹시 재더라고요, 묻기는 지가 묻고 묻는 말에 성의껏 대답하는 사람을 이상한 늙은이 취급하고…… 그거 괘씸한 년 아네요?”

“강아지가 무슨 종류냐고 묻는데 그렇게 자세히 설명하는 사람도 이상하긴 좀 이상한 거지.”

“글쎄요, 정말 궁금해서 물어본 건 아닌 것 같네요. 저라면 횡단보도는 언제라도 건너갈 수 있으니까 끝까지 들어볼 텐데.”

“오라버니도 개 좋아하지? 혹시 키울 생각 있으면 나처럼 분양받지 말고 유기견 보호소에 가서 불쌍한 녀석 한 놈 데려다 키워라. 난 그 생각을 미처 못했던 게 후회돼.”

유기견 보호소. 한 줄로 늘어선 철망집. 추욱 늘어져 있다가 인간 기척이 나면 부스스 일어나 각자 자기 철망집 문 쪽으로 안 오는 듯 다가온다. 조금이라도 자기를 잘 보이게 하기 위해서다. 인간이 자기를 데려가 주지 않으면 닷새 안에, 열흘 안에 죽게 될 거라는 걸 알고 있다. 나이 먹고 병든 녀석들은 구석에 웅크린 채 인간이 가까이 와도 아예 움직이지 않는다. 자기를 데려갈 인간은 없다는 걸 알고 있다. 철망문에다 얼굴을 바짝 대고 눈까지 반짝이던 녀석은 자기를 보다 말고 다음 철망집으로 옮겨가는 인간을 우두커니 바라본다. 녀석의 두 눈이 흐려진다. 자주 당하는 일이다. 그러면서도 새로운 인간이 다시 나타나면 다시 철망집 문에 얼굴을 가져다 댄다. 실낱이 다시 밧줄이 된다. 그 순간 녀석의 눈빛은…….

나는 대통령이 될 생각이다. 대통령 되는 게 여의치 않으면 하다못해 헌법재판소 소장이나 국무총리라도 할 생각이다. 뭐가 되든, 되는 게 뭐든, 그 누구도 내가 하는 일에 감히 이의를 제기할 수 없는 막강한 권력을 행사할 수만 있으면 된다. 그런 짓은 독재자나 하는 짓이라고 한다면 나는 기꺼이 독재자가 되어 그런 짓을 할 것이다.

내가 독재자가 되는 즉시 나는 자기 개라고 하여 자기 기분내키는 대로 개한테 심한 매질을 가하거나 개를 쓰레기처럼 내다버리는 인간은 인간에서 제외되는 법을 헌법 제1조로 삼을 것이며, 인간에서 제외된 인간을 마치 인간인 양 인간으로 대하는 인간도 인간에서 제외될 것임은 헌법 제2조로 만들 것이다.

민주주의라는 주의에 입각하여 통치되는 나라에서 살고 있는 대부분의 사람들은 내가 혼자 힘으로 제정한 헌법 1, 2조가 인권에 다소 위배된다고 수군거릴지도 모른다. 모르는 소리다. 동물의 왕국에는 인간도 있고 개도 있다. 그리고 인간이 다수고 개가 소수라고 생각하는 인간도 적지 않다. 그러나 그것은 가시적인 숫자에 불과하다. 개를 보고 '사람보다 낫다'거나 인간을 보고 '개만도 못하다'는 만고불변의 소리를 기준으로 개와 인간의 수효를 비교해 보면, 즉 '개만도 못하다'는 인간은 개만도 못하니까 인간에서 제외하고 '사람보다 낫다'는 개는 인간보다도 나으니까 인간에 포함시킨 후에 인간과 개의 수효를 비교해 보면 유의미한 답이 나오지 않겠는가.

개를 죽어라 두들겨패는 인간도 있고 차에 싣고 멀리 나가서 길바닥에다 내팽개치고 돌아오는 인간도 있다. 잠깐, 집짐승 중에는 돼지도 있고 소도 있는데 내가 왜 자꾸 개만 붙들고 늘어지는지 딱하다고 생각하는 이가 있을까 봐 미리 한마디 해두겠는데, 우선 돼지나 소를 구둣발로 걷어차고 가죽끈으로 후려치고 그러고도 성이 풀리지 않아 트럭에 싣고 집을 찾아오지 못하도록 멀리 가서 길바닥에 내팽겨치고 빈 트럭으로 집에 돌아가는 인간은 거의 없다. 그건 그렇다 치고, 그럼, 돼지고기나 소고기를 맛있다고 먹는 인간은 그러려니 하면서 개고기를 맛있게 먹는 인간만 나무라는 이유는 뭐냐고 따지는 인간도 있을 텐데 답은 간단하다. 돼지나 소의 경우에는 적당하다고 판단되는 시기가 오면 식용으로 사용한다는 전제 하에서 '사육'되지만, 적당한 크기가 되면 잡아먹으려고 강아지를 쓰다듬어 주면서 키우는 인간은 별로 없다. 어쨌든 개를 먹는 인간이 있다. 살아 있는 개를 산 채로 나무에 매달아 놓고 몸뚱이가 축 늘어질 때까지 몽둥이로 계속 후려치면 고기가 연해진단다. 개를 먹는 방법도 요란하다. 결에 따라 찢은 살코기에다 이러저런 야채를 송송 썰어 넣고 들깻가루를 훌훌 뿌린 개고기무침이나 개고기볶음도 있고, 쇠고기 대신 개고기가 들어간 개고기탕도 있고 나의 상상을 초월하는 요리법도 요리명도 허다할 것이다.

이제, 누구 말마따나, "한 걸음 더 들어가겠습니다."

목숨을 바쳐 섬기던 인간 주인이 실은 주인이 아니라 적이며, 적도 예사로운 적이 아니라 자기들을 잡아먹는 적이라는 사실을 알아버린 개들이 인간에 대한 환멸감으로 일제히 송곳니를 내보이자 보더콜리가 쿨하게 한마디 했다. "인간을 먹자." 보더콜리가 던진 한마디에 입을 쩍 벌리는 개도 있고 입을 꾹 다무는 개도 있었으나 입을 벌린 개나 입을 다문 개나 모두 보더콜리를 우러러보았다. 자신을 우러러보는 동료들을 바라보면서 보더콜리는 개가 인간과 평등한 위치에서 정의롭게 행동하기 위해서 주지해야 할 사항을 아프간하운드를 포함한 모든 개들이 이해할 수 있도록 핵심 두 개만 찍어서 간결하게 말했다.

1) 모든 인간이 개를 먹지 않듯이 모든 개가 인간을 먹는 것은 아니어야 정의롭고 평등하다.

2) 개를 먹는 인간도 미친 개는 먹지 않듯이 인간을 먹는 개 또한 미친 인간은 먹지 않아야 정의롭고 평등하다.

인간을 먹는 방법을 보다 구체적으로 논의할 소위원회를 구성하는 것이 급선무라고 지적한 보더콜리가 당연히 회장이 되었고, 여러 견종 중에서 회장에 의해 선출된 위원 다섯 명과 거의 선출될 뻔했으나 최종 결정에서 위원으로 선출되지 못한 다섯 명의 명단과 각각의 장단점은 다음과 같다.

- 다음 -

선출된 위원	**장점**
풍산개	용맹스럽고 사납다
시베리안 허스키	힘이 세고 빠르다
도베르만 핀셔	주의깊고 단호하다
세인트버나드	지능이 높다
웰시코기	영리하다

선출될 뻔한 위원	**단점**
불독	보기와 달리 무척 온순하다
비숑프리제	독립심이 강하다
아키다	인간에게 호의적이다
진돗개	인간 주인에게 무한 충성한다
치와와	치명적으로 작다

* 모든 개들은 기본적으로 인간 주인에게 순종적이다. 그러므로 선출된 위원의 장점이 인간 주인을 충직하게 섬겨오지 않았기 때문은 결코 아니다. 장단점에서 볼 수 있듯이 선별 기준은 용맹성과 지능 지수에 의거했을 뿐임을 밝힌다.

회장의 권두사는 '시작합시다!'로 시작하고 끝났다. 이어 회장이 오른쪽 앞발로 땅바닥을 탁 탁 탁 두드렸다.

회장 본 회의 결과는 국립과학도서관에 비치될 것이므로 인간의 열람이 가능하도록 우리말이 아니라 인간 언어로 회의를 진행할 것입니다. 이 점 유의하시기 바랍니다. 또한 모두의 의견을 수렴할 수 있어야 하므로 발언권을 독점하는 행위는 삼가 주시길 바랍니다. 그럼, 본론으로 들어가지요.

시베리안 허스키 과연 먹을 만은 한지 시식부터 해봐야 하지 않을까요?

세인트버나드 시식은 필요없다고 생각합니다. 현재 상황은 입맛을 운운하고 있을 정도로 한가하지 않습니다. 인간이 우리를 먹는 한 우리로서는 선택의 여지가 없습니다. 먹을 만하지 않더라도 먹어야 합니다.

웰시코기 꼭 먹어봐야만 알 수 있나요? 통통한 아기는 맛이 좋고 쭈글쭈글한 늙은이는 질기겠죠, 뭐.

도베르만 핀셔 본 회의는 '인간을 먹는다'를 전제로 하고 있지 않나요? 그러므로 '어떻게 먹을 것이냐?'가 본 회의의 명제가 돼야 한다고 생각합니다.

풍산개 어떻게 먹기는 뭘 어떻게 먹어, 씹어 먹지.

회장 비아냥거리는 발언은 삼가 주십시오.

풍산개 죄송합니다. 그냥 너무 답답해서…….

웰시코기 저도 제 성의 없는 발언에 대해서 사과드립니다.

세인트버나드 글쎄요, 제가 보기엔 성의 없는 발언이 아닌데요. 연한 고기와 질긴 고기는 기본적으로 요리 방법이 달라야 하니까요.

웰시코기 물론 달라야 하지요, 다만 우리에게는 요리 기기가 없다는 사실을 간과해서는 안 됩니다.

도베르만 핀셔 요리 기기가 없다는 사실은 간과해도 된다고 생각합니다. 있다고 해봤자 어차피 무용지물이니까요. 게다가 우리는 날것을 선호하잖습니까?

풍산개 그냥 간단하게 뜯어먹을까요?

세인트버나드 그 방법은 갓 태어난 인간에게는 가능할지 몰라도 성인 인간에게 적용하기에는 다소 문제가 있을 듯 싶습니다.

시베리안 허스키 무슨 문제에든 문제는 있습니다. 그러므로 문제가 있으면 문제를 풀어야 문제가 해결되겠지요. 우리 중 셋이면 성인 인간이기에 야기되는 문제는 별 문제 없이 해결할 수 있다고 생각합니다.

회장 이미 언급된 바와 같이 요리 기기의 유무는 특별한 의미가 없습니다. 치명적인 것은 우리에게는 냉장고도 없고 냉동고도 없다는 사실입니다. 바꿔 말하면, 고기 보관 방법을 개발해야만 한다는 것입니다. 이에 관해서 각자의 견해를 허심탄회하게 피력해 주시기 바랍니다.

시베리안 허스키 땅 파는 데는 내가 자신 있으니까 실컷 먹고 남은 건 땅속에 묻어두었다 배고플 때 꺼내 먹는 방법은 어떻습니까?

풍산개 그건 시베리아에서라면 모를까 우리나라에서 여름에 땅파고 고기 넣어두었다가는 금방 썩을 겁니다. 우리는 썩은 걸 먹어도 괜찮다고 생각하는 인간도 있긴 하지만 그런 인간한테는 반드시 썩은 걸 잔뜩 먹여야 한다고 생각합니다.

세인트버나드 흥분은 지력을 동원하는 데 저해 요소로 작용합니다. 인간이 썩은 걸 먹든 신선한 걸 먹든 그건 우리의 관심사가 아닙니다. 다시 원점으로 돌아가면, 말려 먹는 방법은 어떨까요? 육포처럼.

웰시코기 훌륭한 착상입니다. 실행 가능성도 높고 성공 확률도 높습니다. 저는 동의합니다.

도베르만 핀셔 동의에 찬성합니다.

회장 좋습니다. 보관 방법으로 육포가 채택되었습니다. 오늘 회의는 여기서 마치기로 하고 다음 회의 일정은 조속한 시일 내에 공고하겠습니다. 모두들 수고가 많으셨습니다.

"엇쭈, 엊그저께까지만 해도 조막만 하더니 내일모레면 다 자라겠다. 귀엽다고 간식 너무 많이 주지 말아요, 지나치게 먹으면 설사하니까."

병메는 유리 돌보는 맛에 사는 사람 같아 보였다. 그 조그만 걸 데리고 하루에도 서너 번이나 들락날락하면서 단지 내에서 산책을 하고 옷도 색색이로 세 벌이나 사다 놓고 미제 사료에다 간식도 '웰빙'으로 먹이고…… 개는 개다워야 개고 사람은 사람다워야 사람이다, 개가 사람다워도 개가 아니고 사람이 개다워도 사람이 아니다가 개와 사람에 대한 나름대로의 내 철학이지만, 유리가 방귀를 뀌었다고 손뼉을 치면서 좋아라 하고 똥이 조금만 묽어도 동물병원으로 직행하고 참으로 별 것도 아닌 짓을 보고 깔깔거리는 병메를 볼 때마다 얼마나 허허한 마음으로 살아왔으면 저리 할까…… 병메의 지난날들을 보고 있는 것 같았다.

그날, 어색하기는커녕 진심으로 즐겁게 노는 건 모모와 유리였고, 병메와 나는 즐거운 척하면서 모모와 유리가 노는 것을 보고 있었고, 소파에 느긋하게 앉아 있는 눈깔사탕은 금방은 읽을 수 없는 표정을 짓고 있었다.

편지를 쓴 사람은 병메이고 그 편지를 골똘히 읽은 사람은 눈깔사탕이고 나는 그냥 어중간하게 '글 꽤 잘 쓴다'는 소감만 피력했을 뿐이므로 편지에 관해서 입을 열 사람은 두 사람 중 누가 될지는 몰라도 나는 아니라고 생각하니까 속은 편했다. 두 사람 중에서 입을 연 사람은 병메였다. 그러나 놀랍게도 병메는 편지가 아니라 반찬 이야기를 했다.

“시래기나물, 먹어만 봤지 만들어본 적은 없는데 그게 그렇게 복잡한 줄은 몰랐어요. 우선 따뜻한 물에 대여섯 시간 담가 두었다가, 그걸 삼십 분쯤 삶았다가, 삶은 걸 뚜껑을 열지 않은 채로 반나절 동안 두었다가, 찬물에 깨끗하게 씻은 다음 껍질을 벗겨서…… 그런데 껍질 벗기는 일이, 너무 안 벗겨져서, 껍질을 다 벗기지 않으면 뻣뻣해서 못 먹거든요. 오늘 저녁 나물은 시래기나물로 하고 싶었는데. 그래서 그냥 취나물하고 호박나물 좀 해놨어요.”

눈깔사탕, 급하다.

“호박나물 소리 오랜만에 듣습니다, 우리집 밥상 단골손님이었거든요.”

나, 어깃장 놓는다.

“난, 저녁으로는 간단하게 컵라면이 좋더라.”

병메, 받아친다.

“저희 집에 컵라면도 있어요.”

눈깔사탕, 심심한 배려.

“라면 같은 건 드시지 않는 게 좋습니다.”

나, 다시 어깃장.

“라면도 없어서 못 먹는 사람들 쌨다 쌨어.”

병메, 정다운 배려.

“그래도 웬만하면 라면은 드시지 마세요.”

핑계로 시작한 음식 이야기가 점점 길어지다 보니 편지 이야기는 어물쩍 넘어갔다.

#11

"사람들이 모두 미쳤다"고 말하는 사람은

미친 사람이어야만 사람이다.

눈깔사탕한테서 전화가 왔다. 중요한 일인데 내가 꼭 좀 도와줘야 한다며 아침 먹고 들르겠다고 했다.

병메한테 줄 편지를 윤문하는 것이 내가 꼭 좀 도와줘야 할 일이었다.

이 편지를 받으시고 무척 놀라시리라 믿습니다. 그러나 저의 마음을 꼭 전해 드리고 싶어서 편지를 씁니다.

처음 뵈었을 때부터 관심이 있었습니다. 그리고 다시 여러 번 뵈었는데 그때마다 처음 뵈었을 때와 같은 마음이였습니다. 물론 제 나이를 생각하지 않을 수 없었습니다. 다만, 저의 경우에도 이성과의 관계는 거의 없었다는 사실을 말씀드리고 싶습니다.

한 가지 고백해야 하는 일이 있습니다. 고등학교 3학년 때 친구집에 놀러 갔다가 떳떳하지 못한 일을 범했습니다. 그리고 그날 있었던 일의 결과는 그로부터 칠 년이 지난 후에야 알게 되었습니다. 오십여 년 전에 있었던 일입니다. 그러나 그 일을 잊을 수가 없습니다. 그래서 제 성격은 좀 어두운 편입니다.

저도 강아지를 무척 좋아합니다. 그리고 저는 아무 반찬이나 다 잘 먹습니다. 다음에는 제 집에서 식사를 대접하겠습니다.

"이걸 연애편지라고 쓴 거다, 그 말이지?"

"그러니까 좀 도와달라는 거 아니냐."

"웬만해야 도와주고 말고 하지. 한국말 좀 아는 외국인이 쓴 거 같다."

"그 정도로 이상하니?"

"병메가 문창과 수석 졸업생이라면 오라버니는 한국어학당 상급반 학생이야."

"그러니까 좀 어떻게 해봐, 아예 네가 하나 써주든지."

"이건 완전 시라노 드 베르주라크네."

"뭐?"

"무슨 놈의 연애편지를 대필하냐?"

"그럼 어떡하냐, 이게 그렇게 이상하다며?"

"아냐, 그래도 좋은 점이 있어."

"그래? 어떤 점이?"

"순수해."

"장난하지 말고."

"장난 아냐, 그냥 이대로가 좋아."

"정말?"

"내가 아무한테나 거짓말 잘하기는 하지만 오라버니한테만은 거짓말 안 하는 거 알잖아."

"그럼, 그냥 이대로 주면 되는 거냐?"

"아니, 봉투에다 넣어서 줘."

으쓱해서 나가는 눈깔사탕이 부럽다. 모모한테 잠시 혼자 있으라고 타이르고 집을 나선다.

약수터에는 아무도 없다. 바위에 앉아서 눈을 감았다 떴다 한다. 궁둥이가 배겨서 오래 앉아 있을 수가 없다. 약수터 주변을 걷는다. 오르내리는 사람들한테 휘어잡혀 줄기가 반들반들해진 나무가 가지를 뻗어 내 목을 휘감는다.

나무와 마주보고 선다. 나는 사람처럼 생각하고 나무는 나무처럼 생각하고 바위는 바위답게 생각한다. 고꾸라질 듯이 약수터를 내려온다.

하늘이 심통을 부린다. 우산 없이 걷는다. 행인들이 흘깃 흘깃 쳐다본다. 앞서 가던 행인 하나가 거꾸러진다. 걷는 것에 싫증났나? 문득 거꾸러지고 싶었나? 빗발이 굵어진다.

"뭐야? 왜 또 왔어?"

"편지 못 주겠어."

"아니, 왜?"

"쑥스러워서."

"내가 대신 전해 주라는 건 아니겠지?"

"그렇게 좀 해주면 안 되겠냐? 한턱 낼게."

"됐고. 내가 가서 벨 누르고 불쑥 들이밀기도 뭐 하고, 어차피 '제 집에서 식사를 대접하겠습니다'라고 했으니까 병메하고 나를 초대해. 그럼 저녁 먹고 나서 집에 갈 때 주면 되니까."

"그래, 그게 좋겠다. 네가 괜히 연애선수는 아니구나."

"뭘 몰라서 그런 소리를 하는데, 나, 누구 사랑한 적 한 번밖에 없어."

"그래? 그럼, 나한테 해준 그 많은 남자 이야기는 다 뭐냐?"

"섹스가 사랑하고 상관이 있는 줄 아는가 본데, 내가 미쳤지, 오라버니하고 섹스 이야기를 하다니."

"뭘로 준비하는 게 좋겠냐?"

"뭘, 뭘로 준비해?"

"저녁식사 말이야."

"병메가 밥 먹으러 가냐? 찌개 하나에다 나물 한두 가지 얹으면 충분해."

"별안간 속이 좋지 않으니까, 나중으로 미룰까?"

"뭐야? 정말 배 아파?"

"별안간에 배가 왜 아프냐? 그냥 좀 어색해서."

"아이, 짜증나게 굴지 좀 마. 오라버니는 언제 하든 어색해할 사람이니까 하겠다고 하던 대로 그냥 오늘 저녁에 하는 거야. 병메도 오늘 가는 걸로 알고 있는데. 분위기 조성은 나만 믿어."

목이 동그랗게 파지고 앞이 막힌 밝은 초록색 블라우스에 얄팍한 개나리색 스웨터, 무릎에서 한 뼘 정도 내려와 주홍색과 주황색 양귀비꽃을 드문 드문 심어놓은 감청색 치마. 거울 앞에 서서 이것 저것 위아래로 대여섯 번은 바꿔 입어 보아야만 나올 수 있는 차림새였다.

'옷이 날개다'를 국시로 삼는 나라가 실제로 있다는 연사의 말에 좌중은 박장대소를 금치 못했지만 '반공을 국시로' 삼던 나라도 있다는 사실을 언급하자 장내는 곧 숙연해졌다. 성별과 연령을 초월한 듯 보이는 연사는 해당 국가를 보호하는 차원에서 국가명은 국가X라 칭할 것이라면서 국가X의 국시에 관한 강연을 시작했다.

"국가X 국민의 성별은 여타 국가들과 마찬가지로 여자와 남자로 구성되어 있습니다. 다만 국가X의 경우에는 여타 국가들과는 달리 여자는 여자대로 생김새가 고만고만하고 남자는 남자대로 어슷비슷하게 생겨서 얼핏 보면 그 여자가 저 여자고 이 남자가 그 남자 같아 보입니다. 설상가상으로 어떤 여자는 남자처럼 생겼는가 하면 여자처럼 생긴 남자도 있기 때문에 결과적으로 국가X 국민들 사이에서는 간혹 서로가 서로를 완전히 다른 서로로 착각하는 경우가 비일비재할 수밖에 없습니다. 이를 해결하는 방안의 일환으로 국가X 정부는 '옷이 날개다'를 국시로 삼게 되었던 것입니다.

국가X의 국시 내용을 말씀드리기 전에 여러분께서 주지하여 주셔야만 할 사항이 세 가지 있습니다. 첫째, 국가X에는 사계절이라는 개념조차 없을 정도로 기후가 항상 적당하게 따뜻합니다. 둘째, 국가X 국민은 채식주의자입니다. 그들의 언어에는 고기라는 어휘가 없습니다. 전 국민의 1/3이 낚시를 즐기지만 자기가 잡은 것이 생선이 되어 식탁에 오른다는 사실은 상상도 못합니다. 이 두 번째 사항이 국가X의 국시를 이해하는 데 어떻게 도움이 되는지 갸우뚱하고 있는 분도 계시겠지요. 맞습니다, 아무 도움도 되지 않습니다. 셋째, 국가X 정부는 국가X 국민이 다섯 살부터 아흔아홉 살이 될 때까지 무상으로 의복을 지급합니다.

한 살부터 네 살까지는 뭘 입는지 궁금해하실 분이 있을지도 모르기에 말씀드리면, 한 살부터 네 살까지는 아무것도 입지 않습니다. 청명하고 따사로운 기후에 어린애들 몸을 헝겊으로 둘둘 말아 놓을 필요가 없다는 것이 국가X 성인들의 생각이기 때문입니다.

앞서 말씀드렸듯이, 국가X에서는 성별의 구분은 그런 대로 확인이 가능하지만 일단 구별된 성별 내에서 개개인을 정확하게 바로 바로 식별한다는 것이 다소 난해하기 때문에 결과적으로 매우 어색한 상황에 처하게 되는 일이 왕왕 일어납니다. 제 생각에 지나지 않습니다만, 국가X의 국민 개개인의 외양이 이토록 유사한 까닭은 국가X의 건국 이래 오늘날까지 오천 년 동안 외부와의 접촉이 전혀 없어서, 말하자면, 오천 년 동안의 근친상간 결과가 아닌가 싶습니다.

국시를 '옷이 날개다'로 삼은 것은 불과 삼백 년밖에 되지 않는다고 전해내려 오고 있습니다만 혹자는 말하기를 삼백 년이 아니라 삼십 년이라고도 합니다. 솔직히, 저 개인적으로는 삼백 년이나 삼십 년이나 그게 그거입니다.

'옷이 날개다'를 국시로 삼기 시작한 해부터 오늘날까지 국가X의 S국립대학 미대 학장의 역할은 다섯 살부터 아흔아홉 살까지 개개인이 입을 옷을 해마다 달리 디자인하는 것이고, 법대 학장은 미대 학장이 정해 준 옷을 입어야 한다는 국법을 준수하지 않는 자를 엄벌에 처하도록 검찰총장에게 보고하는 역할을 맡고 있습니다만 국가X의 국민으로서 국법을 준수하지 않는 사람이 단 한 사람이라도 있다는 것은 상상도 할 수 없는 일이기 때문에 어떻게 보든 법대 학장은 놀고 먹는다고 볼 수밖에 없습니다.

미대 학장 한 사람이 무슨 여력으로 다섯 살에서 아흔아홉 살에 이르는 전 국민이 해마다 갈아입을 옷을 디자인할 수 있는지 궁금해하시겠지요.

놀라지 마십시오. 국가X의 전체 인구는 성인 남녀 열두 명과 네 살 미만의 남녀 어린이 여섯 명으로 모두 열여덟 명입니다. 그러므로 미대 학장이 각 개인의 특성을 극대화시켜 디자인하는 작업이 불가능한 일은 결코 아닙니다. 덕분에 국가X 국민은 미대 학장이 자기 한 사람만을 위하여 디자인해준 옷을 입고 일 년 내내 웃는 얼굴로 나다닙니다. 얼핏 보면 옷을 입고 걸어 다니는 것이 아니라 날개를 달고 날아다니는 사람들 같아 보입니다.

'옷이 날개처럼 보인다'를 국시로 하자는 의견도 있었지만 국시는 짧으면 짧을수록 그만큼 더 위력이 있어 보인다는 주장이 압도적이어서 결과적으로 '옷이 날개다'를 국시로 삼게 된 것이라고 합니다.

마지막으로, 아흔아홉 살까지는 여러분이 깜짝 놀라시기를 바라면서 드린 말씀이고, 실제로 국가X 국민의 평균 수명은 십오 년이라는 말씀을 드리는 것으로 본 강연을 마치겠습니다."

"꽃이라도 좀 살까요?"

"그 집에 꽃병 없을걸요. 그런 건 신경쓰지 않아도 돼요. 오늘 아주 젊어 보이네, 너무 젊어 보여도 곤란한데……."

무슨 말인지 금방 알아듣고 웃었다. 입술을 벌리고 웃었지만 무성영화에서 웃는 것처럼 소리는 나오지 않았다. 얼굴 화장은 하지 않은 것으로 보일 정도로만 했다. 병메 생애에서 처음 받아본 저녁식사 초대일지도 모른다는 생각이 들어서 고개를 돌렸다.

♯12

미친 사람 중에는 가짜가 없어 보이는데

미치지 않은 사람 중에는 가짜가 많아 보인다.

"선생님, 영구적으로 쓸 수 있게 잘 좀 해주세요."

"염려 마세요, 임플란트는 영구적이니까요."

옆자리에 앉은 할머니와 치과의사가 주고 받는 소리다. 할머니는 영구히 쓸 수 있는 치아를 원하고 치과의사는 영구히 쓸 수 있는 치아를 약속한다. 일흔이 넘어 보이는 할머니가 영구히 쓸 수 있는 치아를 원하는 까닭은 무엇인가?

원하는 것이 무엇인지는 분명히 알고 있으나 그것을 원하는 까닭을 모르면서 원한다? 원하는 까닭이 있지도 않으면서 원한다? 어쨌든 일단 원해 놓고 본다? 할머니는 처량하고 의사는 친절하고 나는 쓸쓸하다. 외롭지 않아도 사람은 사람인가?

마취를 하고 어금니를 뽑고 한길로 나간다. 마취가 채 풀리지 않았나? 영글지 않은 생각들이 들락거린다. 영원은 시간 속에 있나, 밖에 있나? 시간 속에 있으면 영원도 시간처럼 끝이 있는 것이고, 시간 밖에 있으면 시간과 무관하게 존재하니까 끝이 없을 수도 있고…….

아주 작은 새 한 마리가 억만 년 만에 한 번씩 날아와 거대한 모래산에서 모래 한 알갱이를 쪼아가는데, 그 작은 새가 그 모래산의 일부만을 쪼아 없애는 데도 수억만 년이 걸릴 것이니 그 모래산을 완전히 쪼아 없앨 때까지는 그 얼마나 많은 세월이 걸리겠는가, 그러나 그 엄청난 시간이 지나간 후에도 영원의 한순간이 끝난 것은 아니다, 라는 내용으로 조이스의 사제는 지옥에서의 고통을 설명하면서 '영원'에 대한 정의를 내린다.

사제에 의하면 '영원'이란 어질어질할 정도로 긴 시간이라지만, 이는 '영원이라는 것에는 끝이라는 것이 없다'는 말은 아니지 않은가? 죽음도 삶처럼 끝이 있나?

병메한테 맡겨놓은 모모를 데리러 갔더니 눈깔사탕이 와 있었다. 어금니를 잘 뽑았냐고 두 사람이 번갈아 가면서 묻기에, 잘 뽑았는지 잘못 뽑았는지는 치과의사한테 물어보라고 했더니 눈깔사탕이 내 어깨에 손을 올려놓았다. 울컥, 서러웠다. 뒷발로 서서 앞발로 달겨들면서 낑낑대는 모모를 진정시키고 있는데 병메는 어느새 부엌에 들어가 내가 마실 커피를 준비하고 있다. 선량한 사람보다 강한 사람은 없다.

눈깔사탕이 「애수」를 구해 왔다는 소리에 우중충했던 기분이 일시에 사라졌다. 영화 보는 날을 기념하는 의미에서 평소처럼 짜장면이나 짬뽕이 아니라 요리를 시키자고 합의는 보았지만, 그래도 그렇지, 중국 요리하고 「애수」는…….

「애수」라고 하면 떠오르는 얼굴이 있다. 훗날 여대에서 '메이퀸'으로 뽑힌 미인이었지만 고등학교 시절에는 교복을 입혀놓아서 그랬는지 그냥 곱상하게 생겼다는 인상만 주던 친구였다. 단체관람을 제외하고는 중고등학교 학생은 영화관 출입이 금지되어 있었지만, 당국의 정책이 그러했다는 말이지 그것이 무서워서 영화관 출입을 자제하는 기막힌 학생은 없었다. 「애수」를 보고 나서 참으로 많은 시민들이 자기 일처럼 주인공 남녀의 기구한 사랑에 가슴까지 아파했지만, 여고 2학년이었던 곱상이는 묵묵히 「애수」를 보고 또 보고 또 보고…… 나중에 알고 보니 로버트 테일러를 보기 위해서였다고 한다. 명동 초입에서 오른쪽으로 뚫린 좁은 골목길로 접어들면 벽을 등판 삼아 목재 좌판이 줄줄이 늘어져 있었다. 서양 잡동사니는 좌판 위에 벌려놓고 외국 서적이나 잡지들은 벽에 기대어 놓았는데 외국 서적은 주로 일본 소설이고 외국 잡지는 《플레이보이》나 《허슬러》도 있지만 대부분은 일본 잡지였고 일본 잡지 중에서도 일본 영화 잡지가 많았다. 월간으로 발행되는 일본 영화 잡지는 반질반질하게 코팅된 고급 종이에 유명 서양 남녀 배우들을 천연색으로 한쪽 전체에 보여주어서 여학생들은 남자 배우를, 남학생들은 여자배우를 곱게 찢어서 밤마다 볼 수 있게 벽에 붙여놓고, 학교에서도 볼 수 있게 책받침에 붙여놓고, 공부하기 전후에 짬짬이 볼 수 있도록 참고서 안쪽에 붙여 놓고서 척박한 나날의 윤활유로 삼는 것이 고작이었지만 곱상이는 로버트 테일러를 가슴속에 넣어놓고 앓았다. 그러다가 가슴앓이에 짓눌려 자살을 시도했다. 『데미안』을 읽고 실제로 자살한 여학생도 있던 시절이었으니까 자살 미수는 특별히 경악할 사건은 아닐 수도 있었으나 서양 남자 배우를 짝사랑하다가 자살 소동을 벌인 거라는 소문이 여학생들 사이에서 좌악 퍼지자 곱상이는 한 해 휴학했다.

영화가 끝나고 나서 중국 요리를 시켰다. 탕수육, 깐풍기, 양장피. 세 사람이 먹기에는 두 개로도 충분했지만 각자 자기가 먹고 싶은 것을 시키려다 보니 그렇게 됐다. 그래도 누구는 그토록 애절한 사랑을 하는데 우리 세 사람은 어느새 영화에서 빠져나와 중국 요리를 세 개 시킬까, 아니 세 개는 너무 많고 두 개만 시켜도 충분하지 않을까로 살뜰해져 있었다. 그러나 막상 음식이 배달되자 배가 고플 시간이 훌쩍 지났는데도 세 사람 모두 헛젓가락질을 하고 있었다. 나만 믿으라고 했던 분위기 조성을 서둘러야 할 때가 온 것 같았다.

"슬픈 사랑을 보고 나니까 밥맛 떨어지네. 다음번에는 명랑한 사랑 보고 나서 밥 먹자. 「사랑은 비를 타고」 볼까? 미국 영화 백 년, 영화음악 백 개에서 3위래. 「남과 여」도 좋고. 생각나? 바라바라밥 바라바라밥……."

"명랑한 사랑은 어떤 사랑이에요?"

"내가 말을 좀 이상하게 했나? 어쨌든 「남과 여」에서 이루어지는 사랑 같은 사랑이라면 명랑한 사랑 카테고리에 들어갈 수 있어요."

병메네 집을 나왔을 때는 10시가 좀 넘었다. 눈깔사탕이나 나나 아파트로 직진하고 싶지는 않았지만 강아지 한 마리 데리고 노인네 둘이 어둑어둑한 단지 내에서 오락가락하는 그림이 마뜩찮아서 〈은하수〉로 내려갔다.

모모를 데리고 계산대 앞으로 가서 인사부터 했다.

"안녕하세요?"

"어머, 또 오셨네. 자주 들러주셔서 고맙습니다."

딱 한 번 갔었는데 자주란다.

"강아지, 데리고 들어가도 괜찮아요? 저 뒤쪽 구석으로 갈 건데."

"아유, 괜찮고 말고 할 게 어딨어요. 요새는 한 집 걸러 애완견 키우는걸요. 우리집에도 있어요. 우리 건 치와완데, 얘는 무슨……."

"소주 두 병 주세요."

"의미 심장한 말을 하고 싶어서 그래?"

"그래서 그러는 건 아니고……."

"병메가 먼저 운을 떼기를 바라는 거야?"

"그건 물론 아니고, 그냥 말이 안 나와. 말이 안 나오는 걸 어떡하냐?"

"좋아. 그럼, 말이 안 나온다고 그래. 그건 할 수 있지?"

"무슨 말이 안 나오냐고 물어보면 어떡하냐?"

"그냥 빙그레 웃어주면 돼."

"그렇게 간단하게 해도 될까?"

"그럼, 오라버니 맘대로 복잡하게 하든지."

집에 돌아오자 모모는 자기 집으로 들어가서 꼬부리고 잔다. 나는 부엌으로 가서 식탁 겸 책상으로 사용하는 테이블에 앉는다. 테이블도 어수선하고 머릿속도 어수선하다. 컴퓨터 오른쪽에 커피를 놓고 왼쪽에 담배와 재떨이를 놓는다. 컴퓨터를 켜고 파일을 열고 열린 문서 중에서 하던 일을 클릭한다. 문서의 첫 쪽이 모니터에 뜬다. 컴퓨터를 끈다. 불을 끌지 눈을 감을지 결정을 못한다.

눈깔사탕과 병메의 삶에 명랑한 파문이 일고 있다.

삶은 팔자를 축으로 돌아가고 팔자는 삶을 구축하고? 교향곡 5번 서두의 네 개 음이 승리를 표현하는 모르스 부호 V를 의미하기 때문에 (그 당시 독일과 적대 관계에 있었음에도 불구하고) 이 리듬은 영국 국영방송 BBC 뉴스의 시그널로 사용되었다고 한다. 베토벤 만세!

우리는 존재하는 것과 행해지는 것은 그와 동일한 방법으로 존재하고 행해져야만 한다고 믿는다. 괴테 만세!

아침 저녁으로 글리아타민을 먹는데도 불구하고 「로마의 휴일」에 나오는 남자배우 이름을 생각해 내는 데 하루가 걸린다. 이 조시로 나간다면 알츠하이머가 나도 모르게, 당연히 나도 모르게, 남들 앞에 서서히 나타나는 것도 먼 훗날 일이 아닐지도 모른다.

모모를 데리고 아침 산책을 하고 있는데 웬 젊은 여자가 모모를 요란하게 반겼다.

"어머, 얘, 나, 너 알아."

"얘를 어떻게 알아요?"

"귀엽잖아요, 이 길로 다니는 거 여러 번 봤어요. 나한테서 개 냄새 나지? 우리 집에서도 개를 키우거든요. 얘는 몇 살이에요?"

"삼 년 됐어요."

"이 단지에 사세요?"

"네."

"몇 동에 사세요?"

모른다고 할까 하다가, 하얀 강아지 데리고 다니는 할머니가 약간 이상하다는 소리가 나돌까 봐, 일단 '약간 이상하다'로 시작하면 '완전히 맛이 갔다'로 끝날 테니까 모른다는 써먹을 수가 없었다. 말대신 손가락으로 바로 저기 저 동을 가리켰다.

그것을 계기로 젊은 여자는 모모 여자친구라고 자칭하면서 서너 번 들렀다. 우리집 커피가 너무 너무 맛있어서, 샌프란시스코에서 마시던 커피와 똑같은 맛이라서, 커피 때문에라도 자주 들러야겠다고 했다.

그러던 중 어느 날, 여자는 커피잔을 탁자에 놓고 자리에 앉아 나를 정면으로 보면서 물었다.

"호칭을 뭐로 할까요?"

느닷없는 질문이었다.

"호칭요?"

"요즘에는 개나 소나 모두 다 선생님이라고 부르잖아요. 난, 그거 너무 너무 싫어요. 웃기지 않아요? 선생님이라는 말을 너무 너무 막 쓰는 거 같아요. 그래서 나는……."

'너'를 뭐라고 불렀으면 좋겠냐는 문장을 차마 끝내지 못하고 있었다. 여자는 짧은 문장이면 가끔 영어로 할 때가 있었는데, 솔직히 말한다면서, 자기는 한국 말보다는 영어가 더 편할 때가 있다는 말도 했다. 자기한테는 서울보다 샌프란시스코가 더 고향 같다는 여자니까 그럴 수도 있겠다 싶었다. 나하고 이야기할 때는 '자기 고향 말'로 하자고 할까, 하다가 참았다. 나는 그게 탈이다. 툭하면 우선 참고 본다. 평생 참을 때도 있다.

"아~ 나를 뭐라고 불렀으면 좋겠냐, 그 말인가요?"

"네."

"아무렇게나 불러요."

"아줌마, 아줌마 어때요?"

지난번에 왔다 갈 때 현관에서 신을 신으면서 핸드폰을 꺼내더니 웬 노인네 사진을 보여주었다. 이사 오기 전에 살던 동네 아저씨인데, 너무 너무 괜찮은 아저씨이고, 여든이지만 전혀 그렇게 보이지 않는다고 했다. 여든이 아저씨가 됐으니 일흔의 호칭은 아줌마이어야 이야기가 풀린다.

늙으면 산책을 하더라도 같이 손잡고 갈 수 있는 사람이 있어야 좋다는 세상이라서 젊은 여자는 웬 늙은 남자를 늙은 나하고 엮어 주려고 한다. 늙은 남자나 늙은 여자가 산책할 때는 왜 늙은 여자나 늙은 남자하고 손을 잡아야 좋은가?

"내가 마음에 드는 남자는 나에게 관심이 없고 나를 마음에 들어하는 남자는 내가 관심이 없고", 자신의 성적 기호를 레즈비언으로 전환한 사십 대 중반 수전 손택의 말이다. 당당하고 가차없고 아름답다!

사위가 서서히 회색으로 변하면서 빗소리가 들린다. 빗소리가 들리기에 비가 오는 줄 알았는데…….

#13

미친 사람은 미친 덕에 근심도 없고 걱정도 없지만

미치지 않은 사람은 미치지 않은 탓에 근심도 많고 걱정도 많다.

열이 약간 있나? 으슬으슬 춥다. 콧물은 당장 닦지는 않아도 될 정도로 아주 조금씩 흐른다. 문제는 몸이다. 자리에서 일어나려면 허리가 말을 듣지 않고, 버벅거리면서 일어나면 무릎이 시큰거려서 침대에서 내려오기가 벅차고, 일단 내려오고 나면 제대로 서기 전에 비틀거린다. 손에 힘이 없다. 힘에 부쳐서 유리잔을 두 개나 떨어뜨린다. 하나는 거실 탁자 위에 있는 것을 집어들다가 떨어뜨리고 다른 하나는 부엌에서 거실로 가다가 떨어뜨린다. 비싼 유리잔은 깨져도 고급스럽게 깨지기 때문에 깨진 조각들을 하나씩 집어 버리면 그만이지만 싸구려 유리잔은 깨졌다 하면 박살난다. 그래도 깨진 것이 빈 잔이면 운이 좋은 편이다. 내가 떨어뜨린 싸구려 유리잔에는 둘 다 물이 들어 있다. 평소라면 상소리 두어 개는 기본이지만 기분도 특별히 나쁘지 않고 짜증도 별로 나지 않는다. 데파코트, 라믹탈 덕인가?

걸음걸이도 불안하다. 문턱에 걸려 휘청거리기도 하고, 식탁을 지나칠 때는 나도 모르게 한 손으로 식탁 모서리를 잡고 나서 걸음을 뗀다. 멀쩡해 보이지 않는다는 것을 눈치챘는지 모모가 빤히 올려다본다. 이렇게 며칠 비실거리다가 덜컥 죽어버리면 모모는 어쩌나? 사람이 죽어가는 판에 강아지 걱정을 한다는 것은…… 기왕 죽어가는 판에 강아지 걱정 좀 해주면 어떠랴 싶기도 하다.

전기담요 열기를 상으로 올려놓고 자리에 눕는다. 누우니까 몸은 편하다. 몸이 편하니까, 웬걸, 머리가 어지럽다. 기억하는 것보다는 기억하지 못하는 것이 더 많겠지만, 기억하지 못하는 것이야 뭘 기억하지 못하는지 모르니까 기억해 낼 수 없고, 기억하고 싶지 않은 것은 일부러 기억에서 끄집어낼 필요는 없고, 기억하고 싶은 것은 추억으로 남겨놓고 나서, 기억되는 것을 바라본다.

돌 깨는 소리가 새벽녘을 깨운다. 석공 이삼십 명이 곡괭이로 돌산에서 돌을 떼어낸다. 거머잡은 곡괭이를 어깨 너머로 치켜올렸다가 힘껏 내리친다. 여~ 엉에서 치켜올라갔던 곡갱이가 차에서 무서운 힘으로 돌산에 박힌다. 크고 작은 돌들이 떨어져나와 아무렇게나 나둥그러진다. 그러다가 해가 사라질 때까지 아버지와 남편과 아들이 곡괭이를 휘두르고 나면 널찍하고 높다란 돌무더기가 생긴다. 그제야 연장 챙기고 돌산을 뒤로 하고 막걸리 한 잔 걸치고 자반고등어 한 마리 들고, 이 풍진 세상을 만났으니 너의 희망이 무엇이냐…….

잘록한 오솔길이 산굽이를 휘감듯 내려가면 저수지 근처에 자리잡은 고아원이 있다. 가시철조망 담이라서 언덕 위에서 내려다보면 고아원 마당이 훤히 눈에 들어온다. 커다란 어른이 커다란 망태에다 작은 아이들을 잔뜩 담아와서 고아원 마당에 쏟아놓은 것처럼 고만고만한 아이들이 마당을 채우고 있다. 얼굴이 없다. 그냥 한 덩어리로 보인다. 배고픈 시절이었는데 아이들 배는 채워주었나? 엄마 찾아 가시철조망을 걷어제치고 나온 아이도 있겠지? 엄마 얼굴도 모르는 채 그 안에서 죽은 아이도 있겠지? 홀트양자회를 통해 다섯 살에 미국 가정에 입양된 아이는 어른이 되어서 엄마 찾아 한국에 오고 싶어하겠지?

할머니가 들려준 이야기에 의하면 돌산 너머 숲속에는 여우가 살고 있다. 그냥 여우가 아니라 불여우다. 불여우는 예쁜 여자로 둔갑해서 젊고 잘생긴 남자를 호린다. 불여우한테 찍힌 남자는 사람 밥을 먹을 수 없어서 결국에는 굶어 죽는다.

전화벨 소리에 기억이 중단된다. 눈깔사탕이다. 점심 같이 먹을 생각 없냐고 묻는다. 없다고 한다. 잠깐 들러도 되냐고 묻는다. 마음대로 하라고 한다.

“어디 아프냐? 얼굴이 왜 그래?”

“내 얼굴이 뭐가 어때서?”

“죽 좀 사올까?”

"생각 없어. 그건 그렇고, 어디서부터 어디까지가 과거야?"

"글쎄다, 답이 없지, 아마."

"태어나서 어젯밤까지?"

"그건 아닌 것 같고."

여동생은 결혼하고 얼마 안 돼서 미국으로 이민 갔고 나를 제외하면 눈깔사탕은 가까이 지내는 사람이 거의 없다. 가까이 지내는 사람이 없기는 나도 마찬가지다. 다만 눈깔사탕의 경우에는 자기가 사람들을 가까이하지 않는 것이고, 나의 경우에는 사람들이 나를 가까이하지 않는다는 차이가 있다. 어쨌거나 친구로서는 서로가 서로밖에 없다. 내가 거꾸로 말을 해도 제자리에 놓아주는 눈깔사탕이 이번에는 아무 말 없이 내 머리 위로 시선을 보낸다.

"모스크바-피터스버그 급행열차! 시간이 어디 있지? 시간의 지속과는 무관하게 창출될 수 있는 공간도 있나? 공간의 개념과 무관하게 존재하는 시간도 있나? 시간이 리듬하고 비슷하다는 사람도 있어, 유명한 사람이야. 리듬의 기본적 단위가 박자니까, 시간은 박자하고 비슷하다는 거잖아. 그럼, 시간은 따박 따박 끊겨지니까 비연속적이고, 또 따박 따박 이어지니까 연속적이고. 그러니까 비연속적이면서 동시에 연속적인가?

어쨌든 미래는 시간이야 공간이야? 안나한테는 미래가 존재하지 않았다고 하던데 그 말은 시간을 넣을 공간이 없다는 말인가? 아니면, 시간은 시간이고 공간은 공간인데, 브론스키의 공간에 있던 안나는 브론스키의 공간 밖으로 밀려나니까, 그러니까 안나는 자신이 있을 공간을 잃어서, 브론스키의 공간이 아닌 공간에서는 존재할 의미가 없다고 판단하고 시간의 존재를 기차바퀴 밑으로 밀어넣어 말살시켰나? 그런 방법으로 안나는 자신을 포기했나, 그랬나?"

"나, 소설 안 읽는 거 너도 알잖아."

"지금 소설 이야기 하자는 게 아니라 시간 이야기 하자는 거야. 우리 정도 살았으면 산 값을 해야지. 나 혼자 생각하려니까 뭐가 뭔지 헷갈려서 같이 좀 생각해 보자는데 되게 보탬 안 되게 구네."

눈깔사탕이 빙그레 웃으면서 어린아이 보듯 나를 바라본다. 그래서 나는 눈깔사탕을 사랑하지 않을 수 없다.

모모는 그저 어디고 나가는 것만 좋아서, 집안을 벗어나는 것만으로도 신이 나서 가로 뛰고 세로 뛰어댄다. 아파트 단지에 불과한데도 밖에 나오니 밖이라서 느껴지는 기분은 방안에서 느꼈던 찌뿌둥한 기분하고는 사뭇 다르다.

젊은 엄마들이 유치원버스 하차구역에서 서성인다. 잠시 후 꼬맹이들이 쫑알거리면서 한 명씩 내린다. 젊은 엄마들이 달려들어 각자 자기 아이를 챙겨 간다. 그중 한 계집아이가, "강아지다! 강아지다!" 악을 악을 쓰면서 엄마 치맛자락을 움켜쥐고, "엄마, 무서워! 무서워!"를 연발한다.

내가 목줄을 잡고 있기 때문에 모모는 나한테서 한 걸음도 움직일 수 없다는 것을 아이에게 말로도 하고, 조절해서 고정시킨 줄을 실제로 보여주기까지 했지만 막무가내다. 막무가내이기는 애 엄마도 마찬가지다. 다른 젊은 엄마들하고 시시덕거리고 싶은데 나하고 모모가 걸리적거리니까 가던 길이나 가라는 표정이다. 대단히 놀고 자빠졌다.

옛날 동네 이웃은 내가 모모하고 산책하는 것을 보면 (늙은이를 예우하는 의미에서) 빈말이라도 안녕하시냐고 인사를 했건만 이곳 젊은 엄마들은 지금 자기들이 보고 있는 내 얼굴이 일흔 살 때 자기들 얼굴이라는 것을 모르고 할머니와 할아버지가 강아지 한 마리 데리고 산책이랍시고 단지 내에서 어슬렁거리는 모양새가 심히 눈에 거슬렸던 듯 싶다. 게다가 할아버지의 할머니 아파트 출입이 무상하다. 그 꼴을 보고 그냥 넘어가면 아래층 젊은 엄마가 아니다. 그예 미소까지 띠어 주면서 묻는다.

"저어, 여기 자주 드나드시는 할아버지하고는 어떻게 되세요?"

"네? 아, 제 오라버니예요, 친오라버니."

나이가 들면서는 오빠라고 부르기가 징그러워서 오라버니라고 불러왔기 때문에 하나는 사실이지만 하나만이라도 사실이 아니어서 기분이 좋다.

"아이, 그러시구나, 난 또."

"하 하 하, 늙은이들이 연애라도 하는 줄 아셨어요?"

"아이, 별 말씀을. 그냥 두 분이 퍽 다정해 보이셔서."

늙은이 '두 분이 퍽 다정해 보이셔서' 그 내막을 알아야겠다?

점심 생각이 없다는 말은 거짓말이 되었다. 짜장면이 눈앞에서 어른거렸다. 짬뽕 국물도 마시고 싶었다.

"병메네 가서 짜장면 시켜먹을까?"

그렇게 봐서 그런지 내 말에 눈깔사탕 얼굴에 화색이 돌았다. 셋이 병메네 동으로 향했다. 말을 안 해서 그렇지 눈깔사탕은 병메를 보게 되니까 기분이 좋아졌고, 말을 못해서 그렇지 모모는 유리를 보게 되니까 기분이 좋아졌다. 나는? 나는 짜장면 먹고 짬뽕 국물 마실 생각을 하니 기분이 좋아져야 하나?

사전에 말도 없이 셋이 우르르 들이닥치는데도 병메는 기다리고 있었다는 듯이 반겼다.

"난, 짜장면은 이 집에서 시켜먹어야 맘이 편하더라. 한 그릇이라도 파는 게 한 그릇도 못 파는 거보다는 낫다는 생각에서 배달해 주마고 할지도 모르지만, 에이, 난 그렇게는 못하겠더라. 그럴 때는 그냥 사발면 먹는 게 속 편해."

"이제부터는 우리집을 중국 음식 시켜먹는 집으로 정할까요?"

눈깔사탕이 나를 바라본다. 시선이 정겹다.

모모와 유리가 신이 나서 폴짝거리면서 이리 뛰고 저리 달리다가 모모가 유리 밥그릇을 걷어차는 바람에 먹다 남은 유리밥이 바닥에 흩뿌려졌는데 그것까지도 보기 싫지 않았다.

강아지를 좋아하는 것 반만큼만 사람을 좋아할 수 있다면, 나무를 좋아하는 것 반의 반만큼만 남자를 좋아할 수 있다면, 돼지가 날개를 달 수 있다면…….

병메는 혼자 사는 중년 부인답지 않게 안방에 해당하는 제일 큰 방을 서재로 개조했다. 삼사천 권은 넘어 보이는 책 중에서 교양 서적이나 전문 분야에 관한 책은 눈에 띄지 않았다. 나로 말하자면, 읽지 않을 것을 알면서도 읽어야 마땅할 책들을 구입해서 방문객 눈에 띌 수밖에 없는 위치를 선별하여 책꽂이에 꽂는다. 그렇지만 병메는 그 많은 소설책들을 한 번에 한 권씩 빠짐없이 읽었을 것이다. 그리하여 초등학교만 다닌 병메하고 학교란 학교는 모조리 다닌 나하고 비교하면, 어쨌든 병메가 나보다 훨씬 더 많은 소설을 읽은 것은 병메만 몰랐지 나는 물론이고 눈깔사탕까지도 아는 사실이다. 그러나 나는 병메가 읽은 소설을 읽지도 않았으면서 '그 작가의 작품 세계는……'으로 시작해서 병메의 기를 죽일 수 있다. 그리고 내가 그렇게 하고 있다는 것을 눈깔사탕은 알고 있다. 비록 소설 나부랭이에 관한 일이라 하더라도 내가 병메를 속이는 일이 없고 병메도 나한테 속는 일이 없도록 눈깔사탕은 웬만하면 소설 이야기가 나오지 않도록 신경을 쓴다. 눈깔사탕의 그러한 배려를 병메는 모르지만 나는 알고 있다. 그리하여 우리 관계의 역학은…….

"어머나! 저런!"

모모가 까불다가 베란다를 따라 가지런히 늘어놓은 작은 화분

하나를 그에 엎어버렸다. 그 통에 이름 모를 꽃도 바닥에 쏟아졌다. 병메가 빗자루와 쓰레받기를 가져다 깨진 화분과 흙을 말끔히 쓸어담았다. 꽃까지 쓰레받기에 담는 것을 보면 꽃도 절단난 모양이었다.

정작 화분을 엎은 당사자는 아무일도 없었다는 듯이 유리하고 신이 나서 쫓고 쫓기면서 거리낌없이 놀아났다. 그대로 내쳐두었다가는 작은 화분 한두 개가 더 작살나는 것은 시간 문제였다. 이럴 경우를 대비해서 가지고 다니는 간식을 꺼내서 두 녀석을 한꺼번에 진정시켰다.

"그거 무슨 꽃이에요?"

"별꽃이에요. 시골에 가면 밭이나 길가에서 흔히 볼 수 있는 꽃인데 생텍쥐페리는 편지나 글 어귀에 별꽃 심볼을 자주 그려넣었어요."

"그래요? 꽃말 있어요?"

"네, 추억이에요. 꽃잎 다섯 장은 별모양이고 꽃잎은 하트 모양이라 그런가 봐요."

"하늘에는 별, 땅에는 하트. 추억 맞네."

딩~동 디리~동 디리딩~동. 중국집 배달원이 문을 열어달라고 공동현관 벨을 누르는 소리에 꽃 이야기에 끼지 못하고 있던 눈깔사탕이 스프링처럼 튀어일어나 문 열림을 눌렀다.

음식은 식탁이 아니라 거실에 있는 둥그런 탁자 위에 주욱 늘어놓았다.

"단무지 좀 더 달라고 미리 말했어야 하는 건데."

"김장김치에 박아두었던 무가 있는데 그거라도 가져올까요?"

"네, 좀 가져와보세요, 맛이라도 보게."

병메가 자리를 뜨자 눈깔사탕이 나를 보면서 이맛살을 찌푸렸고 나는 눈깔사탕을 보면서 어깨를 으쓱해 보였다.

점심이 끝났다. 그릇은 중국집 보자기에 싸서 문밖에 내다놓았다. 그러고 나니 딱히 할 일도 없고 할 말도 없었다. 퍼져누워서 눈 감고 음악이나 들으면 딱 좋겠건만 병메네 집에 유일하게 없는 것이 있다면 음악이다. 어쨌든 언제나처럼 지금도 말꼬를 트는 것은 내 몫이다.

"오라버니, 괜찮은 변호사 알아?"

"뜬금없긴, 변호사는 왜?"

"좀 써먹으려고."

"네가 변호사를 뭐에다 써먹냐?"

"무슨 일 있으세요?"

"아뇨, 아무 일도 없어요."

"그런데 변호사는 왜."

"변호사는 일이 터지기 전에 써먹어야지, 일이 터지고 나서 쓰려면 일만 더 커져요, 오라버니도 그건 몰랐을 거다, 그치?"

"죽은 사람 상대로 생명보험 들라는 거 봤냐? 그건 그렇고, 변호사는 왜?"

"유언장 좀 제대로 써놓으려고."

"무슨 그런 말씀을."

"죽고 나서 후회하지 않으려면 살아 있을 때 써놓아야지요."

"밥 잘 먹고 나서 하필이면 죽는 이야기냐?"

"밥 먹기 전에 하면 밥맛 떨어진다고 할까 봐 오라버니 생각해서 지금 하는 건데. 알았어, 나중에 할게."

좀 전의 어색한 분위기가 되돌아오기 전에 누구에게든 바통을 넘겨야 했다.

"아는 사람 중에 재밌는 사람 없어?"

"글쎄다, 재미있는 사람이라기보다는……."

고등학교 때 가까이 지내던 친구가 대학 2학년 때 군복무를 마치고 복학해서 대학 졸업 후 남자 고등학교에 영어 교사로 취직했다. 십여 년을 조용히 출퇴근하던 친구가 어느날 불쑥 사표를 냈다. 그리고 학원으로 옮겨가서 저러다 쓰러지지 싶게 미친 듯이 오 년을 가르치고 나서 하루 아침에 훌쩍 학원을 떠났다. 그러고 나서 삼 년이 흘렀나? 어느날 연락이 왔다. 나를 자기 화실에 초대하고 싶다고 했다. 화실? 그럼 그 친구가 그 사이에 화가가 됐다는 말인가? 보통사람이 화가가 되는 데 걸리는 시간이 얼마나 되는지는 모르지만 자기가 좋아서 선택한 일이니까 모르긴 해도 하루에 열다섯 시간 이상을 그림 그리는 일에 바쳤을 위인이었다. 그러나 붓을 들었다고 해서 화가가 아니듯이 붓만 들으면 화가가 되는 것도 아니지 않은가?

화실 문을 열고 발을 채 들여놓기도 전에 나도 모르게 입이 벌어졌다. 열 평 남짓해 보이는 작지 않은 공간은 누드로 꽉 차 있는 것처럼 보였다. 정작 안으로 들어서니 그게 사실이었다. 모델들 나이야 각양각색이라 하더라도 모델들이 취하고 있는 각양각색의 포즈들은 똑바로 보기가 민망할 정도로 망측한 것들이어서 이 친구가 내가 알던 그 친구가 맞나 하는 생각이 들었다. 내가 당황해 하는 모습을 보고도 낯색 하나 변하지 않으면서 의자 하나를 내 쪽으로 밀었다.

언제부터 그림을 그리기 시작했냐는 내 질문은 묵살해 버리고 그 친구는 자기 그림을 어떻게 생각하냐고 다그쳤다. 나는 그림을 볼 줄 모른다면서 어물어물 넘어갈지, 아니면 저것들도 그림이라고 그리는 거냐고 내 생각을 솔직하게 말해야 할지 망설이다가 둘을 합쳐 얼버무려서, '난 그림에 관해서는 아는 게 별로 없어서 네 그림을 어떻게 생각해야 할지 잘 모르겠다'로 위기를 모면했다.

차를 내놓고 자리에 앉은 친구는 자기가 왜 누드만 그려왔는지, 바로 내가 묻고 싶었던 것을 이야기하기 시작했다.

우선, 자기는 살아 있는 여자는 모델로 쓰지 않는다. 이유는 간단하다. 자기는 눈에 보이는 것을 그리는 것이 아니라 머릿속에 떠오르는 것을 화폭에 옮겨놓기 때문이다, 화가가 되는 것은 어렸을 적부터의 꿈이다, 그냥 화가가 아니라 달리나 피카소처럼 후세에 길이 이름을 남기는 화가가 되고 싶다.

그건 그렇다 치고, 네 머릿속에는 벗은 여인만 떠오르냐는 내 질문에 친구는 잠시 말이 없다가, 빙긋 웃더니 '그렇다'고 했다. 자기는 그것을, 즉 머릿속에 떠오르는 벌거벗은 여인만 그리는 것을 자신의 특징으로 삼을 생각이라고 했다. 멀쩡한 목을 길게 늘여서 그리는 것을 자신의 특징으로 삼는 화가도 있지 않냐면서, 그리고 실은 자기한테도 잔 에뷔테른이 있을 뻔했다면서, 남자들의 머릿속에 들어 있는 여자들의 자태를 표현하는 것이 자기 그림의 특징이 될 것이라며 이미 한 말을 되풀이했다. 본인이 그렇게 할 생각이라면 그렇게 하는 것이지 그것에 관해서 내가 가타부타 할 말이 있을 수는 없겠지만, 그래도 그렇지 그건 아니지 않나 싶어서 친구의 감정을 상하게 하지 않을 선에서 조심스럽게 물어보았다.

"아프로디테는 떠오른 적 없어?"

"난 가짜 여자는 싫어."

자기 감정을 배려해서 조심스레 물어본 것이 후회될 정도로 친구의 대답은 단호했다.

"그럼 너한테는 이게 진짜 여자들이냐?"

친구는 대답 없이 자리에서 일어나 창가로 걸어갔다가 되돌아와 자리에 앉았다. 사랑했던 여인한테 당했나? 왜 나를 불렀을까? 혹시 날마다 사람을 바꿔가면서 부르나?

"나를 부른 이유를 물어봐도 되냐?"

"너는 그 여자를 아니까."

"그 여자? 그 여자? 아, 그 애! 그래, 그 애 지금 뭐하냐?"

"뭐하냐구? 죽는 거 했다."

"죽었다구? 아니, 왜?"

"죽는 데 왜가 어딨냐?"

"내 말은, 무슨 병으로."

"무슨 병으로가 중요하냐? 죽었냐 죽지 않았냐가 중요하지."

어느 비오는 날, 우산을 가지고 가지 않아서 비를 맞으면서 집에 가고 있던 남자애를 보고 여자애가 아무 말 없이 남자애한테 다가가서 자기 우산을 함께 쓰고 남자애 집에까지 데려다주었다. 초등학교 때 일이었다. 그리고 그것이 시작이었다. 대학에 들어갔다가 군대에 다녀와서 다시 대학에 돌아온 남자애는 대학을 졸업하면 여자애하고 결혼할 계획을 세우고 있었고 여자애도 남자애와 결혼할 생각으로 들떠 있었다. 어렸을 때부터 서로 좋아했고 성인이 되어서도 서로에 대한 사랑에 변함이 없었기 때문에 둘의 결혼은 양가에서도 당연한 사실로 받아들이고 있던 터였다.

남자애가 졸업하던 해, 남자애는 여자애가 임신 삼 개월이라는 것을 알았다. 여자애가 남자애한테 고백했기 때문에 알게 된 사실이었다. 남자애는 여자애 앞에서 웃었다. 소리내서 웃었다. 그리고 그날 밤 울었다. 소리내서 울었다. 남자애 머릿속에는 여자애가 어떤 남자와 함께하는 장면들로 들끓었다. 여자애가 자기를 만나고 싶다고, 만나야만 한다고, 제발 만나달라고 수도 없이 간청해왔지만 남자애는 시종일관 묵묵부답이었다. 그러던 어느날 남자애는 여자애가 죽었다는 소식을 자기 부모님을 통해서 전해 들었다. 남자애는 여자애가 왜, 어떻게 죽었냐고 묻지 않았다.

"이제 말해 봐, 내 그림, 어떻게 생각하냐?"

"글쎄다, 이제는 네가 왜 이런 그림들만 그렸는지 이해는 가는데, 그래도 화가가 되려면, 너는 네가 화가라고 생각하고 있다는 건 알겠는데, 그래도 화가의 그림이라면, 내 말은, 자칭 화가가 아니라 남들이 인정하는 화가의 그림이라면, 나는 그림에 대해서는 아는 게 없지만, 미술에 관한 지식이 전혀 없는 나 같은 사람이 보기에도, 나도 국내나 국외 유명 화가들 전시회가 있을 때 가끔 가보기도 하는데, 유명 화가들이 그린 그림이라는 선입관이 있어서 그런지는 모르겠지만, 어쨌든 그런 사람들 그림에는 문외한인 내가 보기에도 뭔가 전해지는 것이 있다는 생각이 들더라. 그런데 네 그림들은, 네 얘기를 들어서 그런지도 모르지만, 네 머릿속에서 광란하는 증오만 화폭에 옮겨진 거 같아서, 노골적으로 거칠게만 표현했기 때문인지, 나도 누드 페인팅이나 누드 조각을 좋아하는 편인데, 네 그림은, 아, 나, 모르겠다, 내가 지금 무슨 소릴 하고 있는 건지 모르겠다, 어쩌면 네 말대로 화가로서의 너의 특징은……."

친구가 손사래를 치면서 내 말을 막았다. 그러고는 딤플하고 술잔 두 개를 가져왔다.

"그 사람, 지금도 그림 그려?"

"아마 그럴걸."

"사람 봐가면서 사랑하라는 게 이 이야기의 교훈이야?"

"교훈은 무슨."

"그 여자분을 용서하는 게 얼마나 괴로운 일인지는 모르겠지만 용서하지 않았기 때문에 더 괴로웠던 것이 아니었을까요?"

"배신의 경우에는 조금 덜 괴롭자고 상대방을 용서하는 사람보다는 훨씬 더 괴로운 한이 있더라도 결코 용서하지 않는 사람이 더 많을걸요."

"왜 그렇지요?"

"사랑이라는 걸 하다 보면 질투라는 걸 하게 되는 경우가 생기는데 그럴 때는……."

"또 쓸데없는 소리 한다."

"그럴 때는요?"

"기분 나쁘죠."

"사랑하지 않으면 기분 나쁠 일도 없겠네요."

"그건 그렇죠. 그렇지만 기분 나쁜 일 생길까 봐 사랑 안 하는 사람은 없을걸요."

"그런데, 사랑한다는 건 두 사람 사이가 어때야 한다는 걸 의미하는 거예요?"

"질문이 거창하네, 오라버니가 답 좀 해볼래?"

"글쎄다, 무슨 의미인지 알 것 같기도 하면서 막상 말로 하자니 모르는 것 같기도 하고."

"대답 한 번 엉성하게도 한다. 내가 할 테니까 잘들 들어봐요. 사랑한다는 것이 무슨 의미냐고 물어본다는 것은 산다는 것이 무슨 의미냐고 물어보는 것하고 같아요."

"무슨 소린지 모르겠기는 그게 그거다."

"모르는 것도 많다. 사랑이라는 것을 하고 있는 사람은 사랑의 의미를 묻지 않고, 사랑의 의미가 뭐냐고 묻는 사람은 사랑을 해 본 적이 없는 사람이고."

"무슨 말씀을 하시는지 이해할 수 있을 거 같아요."

"난, 그 말도 잘 모르겠다."

"괜찮아, 뭘 알아서 한 이야기가 아니니까."

집에 들어가기 전, 하루를 접는 의식을 행하는 기분으로 평소처럼 벤치에 앉았다.

"아까, 변호사 보겠다는 건 무슨 소리냐?"

"내가 말한 거 그대로야, 유언장 좀 써놓으려고."

"내 말이 그 말이다, 별안간에 그건 왜?"

"별안간은 별안간이지, 요즘 들어 생각난 거니까."

"답답하다, 무슨 생각을 하고 있는 건지 말해 봐."

"내 장례하고 상관되는 문제야."

"장례? 그건 또 무슨 소리야?"

"나 죽으면 오라버니가 뒷처리 좀 해줬으면 좋겠어. 말로만 하면 해주겠다고 했다가 내가 죽고 나면 생각을 바꿀 수 있잖아, 내가 해달란다고 해서 해줄 일이 아니라면서. 그러니까 이 점을 분명히 해놓기 위해서는 유언장이 필요해, 유언장에다 써놓으면 어쩔 거야. 해달라는 대로 해줘야지. 그리고 내가 혼자 찍찍 쓰는 게 아니라 변호사 입회 하에 하자 없이 제대로 마련해 놓을 생각이야."

"도대체 지금 무슨 소릴 하고 있는 거냐?"

"나, 영안실 싫어. 난 죽었잖아, 죽었으니까 말을 못하는 건 당연하고, 내가 말을 못하니까, 아직은 죽지 않아서 말은 할 줄 아는 것들이 지들 맘대로 지들 편한 시간에 들락거려주시는 꼴, 나, 죽어도, 실제로도 죽었지만, 못 봐.

우리 나이쯤 되면 앞서거니 뒤서거니 하잖아, 그런데 앞선 게 지가 아니고 나니까 드러내놓고 좋아하기는 뭐 하지만 속으로는 신이 나서 오는 거라구.

그리고 봉투들 들고 오잖아, 그것도 웃기는 거지, 무기명이 아니라서 빈 봉투를 들이밀 수는 없거든. 못난 놈들, 아니, 그래, 지가 내는 돈 내가 받아?

봉투 놓고 즉시 나가는 놈 없어, 괜히 오작가작하다가, '히야, 너, 오랜만이다, 아무개는 전혀 소식이 없는데 살아는 있겠지? 저기 가서 앉자, 설렁탕도 있고 소주도 있어. 아, 여기 이 분은 거시기 브랜드 수입상사 뭐시기 분이시고, 인사해. 아, 그러세요, 처음 뵙겠습니다, 잘 부탁합니다.' 이건, 뭐, 쌩쇼야.

쇼가 끝나면 돈 계산 일이 남았는데, 그게 또 걸작이야. 누가 죽었느냐에 따라서는 조의금이 장례비용을 훌쩍 넘을 수가 있거든, 그럼, 뭐, 경사난 거지.

그리고 꽃. 국화꽃을 한쪽에다 수북이 쌓아 놓고는 오는 사람마다 한 송이씩 집어들고 죽은 사람 사진 앞에다 주욱 늘어놓고 말려 죽이는데, 허긴 서양에서도 죽어 있는 사람이 들어 있는 관 위에다 살아 있는 꽃을 던져서 죽이더라. 애매한 꽃은 왜들 죽이는지 모르겠어.

부탁 하나 들어줘. 간단해. 사망진단서가 나오는 즉시 장례 맡아서 해주는 데에다 전화해. TV 보니까 '보람상조'니 '예다함'이니 하는 데가 있더라. 둘 중 아무 데나 괜찮아, 둘 다 장례 토털케어 서비스 한다니까. 영안실 건너뛰고 벽제로 직행하라고 해. 거기다 예약해서, 아니다, 예약이 아니라 연락이다, 아무개가 아무날 아무시에 죽을 테니까 그리 알고 준비해 놓아주시오,라고 하는 게 예약이잖아, 어쨌든 거기다 연락해서 영안실 거치지 않고 곧장 화장터로 가도록 해줘.

뼛가루는…… 수목장도 생각해 봤는데 내 뼈가 어느 특정 나무 밑에 있으면 오라버니는 일 년에 한 번쯤은 찾아와 봐야 마음이 편할 테고, 고령의 오라버니가 찾아올 때마다 내 혼령은 불편해할 테고. 내 뼛가루가 어느 나무 밑에 있다는 것이 나한테나 오라버니한테나 무슨 위안이 돼, 안 그래? 난, 그냥 기억 속에 있으면 돼. 그래서 하는 말인데 뼛가루는 둘로 나눠서 반은 호국지장사 뒷산에 뿌리고 나머지 반은 낙산에 뿌려줘, 어렸을 때, 생각나? 낙산에 진달래꽃 엄청 많이 피었더랬지.

아, 참, 모모는 오라버니가 맡아, 나 닮아서 순하니까 속 썩이는 일 없을 거야. 그리고 인공호흡이나 심폐소생술 같은 거 사용하지 못하도록 내가 미리 리빙윌을 작성해 놓았으니까 그런 줄 알고 있어."

"너, 혹시 어디 아프냐?"

"아니, 멀쩡해."

"지금 네가 한 말, 안 들은 걸로 할 테니까 다시는 그따위 소리 하지 마."

"나한테는 오라버니밖에 없는 거 알잖아."

"너, 약 제대로 먹고 있냐? 지난번처럼 몇 달 거르고 있는 건 아니지?"

"왜, 내 정신이 온전치 않아 보여? 약은 챙겨 먹고 있어."

모모가 자꾸 꼼지락거려서 집으로 들어왔다.

병메는 이제 과거에서 벗어났다고, 지금은 행복하다고 조용하고 부드러운 어조로 말했다. 평생 외로웠고, 외로움이 유일한 친구였고, 자신에게는 외로움도 재산이었다는 말도 했다. 외로움을 친구로 삼으면서 외로움을 재산으로 삼으면서 평생을 외롭게 살아왔다, 자기가 태어난 날을 기뻐한 것은 오늘이 처음이었다고 했다. 그리고 나서 자그마하게 소리내어 웃으면서 덧붙였다, "이 나이가 되도록 소리내어 웃은 적이 단 한 번도 없어요."

떨어질까 말까 한동안 결정을 못하고 있는 듯 싶더니 그예 천둥 번개에다 벼락까지 앞세워서 무섭게 내리쏟는다. 밤에는 그 정도로는 쏟아져주어야 비 맛이 난다. 바로 이 순간 어디에선가 수백 년 동안 묵묵히 서 있기만 했던 고목이 억울하게 벼락을 맞고 있을 게다. 오래전에 눈깔사탕도 벼락을 맞은 적이 있다.

베란다 유리문을 거칠게 열어제친다. 방충망도 한숨에 주욱 밀어버린다. 빗소리가 귀를 때리고 거실바닥은 빗물로 번들거린다. 베란다 문을 여는 소리와 빗물을 떠다밀면서 들이닥치는 바람 소리에 귀밝은 모모는 나름 겁이 나서 제 집에서 나오지 않는다.

방충망을 밀어 닫고 베란다 유리문도 닫는다. 머리를 좌우로 서너 번 휘돌리면서 자리에서 일어난다. 다림질판하고 다리미를 내온다. 다림질판 다리를 탁탁 세워놓는다. 옷장에서 블라우스 댓장 꺼내온다. 비가 내리는 밤에는 다리미질이 참 잘 된다.

빗소리가 서서히 머릿속으로 들어온다.

#14

미친 사람은 시간을 지배하지만

미치지 않은 사람은 시간에 지배당한다.

오늘은 병메 생일이다.

선물이 골칫거리다. 선물이 무엇이기에 생각만으로도 이렇게 답답하고 막막한가?

사랑의 징표로 주고받는 물건을 총칭하여 선물이라 명명한 사람의 이름은 확실치 않지만 아프리카에 터전을 잡고 있던 구석기 시대 사람이었다는 것만은 확실하다. 그 당시만 해도 요즘 세상처럼은 각박하지 않아서 부싯돌이나 찌르개를 건네주고 돌려받지 않는 경우가 허다했다. 찌르개나 부싯돌을 건네준 사람은 부싯돌이나 찌르개를 건네받은 사람이 기뻐하는 모습을 보면 자기도 공연히 기분이 좋아진다는 것을 알고 나서부터는 기회가 있을 때마다 (기회가 없으면 기회를 만들어 가면서) 다시 또 기뻐하고 싶은 마음에서 찌르개나 부싯돌 이외에도 돌날, 자르개, 긁개 등을 아낌없이 이웃에게 주는 버릇이 생겼다. 이러한 현상을 예의 주시하고 있던 (북아프리카 베두인족 추장쯤에 해당하는) 노인장이 이를 일컫는 새로운 말을 (나이가 제일 많으니까) 자기 마음대로 만들었는데 그 새로운 말이라는 것이 (고고학자 몽제에 의하면) 바로 오늘날 우리가 사용하고 있는 선물이라는 단어다.

오늘날 우리가 사용하는 선물은 약 칠십만 년이라는 (짧다면 짧고 길다면 길다고 볼 수 있는) 세월을 지나오는 동안 의미 차원에서 다소 전이를 보이고 있다는 것이 나의 생각이다. 선물이라 하면 물건이 떠오르고 물건이라 하면 통상적으로 돈이 떠오른다. 거꾸로 말하면, 돈이 있어야 물건을 사고 물건이 있어야 통상적으로 의미하는 선물을 떠올릴 수 있다.

항간에 떠도는 소리에 의하면, 신세대 젊은 남녀 사이에서는 서로에 대한 진정한 사랑만 있다면 선물은 (있으면 좋지만 없어도 섭섭지 않은) 하찮은 물건으로 간주되고 있다고 한다. 올챙이가 배꼽 잡을 소리다. 내가 잘 알고 있는 젊은 내외는 어느 크리스마스에 아내는 긴 머리를 싹둑 잘라서 머리 판 돈으로 남편에게 시곗줄을 선사하고 남편은 시계를 팔아서 시계 판 돈으로 아내의 긴 머리에 꽂을 머리빗을 선사했다. 누가 보아도 서로에 대한 사랑이 각별했건만 크리스마스가 뭔지 그날에는 선물을 주고받아야 한다는 강박관념으로 인하여 두 사람 모두 자신에게 가장 소중한 것을 잃고 그대신 선물이라는 이름 하에 천하에 쓰잘 데 없는 물건을 주고받았던 일이 생각난다. 그 젊은 내외, 요즈음은 연락이 뜸하다.

병메 집에 없고 병메에게 필요한 물건이기도 하지만 병메가 받으면 무척 좋아할 물건이 생각났다. 돈 좀 쓰기로 합의를 보고 우리가 결정한 선물은 오디오 세트였다. 클래식, 아리아 모음집, 팝송, 샹송 CD도 대여섯 장씩 샀다.

라일락 꽃가지를 어디서 그렇게 많이 구했는지 거실이 라일락 향으로 가득 차 있었다. 라일락 향은 은은해야 제맛이라고 하니까 즉시 베란다 문이 열렸다. 눈깔사탕은 어느새 자리잡고 앉아 박스를 열고 딱히 설치라고 할 것도 없는 설치 작업에 정신을 쏟고 있었고, 병메는 무슨 대단한 묘기라도 보는 사람처럼 눈깔사탕에게서 눈을 떼지 못하고 있었고, 유리하고 모모는 오늘도 신나는 날이라고 이리 뛰고 저리 뛰면서 수선을 떨었고, 나는 소파에 앉아 라일락 향에 묻혀서 강아지 두 마리와 성인 남녀 두 사람을 바라보는 일을 하고 있었다.

"저녁식사는 케이터링 서비스에 부탁해 놓았어요, 제가 차리는 것보다는 그게 훨씬 나을 거 같아서요."

"생일 당사자한테 저녁을 신경쓰게 했다니, 우리도 참 한심하다, 안 그래?"

"글쎄, 듣고 보니 그러네. 난 좀 비싼 청요리를 시키면 되려니 했는데."

"그러고 보니 생일 케이크도 없네, 그거라도 사올걸."

"아녜요, 생일날이라고 했으니까 케이크도 마련해 올 거예요. 아무것도 신경쓰지 마세요. 저는 그냥 이렇게, 태어나서 처음으로……."

병메는 말을 잇지 못하면서 거북해했다. 먹먹해 오는 감정을 누르고 황급히 화제를 돌렸다.

"따님은 오늘 안 오나요?"

"가족끼리는 주말에 외식하고 오늘은 오지 말라고 했어요."

"그러니까 뭐래요?"

"그러자고, 그게 좋겠다고 했어요."

"그래요?"

"오늘은 두 분이 오시는 걸 알고 있거든요."

"섭섭해하지 않을까요?"

"아이, 아녜요. 제가 혼자 있는 걸 늘 마음에 쓰여 했으니까 외려 반가워해요. 말이 딸이지 친한 친구나 다름없는걸요."

"오디오 설치 끝나면 우리 음악 들어요."

"음악은 들을 기회가 없었어요."

"그럼 이제부터 소리나는 세상으로 들어가요. 난 중학교 때 「아름답고 푸른 도나우」를 들었는데 그렇게 경쾌한 음악도 클래식이라고 하더라고요. 오늘 그걸 사왔으면 좋았을 텐데.

고등학교 때, 주위에서 하도 시향, 시향 하기에 시립교향악단 음악회에 간 적이 있어요. 쿵쾅, 쿵쾅, 꽈당, 꽈당 하는데도 졸립더라고요. 제일 창피했던 건 남들은 뭘 알고 박수치는 것 같던데 나는 남들이 박수치면 눈치를 봐가면서 덩달아 박수를 쳤어요. 그날 집에 와서 맹세했죠, 다시 클래식 음악회에 가면 내가 사람이 아니라고.

반짝 반짝 작은 별은 모차르트가 작곡한 거래요. 우리나라 엄마들이 불러주는 자장가는 브람스가 작곡한 거고, 어렸을 때는 그게 다 우리나라 노래인 줄 알았는데."

"저, 모차르트나 브람스는 이름만 들어봤어요."

그러고는 고개를 수그린 채 아무 말도 없었다. 그 모습에 코끝이 찡했다.

"이제부터 살아 있는 날까지는 제대로 살아보고 싶어요. 제가 태어난 날을 기뻐하게 될 줄은, 두 분 덕분에."

"나, 내가 하기 싫어하는 일은 안 해요. 그러니까 두 분 덕분에 소리 좀 그만 해요."

"이 사람 말 맞습니다, 우리가 해드린 일이 뭐 있나요."

"지난 삼십 년 동안 제가 어떻게 살아왔는지를 생각하면, 그렇게 사는 것이 어떻게 가능했는지……."

"내일을 계획하는 일로 오늘을 허비하는 것이나 어제를 돌이켜보는 일로 오늘을 낭비하는 것이나 둘 다 어리석은 일이에요."

병메는 내가 한 말이 나름 근사한 말이라는 걸 모르는지 내 말에는 아무 반응도 없이 자기 이야기를 계속 이어갔다.

"여태까지는 웃을 일도 없고 울 일도 없이 살아왔어요. 감정이라는 것을 내보일 기회가 없이 살다 보니 모든 감정이 가슴 밖으로 나가버렸는지……."

'모든 감정이 가슴 밖으로 나가버렸는지'는 보통 여인네들이 사용하는 표현이 아니다. 병메는 아직도 헌책방을 드나들던 문학 소녀 시절에서 완전히 벗어나지 못한 것 같아 보기 좋았다.

그날, 말이 터진 벙어리가 자꾸 말을 해보고 싶어 하는 것처럼 병메는 처음으로 말을 많이 했다. 그러면서도 어릴 적 이야기나 결혼 후 생활에 관한 이야기는 입에 올리지 않았다. 대부분이 소설 속에 등장하는 남녀 주인공의 사랑 이야기였다. 소설 속의 사랑은 사랑으로 길이 남을 사랑 이야기가 되기 위하여 다양한 종류의 불행과 가당치 않은 희생을 포함하는 경우가 적지 않은데, 그러다 보니 병메가 특별히 끌려 하는 사랑 이야기는 불행으로 시작하고 희생을 감내하였음에도 불구하고 불행으로 끝나는 아픈 이야기들이었다. 등장 인물들의 애절한 사랑 이야기에 자신의 견해까지 곁들어 가면서 들려주다가, 이야기 도중에 맥락과 무관하게 불쑥 '송광사에 가보고 싶어요'라고 한다든가, '산 속에서 살고 싶을 때가 있어요'라고 하는 것을 보면 평소에 그런 생각을 많이 하면서 살아온 것 같았다. 나는 산 속에서 살고 싶다는 생각은 해본 적이 없지만 송광사는 한 번은 가보고 싶은 절이었기 때문에 모모하고 유리를 며칠 동안 강아지 모텔에 맡겨놓고 셋이 함께 가보는 것은 어떻겠냐고 했더니 두 사람 모두 대찬성이었다.

풍경 소리 목탁 소리 염불 소리 제 소리 내면서 하나 되어

오늘도 절간은 나른하다

법정 가라사대, "중이, 하나만 있으면 됐지 왜 두 개가 필요하냐?"

일체중생, 무지 달랑 하나

음악을 들을 수도 있지만 제대로 들으려면 입은 다물고 있어야 하는데…… 눈깔사탕한테 노래나 하나 부르라고 했더니 즉시 자리에서 일어났다. 누군가가 자기 앞에서 노래를 부른 적도 없겠지만 칠십 노인이 노래를 부르겠노라고 성큼 일어서는 모습에 병메는 신기해하는 표정으로 눈깔사탕을 올려다보았다. 평소에 샬리아핀을 좋아하는 눈깔사탕은 「볼가강의 뱃사공」을 러시아어로 불렀다.

벽시계가 2시 12분을 가리키고 있다.

머리맡 탁자 위에 놓인 자명종이 3시 45분을 가리킨다.

식탁에서 침대로 옮겨온 지 한 시간 삼십삼 분이 되었다.

그동안 나는 손가락 하나 까딱하지 않고 누워만 있었는데……

아하, 시간이라는 게 이런 거구나, 최후에 승리하는 것은 오로지 시간이구나.

#15

미친 사람은 자유에서 벗어나 자유롭지만

미치지 않은 사람은 자유에 갇혀서 자유롭지 못하다.

한 집에서 산 지 오 년, 이십 대 초반이었다. 남편은 병메가 우울증에 시달리고 있다는 것을 알아보았다. 신경정신과에 가보자고, 전문의와 상담하고 처방해 주는 약을 먹으면 낫는다고 남편은 병메를 설득하려고 애썼다. 설득에 실패하자 어디 가보고 싶은 데는 없냐고, 유럽 가는 그룹여행 중에 괜찮은 것들도 많으니까 그렇게 해서라도 한 보름 동안 집을 떠나 있어 보라고 권했지만 병메는 그것도 마다했다.

그러던 어느날 저녁, 남편은 자기가 심한 우울증에서 한순간에 벗어나게 되었던 이야기를 들려주었다.

미국에서 계속 살기도 싫고 한국으로 돌아오기도 싫었을 때였다. 아침에 눈을 뜨면 또 시작하려고 하는 하루가 원망스럽기까지 했다. 바라는 것이 있다면 목청껏 소리를 질러보는 것이었다. 어찌 보면 이루지 못할 것도 없는 소원이지만 그렇지 않아도 이웃에서 경찰에 신고할 정도로 아내와 딸이 하루가 멀다 하고 악을 쓰고 비명을 지르는 상황에 합세할 수도 없었고 실은 저녁이 되면 소리를 지를 힘도 남아 있지 않을 정도로 심신이 쇠진해져 있었다.

집에서 아주 멀리 떨어진 곳에 가서, 나라 밖으로 멀리 멀리 가서, 가능만 하다면 황량한 벌판에 가서 힘껏, 실컷, 목청이 찢어지도록 비명을 지르다 돌아오기로 작정했다. 그러고 나서 아일랜드 더니걸 주에 있는 글렌 헤드에 가서 대서양에 대고 비명을 지르기로 했다. 생각만으로도 가슴이 떨렸다.

주 수도 리퍼드에 도착했을 때는 이미 해가 떨어져 어둑어둑했기 때문에 글렌 헤드는 다음날 아침으로 미루고 그날 밤은 호텔에서 묵어야 했다. 정확히 리퍼드 어디에 떨어졌는지는 모르겠으나 어쨌든 가까운 곳에는 호텔이 없어서 택시를 타고 기사한테 상황을 설명했다.

택시 기사가 자기 개를 택시에 태우고 다니면서 손님을 태우는 것은 파리에 갔을 때도 한 번 겪은 일이기 때문에 리퍼드에서 탄 택시에 커다란 개가 타고 있다는 것이 그리 놀라운 일은 아니었지만 파리 택시에 타고 있던 커다란 개는 조수석에 앉아 있었는데 리퍼드 택시 개는 뒷좌석에 앉아 있었다. 그런데도 조수석에 앉는다는 생각은 떠오르지도 않아서 습관대로 뒷문을 열고 들어가 앉았다. 손님을 자기 개하고 나란히 앉힌 택시 기사는 십여 분 만에 황량한 들판에서 커다란 집 같아 보이기도 하고 작은 성 같아 보이기도 하면서 쓸쓸하게 서 있는 호텔 앞에서 멈추었다.

체크인을 하고 방으로 올라갔다. 옷가지 몇 개만 챙겨온 작은 여행용 가방을 내려놓기가 무섭게 끔찍한 일이 벌어졌다. 얼굴을 제외한 전신이 근질근질하는가 싶더니 곧 가렵기 시작했다. 개벼룩! 양팔을 번갈아 가면서 긁었지만, 피가 맺히도록 긁었지만 그럴수록 오히려 더 가려웠다. 샤워실로 뛰어들어갔다. 뜨거운 물로 씻어도 가려웠고 찬 물로 씻어도 가렵기는 마찬가지였다. 가슴팍과 넓적다리 피부도 손톱자국으로 이미 시뻘겋게 줄이 그어져 있었다. 샤워실에서 뛰어나와 목욕 가운을 걸치고 아래로 내려갔다. 프런트 데스크를 지키고 있는 젊은이한테 호텔 내에 약국이 있냐고 물었더니 있기는 있지만 영업시간이 9시부터 6시까지라고 하기에 혹시 가려울 때 바르는 연고 같은 것은 없느냐고 물었더니 없다고 했다. 다시 이층으로 올라갔다. 그리고 전신이 시뻘겋게 될 때까지 긁다 보니 새벽이 되었다.

아침식사를 하려고 식당으로 내려갔다. 토스트, 계란 프라이, 햄 한 조각을 순서대로 먹고 나서 커피를 마시려고 하는데 놀랍게도 전혀 가렵지 않았다. 너무 기뻐서 비명을 지르고 싶었다. 동시에 비명을 지르고 싶었던 욕구가 사라졌다. 아침식사를 끝내고 택시를 불렀다. 그리고 리퍼드로 가자고 했다.

"자신에 관해서 그렇게 길게 말하기는 호텔 다방에서 만났을 때 이후로 처음이었어요."

"남편이 다감한 사람이었나 봐요."

"네. 내색은 하지 않았지만 속이 여린 사람이었어요."

눈깔사탕이 시간을 끌어당겼다.

"요즘 들어서는 자주 넘어져."

"그게 무슨 소리야?"

"자주 넘어지시다니요?"

"욕실에서도 그렇고."

"난, 또, 무슨 소리라고. 늙었는데도 가끔 안 넘어지면 그게 이상한 거지."

"그래도 연로하신 분이 잘못 넘어지시면 큰 일이라던데."

"넘어지는데 잘 넘어지는 것도 있나요? 살다 보면 넘어지기도 하고 그러는 거지, 뭐."

"지난번에는 욕실에서……."

"됐고. 다른 얘기 하자."

"그러다가 고관절 골절이라도……."

"그렇게 되면 누워 있다가 죽는 거지요."

"그러게 말이에요, 그러니까……."

"누워 있다가 죽는 게 서서 돌아다니다가 죽는 거보다 못할 게 뭐 있어요?"

"또 삐딱하게 나온다."

"그래도 죽는 날까지는 건강하게 살아야……."

"그러시든지들."

눈깔사탕은 주제를 바꾸어야 할 때를 안다.

"배가 고파 오는데 오늘은 야끼만두도 시킬까?"

군만두를 야끼만두라고 부르던 시절을 함께 겪은 사람들끼리는 왠지 뭔가를 공유하고 있다는 기분이 든다. 눈깔사탕이 오늘따라 군만두를 옛날 이름으로 부르는 것은 내 기분을 염두에 두고 있다는 표시다.

나는 일흔, 눈깔사탕은 일흔셋. 나도 혼자 살고 눈깔사탕도 혼자 살고. 그래서 눈깔사탕하고 나는 독거노인, 마빡에 붙이고 살다가 죽을 딱지다. 근래에 들어 눈깔사탕은 자신이 독거노인이라는 사실을 자주 잊는 것 같다. 그런 눈깔사탕의 모습이 좋아보일 때도 있고 그렇지 않을 때도 있다.

팅, "오늘, 고마웠습니다."

병메 집에서 내가 하는 일은 주로 말이다. 오늘은 두 사람 대화에 삐딱하게 끼어들기 전에, '남편이 다감한 사람이었나 봐요'라는 말을 했다. 그러나 그 말이 문자로 '오늘, 고마웠습니다'를 보낼 만한 말이었나?

서른 살 연하의 계집애를 돈으로 샀으니 죽일 놈이고, 그렇게 구입한 계집애 몸에 손가락 하나 대지 않았으니 변태이고, 그러면서도 계집애한테 다정하게 굴었다니 알고도 모를 놈이다, 라는 것이 병메 남편에 대한 나의 총평이다. 그런데 자기 남편이 '다감한 사람이었나 봐요'라고 한 내 말이 고맙다?

"뭐가요?" 전송.

팅, "지금 잠시 들러도 될까요?"

"오세요." 전송.

유리도 따라왔다. 그 시간의 유리는 모모한테 '웬 떡이냐!'였다.

2인실 병실에서 두 사람이 나란히 누워 있을 때를 제외하면 둘만 있기는 처음이었다.

"왜, 무슨 일 있어요?"

"아뇨, 그냥, 뵙고 싶어서."

"싱거운 소리도 할 줄 아네, 이 시간에 내가 그냥 보고 싶었어요?"

"저, 실은, 하고 싶은 말이 있어서."

"하세요, 들을 테니까."

"비밀인데……."

"그래요? 그럼, 하지 말아요."

"좀, 들어주세요."

결혼한 지 오 년째 되던 해, 어느 날 오후 남편한테서 전화가 왔다. 저녁식사에 손님 세 사람을 데리고 6시쯤에 들어갈 테니 준비 좀 해달라는 전화였다. 남자 네 사람이 먹을 음식이니까 종류도 종류지만 양도 넉넉히 준비해야 한다고 나름 수선을 떨어가면서 요리사하고 같이 이것 저것 대여섯 가지를 마련해 놓았다.

남편 친구라는 사람들은 한 번도 본 적이 없지만, 남편과 친구라면 나이가 무척 많은 사람들일 테니까 혹시 말이나 행동으로 무슨 실수라도 할까 봐 걱정도 되었고 남편은 어떤 사람들과 친구인지 궁금하기도 했다.

정각 6시에 남자 넷이 집안으로 들어왔다. 두 남자는 남편 나이와 비슷해 보였고 한 사람은 얼핏 보기에도 서른 안팎이었다. 목례 정도로 인사를 끝내고 내 방으로 들어갔다.

10시 30분. 식사는 7시쯤에 끝났을 테고 집에는 양주밖에 없고. 네 남자가 모두 취할 만큼 취하지 않았나 싶었다.

노크 소리.

"예."

문이 열리고 남편이 들어섰다. 얼굴은 취기로 불그레했지만 목소리는 나직하고 부드러웠다.

"미안한데, 가기 전에 얼굴 좀 제대로 보고 가겠다고, 내가 말렸는데도, 저렇게들 버티고 있어."

정말 미안해하고 있어 보였다. 보여주지 못할 것도 없다 싶기에 거실로 나갔다. 세 남자를 마주보면서 말없이 고개를 숙였다가 들었더니 남편이 거북해하는 것 같기에 얼굴을 펴고 인사조로 몇 마디 했다. 젊은이의 얼굴이 눈에 들어온 것은 그 순간이었다. 집안에 들어섰을 때도 보았고 목례를 했을 때도 보았던 얼굴인데, 처음 보는 얼굴 같았다.

남자가 사람으로서가 아니라 남자로 보이기는 난생 처음이었다.

다음날은 한 가지 생각으로 보냈다. 그리고 그 다음날, 저녁식사에 초대했던 사람들이 누구냐고 남편한테 물었다. 두 사람은 현재 같이 일하는 옛날 대학 동창이고 젊은이는 회장 아들이라고 했다.

신경정신과 의사를 만나보라는 권유도, 해외여행을 가보라는 제의도 모두 마다하고 소설책도 손에서 내려놓고 멍하니 앉아만 있었던 때가 바로 그즈음이었다. 남편한테 미안하기도 하고 부끄럽기도 했지만 속을 털어놓게 되지는 않았다. 남편은 세상을 떠나는 날까지 아무것도 알지 못했다. 그리고 나는 세상을 떠나는 날까지 그 남자를 사랑할 것이다.

"소설에서도 그런 이야기는 찾기 힘들 것 같네요."

"저도 소설에서 읽은 이야기로 착각할 때가 있어요."

"어쨌든, 딱 한 번 본 사람을, 얼굴은 기억나요?"

"어렴풋이. 이십여 년 전 일인데요, 뭐. 지금은 길에서 마주쳐도 알아보지 못할 거예요."

"몇 분밖에 보지 않은 사람을 죽을 때까지 사랑하겠다니, 그게 어떻게 가능하죠?"

"저도 모르겠어요. 사랑을 모르고 자랐고 사랑을 모르고 결혼했고……."

"그런데 비밀이라면서 왜 나한테 털어놓지요?"

"언젠가는 내 이야기를 들어줄 사람이 나타나기를 기다리고 있었어요."

"하 하 하. 나를 잘못 보셨는데, 난 누구를 짝사랑해본 적도 없고, 누가 나를 짝사랑한 적도 없어서. 짝사랑이라는 말이 무슨 말인지는 알지만, 남의 짝사랑 이야기를 듣는 것도 이번이 처음이라서, 듣기는 듣지만 무슨 말을 해야 할지."

불완전문장 연발이었다. 눈앞에서 어른거리는 눈깔사탕.

"아무 말씀 안 하셔도 괜찮아요. 들어주신 것만으로도 고마운걸요."

주제를 바꿔야 한다는 조바심에 엉뚱한 소리가 튀어나왔다.

"남편 되시는 분 재산의 70프로를 물려받았다고 하셨는데 그게 얼마나 돼요?"

그 액수가 칠천억이든 칠억이든 나는 물론 전혀 궁금하지 않았다.

"백억이 좀 넘어요."

"백억이면 적은 액수는 아니네요."

"그렇찮아도 그 돈을 어떻게 쓰는 게 좋을지 상의드리려고 했어요."

"글쎄요, 나야 그렇게 큰 돈하고는 상관없이 살아온 사람이라서 뭐라고 할 말이 없네요."

알맹이 없는 대화를 질질 끌고 있는 나 자신한테 짜증이 났다. 그런 내 기분을 감지 못할 병메가 아니었다.

"어머, 시간이 벌써 이렇게 됐네요. 내일 제 집에 오셔서 식사하세요."

그러고는 널브러져 자고 있는 유리를 깨워서 떠났다. 12시 45분.

병메는 자기 남편이 사랑을 조용히 하는 남자라고 말한 적이 있다. 병메 역시 사랑을 조용히 하는 여자이다.

예전에 읽었던 시집을 펼쳐들고 밑줄 쳐진 구절만 본다. 여백에 씩씩하게 적어놓은 평도 재미있다. 말랑말랑한 시, 질질 짜는 시, 측은지심을 강요하는 시.

머릿속에서 눈깔사탕이 자리잡고 앉아서 꿈쩍 않는다. 병메는 눈깔사탕 주위를 사뿐사뿐 맴돈다. 내 머릿속이므로 내가 앉을 자리는 따로 없다.

첫날 몇 분 동안 쳐다본 것 이외에는 이십여 년 넘게 한 번도 본 적이 없고 지금은 어디서 뭘 하고 있는지도 모르고, 길에서 마주쳐도 알아보지 못할지도 모르면서도, 실은 살아 있는지 죽었는지조차 모르면서도 머릿속에 한 번 박힌 남자를 죽는 날까지 사랑할 것이다? 자신은 죽는 날까지 그 남자를 사랑할 것을 의심치 않을 수 있겠지만 남편은 세상을 떠나는 날까지, 병메가 생각했던 것처럼, 과연 아무것도 알지 못했을까?

나는 지금도 병메가 불행하다고 생각하나? 허우적거리면서 젊은날을 보내버리고 나서 이 나이를 마주하고 있는 나하고, 목적이 분명한 결혼을 감행하고 죽는 날까지 사랑할 남자가 있는 병메하고, 누가 누구를 감히 불쌍하다고 하는가. 피곤하다.

시계 시간이 있다기에 있는가 하는 순간 벽시계가 흘러내린다. 주위를 둘러본다. 저 멀리 높은 곳에서 무엇인가 꾸물꾸물 움직이고 있는 것이 보인다. 오색이 창연한 옷을 입고 스르르 내려와 내

앞에 우뚝 선 남자 X는 지난해 마리앙바드에서 나를 만났다고 우긴다. 남자 M이 나를 부르며 달려온다. 종소리가 허공을 적신다. 나는 남자 M에게 다가가려 하다가 남자 X에게로 간다. 종소리가 마르기 전에 남자 X는 안개 속으로 들어간다. 안개가 있었나? 남자 M이 남자 X를 쫓아 사라진다. 꿈인가? 꿈이라면 나는 지금 자고 있다. 자고 있다면 눈을 뜰 때가 올 테고. 눈을 뜰 때가 온다? 그럼, 지금까지 나는 모든 것을 눈을 감고 보았단 말인가? 꿈속에서 벌어지는 일은 깨어나기만 하면 꿈속에서 벌어진 일이다. 그러나 언제까지고 깨어나지 않는다면 꿈속에서 일어나는 일이기를 바랐던 일은 꿈속에서 일어난 일이 아니다.

"오늘은 그냥 혼자 있고 싶어."

"알았다."

알았다고 한 지 십오 분 만에 초인종이 울린다.

"약수터 가자. 오늘 새벽에 비가 왔는데, 그거 몰랐지?"

"그래서 뭐?"

"그래서 단풍 구경 가자고. 도시 먼지 때문에 단풍 색깔이 옛날 같지 않다고 툴툴거렸잖아. 새벽에 온 비가 단풍잎 깨끗하게 씻어 놓고 갔을 테니까 지금 가면 노랑은 노랑대로 빨강은 빨강대로 구경할 수 있어."

"아침 먹었어?"

"응. 왜?"

"속이 비어서 헛소리 하나 해서."

말은 그렇게 하면서도 나갈 채비를 한다.

병메는 눈깔사탕이 자기를 좋아한다는 것을 모를 수가 없고 눈깔사탕은 병메가 자기를 싫어하지 않는다는 것을 모를 수가 없다. 혹시 눈깔사탕에게 전해지기를 바라면서 자신의 비밀을 나한테 털어놓았나? 약수터에 올라가서 단풍을 구경하면서 어젯밤 병메한테서 들은 이야기를 해주어야 하나? 좀 더 기다려봐야 하나?

"병메도 같이 가자고 하자, 모모 혼자 심심하지 않게."

"그래도 좋고."

반응이 점잖다. 새벽 빗소리에 마음을 다잡았나?

눈깔사탕 말이 옳았다. 눈깔사탕은 항상 옳다. 말끔하게 씻겨진 노랑과 빨강은 노랑과 빨강의 스펙트럼이었다.

사람들은 말이 없다. 웬일로 강아지들도 입을 다물고 앉아 있다. 나는 언제 입을 열어야 하나? 왜 내가 입을 열어야 하나? 정적이 이토록이나 좋은데.

무궁화실에 빈 병실이 하나만 있었더라면, 일인실에 빈 병실이 하나만 있었더라면, 이인실에 빈 병실이 두 개만 있었더라면. 한 사람은 이십여 년 전에 잠깐 바라본 남자 때문에 평생 이성을 가까이하지 않으면서 살아왔고, 다른 한 사람은 오십여 년 전에 잠깐 상관한 여자 때문에 평생 이성을 멀리하면서 살아 왔다. 그럼에도 불구하고 지금 두 사람은 밥도 같이 먹고 약수터에도 함께

간다. 전생에서의 약속이 구현된 것이라고 믿는다면 미신이겠지?

보통사람은 하루가 이십사 시간인 줄 알고 이십사 시간이 지나야만 비로소 하루가 지나간 것으로 착각한다. 또한 시간에서 시작된 착각은 따름정리에 입각하여 공간으로 이동하여 공간에서의 착각을 유발한다. 그리하여 보통 사람은 왼발을 공중부양한 상태로 오른발로만 걷는다는 것은 불가능하다고 믿는다. 다시 말하면, 보통 사람은 자신이 시간과 공간을 분리하고 있다는 사실도 모르고 분리하면서 분리하는 과정에서 시간과 공간의 시녀로 전락한다.

나는 축지법은 물론이고 축공법과 축시법까지 자유자재로 이용할 줄 아는 사람들만 사는 동네에서 태어난 적이 있다. 나하고 제일 친했던 동무는 (그 아이 엄마 말에 의하면) 심심하다면서 밖에 나가서 이십 년이 됐는데도 돌아오지 않았다. 평소에 어른들 앞에서도 굴하지 않고 축지법과 축공법은 한 가지 법에 두 가지 이름을 붙여놓은 것이라고 주장하던 내 동무는 축공법과 축지법을 제멋대로 사용하면서 허공을 누비다가 땅에 떨어지고 다시 허공을 누비다가 다시 또 땅에 떨어지고, 그러기를 죽는 날까지 되풀이할 것이라고 동네 어른들은 악담을 했다. 우리 동네 보통 아이들은 축지법을 사용하여 백두산과 한라산을 오가며 술래잡기하는 것을 좋아했지만 나는 조숙한 편이어서 아이들 게임에는 어려서부터도 전혀 관심이 없었다.

하도 오래 살아서 경험이 많을 수밖에 없는 동네 어른들은 축지법과 축공법과 축시법을 삼권이라도 분리하듯이 각각의 기능이 상충하지 않도록 사용하는 것을 원칙으로 정해 놓았지만 나는 축공법과 축시법을 동시에 사용하여 (내가 원하는) 12세기 초 독일의 디시보덴베르크로 갔다.

다음날, 나는 베네딕트회 수도원장 쿠노 신부를 만나러 갔다. 동양 사람은 남녀노소 불문하고 그 나이가 되도록 단 한 번도 본 적이 없었던지 쿠노 신부는 긴장된 표정으로 나를 맞이했다. 나는 내가 누구이며 왜 그분을 만나고 싶어 하는지 예의에 어긋나지 않을 정도로만 (내가 유창하게 구사할 수 있는 열다섯 개 언어 중 하나인 독일어로) 공손하게 말했다, "처음 뵙겠습니다. 저는 대한민국이라는 나라의 수도 서울이라는 곳에서 20세기에 살고 있다가 디시보덴베르크 수도원장이신 쿠노 신부님께 따져봐야 할, 아니, 여쭤봐야 할 일이 있어서 시간을 거슬러온 사람입니다."

쿠노 신부는 오른쪽 팔을 뻗어 손바닥으로 자기 맞은편 의자를 가리키고, 나를 가리키고, 다시 자기 맞은편 의자를 가리켰다. 보아하니 나한테 그 의자에 앉으라는 (말없는) 소리 같았다. 고맙다는 표시로 고개를 약간 숙여보이고 (나도 질세라 말없이) 자리에 앉았다. 내가 자리에 앉자 이번에도 말은 없이 폴마르 신부에게 자리를 뜨라는 손짓을 했다.

"용건은?"

"수녀들의 주요 임무가 성직자의 보조 역할이라고는 생각지 않으시리라 믿고 한 말씀 올리겠습니다. 현재 베네딕트회 수도원의 부속기관으로 존재하는 베네딕트회 수녀원을 수도원으로부터 분리해 주십시오. 그렇게 해주셔야만 수녀들이 성직자의 올무에서 벗어나 독자적으로 수녀원을 설립하여 충만한 영성 생활에 전념할 수 있다고 생각합니다. 뿐만 아니라 수녀원장이 수녀들을 수도원 밖으로 데리고 나가려는 가장 중요한 이유가 무엇인지 누구보다도 당신은 잘 알고 계십니다. 그럼에도 불구하고 수도원장의 권위를 운운하시면서 수녀원장의 요청을 거부하신다 들었습니다. 이건 제 개인의 생각입니다만, 수녀원이 수도원을 떠나는 경우에 수도원에게 미칠 경제적인 이유 때문인지요?"

"힐데가르트 수녀와는 어떤 관계이시오?"

"아무런 관계도 아닙니다."

"그렇다면 신경 끄시오."

태어나기를 베네딕트회 수도원장으로 태어났다고 하여도 그런 식으로 이방인을 대하는 것은 아니다 싶었고, 자기가 수도원장이면 수도원장이지 남한테 신경을 꺼라, 마라 하는 것도 비위에 거슬렸다. 어쨌거나 불시에 나타나 단도직입으로 묻는 나의 질문에 대답을 못했던 것은 분명히 뭔가 켕기는 데가 있었기 때문인지 내가 쿠노 신부를 접견한 지 얼마 지나지 않아 베네딕트회 수녀들은 마침내 수도원을 벗어나 빙겐의 라인 강가 언덕 위에 (그때가, 그러니까, 1150년이었던가, 햇수는 가물가물하지만, 어쨌든) 수녀들이 설립한 최초의 수녀원인 루페르츠베르크 수녀원을 건립했다.

기왕 유럽에 온 김에 들러보고 싶은 곳도 들러보고 만나고 싶은 인물도 만나본 다음에, 일본에 가서 미나모토 요리토모로 인한 미나모토 요시츠네의 자결을 주군에 대한 단심이 아니라 '잇빠레'의 현현으로 보는 나의 견해에 대한 당대 사무라이들의 의견을 듣고 싶었지만 하루 세끼를 소시지와 사우어크라우트만 먹어서 그런지 속이 느글느글하고 미슥미슥해서 청진동으로 돌아와 정신 번쩍나게 매운 낙지볶음을 먹고 나서 커피 한 잔 마시러 북창동 가화다방에 들어가니 플라시도 도밍고가 「별은 빛나건만」을 부르고 있었다.

병메네 집에서 나오면 눈깔사탕과 나는 각자의 아파트로 들어가기 전에 벤치에 앉아서 잠시 둘만의 시간을 갖는 버릇이 있다. 그러려니 하고 모모도 걸음을 멈추고 우리가 자리에서 일어설 때까지 얌전하게 앉아 있어준다.

"나, 연애 좀 해보고 싶어."

"누구, 사람 있냐?"

"있으면 하면 되지 해보고 싶다고 하겠어? 그런데 일흔은 좀 그렇지?"

"그렇다면 그런 거고 그렇지 않다면 그렇지 않은 거고."

"히야, 오랜만에 딱! 소리나는 대답 한 번 들어보네."

"오늘은 너답지 않다. 니가 사랑타령 하는 사람이 아닌데. 어쨌든, 너하고 이런 실없는 얘기하니까 기분은 좋다."

"사랑 이야기가 왜 실없어?"

"그게 아니라, 내 말은……."

"나, 지금, 병메 남편이 생각나. 자기를 좋아하지도 않는 여인을 사랑하면서 평생을 살아간다는 게 가능해? 한 집에서 같이 살았으니까 스토킹은 아니고, 짝사랑이지? 짝사랑인가? 허긴 자기를 알지도 못하는 남자를 사랑하면서 평생을 살아가겠다는 여자도 있으니까, 그런 게 진짜 짝사랑이겠지, 아, 모르겠다, 내가 지금 짝사랑 정의 내리고 있을 형편이 못 되지."

"왜, 무슨 문제 있니?"

"응."

"뭔데?"

"죽을 때가 가까워서 그런지, 허긴 죽을 때가 가까웠는지 아닌지는 아무도 모르겠지? 죽을 병에 걸려 있는 사람은 예외겠지만. 그건 그렇고, 젊었을 때는 죽음이란 우리에게 낯선 것일 수가 없다고 믿었는데, 지금은……."

"지금은 죽음이 낯설어?"

그랬다. 젊었을 때는 죽음에 관해서 의연한 태도를 보이는 것이 어려운 일이 전혀 아니었다. 죽음이란 삶이 끝나는 순간에 시작되는 것이므로, 죽음이란 삶의 연장선상에 있는 것이므로 삶이 우리에게 낯선 것이 아니라면 죽음 또한 우리에게 낯선 것일 수가 없다고 믿었다. 그리고 그것은 나 혼자만의 생각이 아니라 젊은 우리 모두의 생각이었다. 그리하여 죽음은 우리에게 낯선 것일 수도 없고 무서운 것은 더더욱 아니었다, 젊은 날의 우리들에게는.

마음을 비운다.

넓은 앞마당에 잔뜩 피어 있는 꽃을 아이들은 물감 들인 종이 같다면서 종이꽃이라 부른다. 어느 날, 양귀비를 재배하는 것이 불법인 줄 몰랐느냐, 아편이 어디에서 나오는지 몰랐느냐는 순사 아저씨의 불호령에 종이꽃이 아닌 양귀비는 일순간에 모두 잘려 나간다. 마리화나는 가격도 좋고 효과도 좋다. 풀밭에 반듯하게 누워서 푸른 하늘을 올려다본다. 몸은 풍선이 되어 허공으로 두둥실 떠오르고 아침 이슬이 풀잎에서 구르는 소리가 들린다.

어거지로는 마음이 비워지지 않는다.

"오늘 저녁은 우리 집에서 먹기로 하죠."

"번거로우실 텐데 그냥 저희 집에서……."

"나도 염치가 있지, 오늘은 이리로 오세요. 찌개는 두부찌개인데 고추장이 많이 들어가서 매울 거니까 그런 줄 알고. 호박나물하고 가지나물도 있고 갈치도 굽고. 김치는 배추김치밖에 없고, 계란찜은 할까 말까 생각 중이고. 이 정도면 괜찮죠?"

"제가 가서 좀 도와드릴까요?"

"딤채에서 김치 꺼내는 거 도와줄래요?"

"와인이라도 한 병 가지고 갈까요?"

"좋은 생각이에요. 두 병이면 아주 좋은 생각이고."

예쁘게 웃는 소리가 들린다. 오십이 다 된 여인의 웃음소리가 아니다. 나이 스물에서 중단된 삶이 이제부터 시작하나?

"내 편지 받고 왜 답이 없지?"

"없을 수밖에."

"왜?"

"전해 주지 않았으니까."

"뭐? 전해 주겠다면서 받아갔잖아."

"받을 때는 전해 주려고 받았는데 생각이 바뀌었어."

"왜?"

"편지 한 통으로 오라버니 마음을 편리하게 전하려다가 세 사람 간의 관계가 불편해질 수도 있다는 생각이 들더라구. 우리는 병메 마음을 제대로 모르잖아. 병메가 오라버니를 좋아한다는 건 물론 알지만 병메는 나를 좋아하기도 해. 그러니까 오라버니에 대한 병메의 감정이 사랑이냐 아니냐에 따라서 오라버니의 편지를 병메에게 전해 주느냐 마느냐가 결정되어야 한다는 게 내 생각이야.

이제 내가 오라버니한테 하나 물어보자. 그 편지를, 그런 편지를 보낸 이유가 뭐였어? 고백이야? 상말로, 딱지라도 맞으면? 그럼, 안 보겠다고? 그건 아니잖아. 오라버니는 병메를 알고 지내고 싶어 하잖아, 안 그래?"

눈깔사탕이 전화를 안 받는다. 아파트에 가서 초인종을 누른다. 답이 없다. 다음날도 전화를 받지 않는다. 눈깔사탕하고 나는 서로 상대방 아파트 비밀번호를 알고 있다. 눈깔사탕이 보이지 않는다.

실종신고는 하지 않는다. 어디서 무엇을 하고 있는지는 모르지만 어디서 무엇을 하든 경찰을 통해서 눈깔사탕을 찾고 싶지는 않다. 죽지만 않으면 돌아올 사람이고 죽을 리는 없으니까 기다리면 돌아올 사람이다. 다만 나한테도 아무 말 없이 훌쩍 없어졌다는 사실이 섭섭하기에 앞서 놀라웠다.

병메는 눈깔사탕의 부재를 절감하는 듯 보였다.

"별 일 없으시겠죠? 연세도 있으신데."

"걱정 말아요, 산전수전 다 겪은 양반이니까."

"그래도 석 달이나 됐는데."

"아파트 관리비는 내가 처리하고 나머지는 모두 자동이체니까 문제될 건 없어요. 우리 내기 할래요? 이번 달 아니면 다음 달에는 올 거예요."

비밀번호 누르는 소리를 나보다 먼저 들은 모모는 집안으로 들어서는 눈깔사탕을 나보다 먼저 반겼다. 들고 있는 가방으로 미루어 자기 집에는 아직 들르지 않은 것을 알 수 있었다.

"배고파?"

"음, 좀."

"라면 끓일까?"

"좋지."

"기분이다, 까짓 거 계란도 하나 넣어줄게."

눈깔사탕이 모모하고 놀아주는지, 모모가 눈깔사탕하고 놀아주는지, 시시덕거리는 소리는 환청인가?

"김치도 좀 주라."

"골고루도 찾는다."

유학 시절을 제외하면 다섯 살부터 일흔 살까지 눈깔사탕하고 석 달 이상 소식 없이 지내보기는 이번이 처음이었다.

"재미 좀 봤어?"

"그래, 봤다."

"그래? 어디서?"

"서귀포에서."

"커피 한 번 마셔볼래?"

"좋지."

커피를 가져다 주고 탁자에 마주앉아 담배에 불을 붙였다. 할 이야기가 있으면 들을 준비는 되어 있다는 표시였다.

"나 말이다, 석 달 동안 바다만 보면서, 매일 수평선을 바라보니까 내가 없어지더라. 인류를 사랑하는 것보다 한 사람을 사랑한다는 게 더 어렵다고들 하잖아. 인류는 머릿속에 있지만 단 한 사람은 가슴속에 있어서 그런가?"

"뭐야? 병메 이야기야?"

"아냐, 그냥 사람 이야기야."

"그럼, 병메 이야기네, 뭐. 병메가 그냥 사람이거든."

"내려간 지 한 달포쯤 지나서 있었던 일이야. 우두커니 서서 그 많은 물을 바라보고 있자니 문득 젊은 날 우리들이 입에 달고 살던 구절이 떠오르더라, water, water, everywhere, but not a drop to drink."

"많이 쓸쓸했구나. 같이 가자고 하지 그랬어?"

"아니야, 혼자 가길 잘했어. 네가 같이 있었으면 보여도 보지 못했을 것들이 혼자 있으니까 훤히 보이더라."

"그래? 내가 없는 덕분에 훤히 본 게 뭐야?"

"그날도 여느 날처럼 우두커니 서 있는데 젊은 남녀가 양팔을 벌리고 뭐라고 소리치면서 팔랑개비처럼 물가로 달려가더니 물이 맨발에 닿는 지점에서 우뚝 서더라."

"그래서? 그게 뭐?"

"그러고는 상대방 허리를 껴안은 채 서 있었는데 나는 가까이에서 봤으니까 알지만 멀리 떨어져서 보면 마치 머리가 두 개 달린 한 사람처럼 보였을지도 몰라."

"왜, 부러웠어?"

"아니, 답답했어."

"오라버니가 안 보이니까 병메가 신경 좀 쓰더라. 오라버니를 남자로 좋아하느냐고 물어보려다가 아니라고 할까 봐, 물어볼 걸 그랬나?"

"글쎄다."

"글쎄다? 나한테는 그냥 다 털어놔."

"나, 털어놓을 거 별로 없어."

"그럼, 병메 안 좋아?"

"좋아."

"그럼, 병메 사랑 안 해?"

"사랑?"

"응. 사랑이라는 말 처음 들어?"

"같이 자는 그런 사랑?"

"잘 아는구먼, 그래, 그런 사랑."

"그건 아닌 거 같다."

"그래? 그럼, 뭐 같아?"

"그 사람은 내가 사랑하고 싶은 사람이지 사랑하고 있는 사람은 아니야."

"깊은 바다 보니까 생각도 깊어졌어?"

"그 사람 집에 가서 짜장면이나 시켜먹자."

"짜장면으로 얼렁뚱땅 하지 말고 얘기 좀 하자."

"무슨 얘기?"

"나, 오라버니가 짝사랑하는 건 못 봐. 혹시라도 병메가 오라버니를 점잖은 이웃집 할아버지 정도로 생각하고 오라버니한테 친절하고 상냥하게 대하는 거라면, 나……."

"또 또. 이건 분명히 말해 두는데, 나, 그 사람하고 같이 잘 생각 전혀 없다. 허 허 허, 그 사람도 아무렴 나하고 자고 싶겠냐만.

내가 이삼십 대를 어떻게 보냈는지 넌 알잖아. 나, 이렇게 나이를 먹었는데도 아직도 그 시절에서 완전히 벗어나지는 못하고 있어. 지금은 밥도 잘 먹고 잠도 잘 자고 너도 옆에 있고. 그 사람한테 그 편지 전해 주지 않은 거, 잘한 일이야. 생각해 보니까, 나, 지금 여기서, 변화 원하지 않는다.

다음번에는 산에 가볼까 해. 바다하고는 어떻게 다를지, 다르겠지?"

"혼자가 그렇게 편해? 비켜줄까?"

"나 죽는 날까지 옆에서 버티고 있어."

"아무려면 버티고 있을 수 있는데도 안 버티기야 하겠어? 그건 그렇고, 다시 본론으로 돌아가자."

"본론?"

"짜장면 전에 나온 얘기."

"난 사랑 이야기보다 짜장면 이야기가 더 좋다, 현실적이고 이야기 끝나면 배도 부르고."

"히야, 바다 풍광이 좋긴 좋구나, 말발이 늘었어."

"나, 선물 가지고 왔다."

"그래? 제주공항에 면세점 있다던데."

"면세점에서 산 거 아니야."

"어디서 샀든 뭔지 보자."

눈깔사탕은 백팩을 열고 옷가지 몇 개를 들어내고 나서 선물이라는 뭉치를 꺼내놓았다. 포장지는 신문지였다.

"매일 한두 개씩 집어오니까 올 때쯤 해서는 방 한구석에 수북하게 쌓였는데 그중에서 열 개만 고르는 게 말처럼 쉽지 않더라. 이거 집었다 놓고 저거 집었다 다시 내려놓고, 열 개 고르는 데 거짓말 안 하고 반나절 걸렸어. 나머지는 해변가에 가서 내려놓고. 자아, 너 먼저 골라봐, 세 개만."

조갑지 열 개가 생김새도 가지각색이었고 색깔도 서로 다르게 예뻤다. 그 옛날 안경점에서 안경테 고르던 그림이 되살아났다.

"나, 고르는 거 잘 못해. 여기서 세 개를 어떻게 고르냐? 열 개가 다 다르게 예쁜데. 병메한테 먼저 고르라고 해. 그 다음에 오라버니가 고르고 나머지는 내가 가질게."

병메한테 전화했다. 소리치며 좋아했다. 우리가 갈까 병메한테 오라고 할까 망설이다가 짜장면 하면 병메네 집에서 먹어야 할 것 같아서 우리가 가기로 했다. 우선 샤워도 하고 옷도 갈아입어야 하니까 먼저 가 있으라면서 눈깔사탕은 자기 집으로 갔다.

모두 바지를 입고 있고 바지가 모두 헐렁한 것을 보면 벗겨보지 않아도 몸이 말라빠진 것이 보인다. 표정도 없고 움직임도 없다. 간혹 눈을 깜빡거리는 것이 살아 있다는 유일한 증표다. 내가 모두를 바라보고 있는지, 모두 중에 하나가 나인지, 아니면 내가 모두인지…… 어리버리하는 것도 순간, 나는 모두를 떠나 모두와 함께 방향이 없는 곳을 향하여 흘러간다.

"시장들 하시죠? 제가 벌써 다 시켜놨어요."

병메의 호들갑은 전화로 정리가 된 듯 싶었으나 모모와 유리는 사람들 때문에 자기들이 자주 만나지 못한 것이 억울했던지 모르는 사람이 보면 싸우는 것으로 보일 정도로 한데 엉겨붙어 물어뜯는 척한다.

감정 표현에 있어서 사람이 짐승만큼 솔직하지 못한 것은 어제 오늘 일이 아니다. 병메도 사람인 눈깔사탕과 마찬가지로 사람이니까 반가운 마음을 표현하는 데 두 사람 모두 사람답게 인색하다.

"그간 별고 없으셨지요?"

"아, 예."

내가 끼어든다.

"오라버니가 선물 가지고 왔어요."

"어머!"

"별 거 아닙니다."

"난 벌써 봤는데 정말 별 거 아녜요."

눈깔사탕이 나를 쳐다보며 씨익 웃는다.

"이 중에서 세 개 고르십시오. 나머지는 우리가 나누어 가질 테니까."

"아이, 제가 어떻게 먼저……."

말은 그렇게 하면서 손은 어느새 요것 조것 들었다 놓았다 한다. 자기 마음에 드는 것을 고르려고 하는 것이 귀엽다.

"유리가 밤에 숨을 거칠게 쉬는데 아무래도 동물병원에 가보는 게 좋겠죠?"

"지금 보니까 잘만 뛰어 노는데, 걱정할 거 없어요. 사람이나 강아지나 밥 잘 먹고 똥 잘 싸면 별 탈 없는 거니까."

탕수육, 누룽지탕, 양장피, 새우튀김, 고추잡채. 눈깔사탕하고 나는 연금이라서 돈 쓰는 게 재미있지만 병메는 괜히 돈이 많아서 돈 쓰는 맛을 모른다.

"어휴, 이건, 너무 많이 시키셨네요."

"오랜만에 오셔서, 제 마음대로……."

"그래, 많긴 좀 많다."

맥도날드에서 제일 싼 버거를 주문할 때, 프렌치 프라이도 주문할까 말까 고민할 때, 땡볕에서 차디찬 코카콜라를 외쳐대는 목구멍에 맹물을 부어넣을 때, 그런 시절이 있었고 그랬던 시절이 그리울 때가 있다. 피자도 먹고 맥주도 마시고 급기야는 스테이크도 먹는 날이 왔는데 별 감흥이 없다. 음식도 사람처럼 그리워야만 의미가 있나?

"드실 만큼만 드세요. 후식으로 과일하고 케이크도 마련해 놓았어요."

"후식은 내일 와서 점심으로 먹지요."

내 말이 재미있다고 생각하고 병메는 호르르 웃는다.

"석 달 동안 주욱 서귀포에만 계셨어요?"

"네, 서귀포에 있으려고 갔으니까요."

대답 한 번 상냥하다 싶다.

"저는 제주도에 가본 적이 없어요. 하기는 다른 데도 가본 적이 없지만."

측은지심인가? 눈깔사탕이 즉시 눈깔사탕다워진다.

"다음에는 다 같이 가지요, 뭐. 아, 참, 지난번에 말했던 송광사에 가보는 게 어떨까요?"

"좋아 좋아, 우리 송광사에 가자. 랜드로버 렌탈해 주는 데가 있으면 좋은데. 없으면 다른 거 아무거나 외제 SUV 빌리자. 난 외제가 좋더라. 비용은 신경쓸 거 없어. 우리 중에서 제일 부자가 부담하면 되니까."

병메가 환한 얼굴로 고개를 끄덕인다.

엄청난 양의 물이 한꺼번에 절벽 아래로 떨어지면서 뱉어내는 어마어마한 소리에 귀가 먹먹하다. 곡벽이 넓고 계곡 또한 깊다. 머릿속에서 시작한 나이아가라폭포와 그랜드캐니언 관광은 머릿속에서 끝난다. 덕분에 낡은 몸뚱이를 데리고 관광버스와 비행기를 탔다 내렸다 하는 번거로움은 없다. 뒷동산 단풍나무 가지에 매달린 새빨간 단풍잎 하나에도 자연이 넉넉히 들어 있어서 내장산을 고집하지는 않는다. 그러나 송광사에는 가고야 말 것이다!

"전라도에 가면 우리 맛있는 거 실컷 먹자. 80년도 초에 정읍 내장산 입구에 있는 명동산장에서 점심으로 라면 이 인분 시켰더니 별별 반찬을 다 주고 상추하고 쑥갓까지 나오더라. 이번에 가면 나, 거기 있는 나물 골고루 다 먹고 올 거야."

"송광사에 가자는데 웬 나물타령이냐?"

"나물, 하면 절이지. 어렸을 때 엄마 따라 절에 자주 갔었거든.

그때는 무나물이 엄마보다 더 좋았는데."

"내일 저녁에 제가 무나물 해놓을게요."

"무나물이 맛있으려면 무가 맛있어야 하는데 그 옛날 절 텃밭에서 뽑은 무하고 박근혜 정권 하에서 자란 무가 어디 같겠어요? 그냥 새우젓 쪼끔 넣고 호박나물이나 자글자글 끓여놓아요. 콩나물하고 시금치나물은 내가 해올 테니까."

"나도 뭐 좀 어떻게 해야 하는 거 아냐?"

"아무렇게도 하지 말고 그냥 와인이나 한 병 가지고 와."

먹고 마시는 이야기는 우리가 함께 하는 시간을 좀 더 편하고 즐겁게 해주는 활력소가 되기 때문에 내일도 좀 더 즐거운 시간을 가질 수 있도록 기필코 먹고 마시는 이야기를 할 생각이다.

"지난번 댁에 들렀을 때 드린 말씀, 두 분 계시는 자리에서 상의하고 싶은데……."

"지난번 우리집에 왔을 때 한 이야기? 아, 돈 이야기요?"

"예."

"돈 이야기?"

"그런 게 있어."

"저한테는 너무 많은 돈이라서 그걸 어떻게 쓰면 좋을지……."

"백억이라는 돈, 보통사람한테는 실감도 나지 않는 액수죠. 그렇지만 지금 나이 오십인데, 앞으로 구십까지 살지도 모르지만, 팔십까지만 산다고 해도 궁상떨지 않으면서 삼십 년 동안 늙어가려면, 또 누가 알아요? 삼십 년 동안에 큰돈 들어갈 일이 생길지. 나 같으면 반은 그냥 은행에 넣어놓고 고치에서 곶감 빼먹듯이 빼먹으면서 살고, 나머지 반은 소년소녀 가장이나 독거노인을 위해서 일하는 단체에 기부할 거예요. 나는 내일 모레면 다른 세상에 가서 자리잡고 있을 테니까 오늘 조언해 줄 때 받아둬요."

"그래도 이건 제가 번 돈이 아니라서."

"남편은 당신이 받을 만하다고 생각해서 주었을 거예요."

무슨 이야기를 하고 있는지 감이 잡힌 눈깔사탕이 끼어들었다.

"그게 조언이야?"

"왜, 맘에 안 들어?"

"글쎄다."

"알았어. 조언 취소, 취소! 나이가 오십인데 자기 돈 자기가 알아서 써야지, 안 그래요? 오라버니, 나, 지금 당장 사시미 먹고 싶어. 입덧 할 때 그런다며? 나, 임신했나?"

"알았다, 내일 사줄게."

"괜찮아, 내일이면 다른 게 당길 수도 있으니까, 임산부들이 그러잖아."

"오늘 좀 이상하게 군다. 그렇지요? 평소와는 다르지요?"

"예, 좀 그러신 것 같기도 하고."

"실은, 나, 좀 이상할 수밖에 없어."

"무슨 일 있으세요?"

"그냥 오라버니 좀 놀려먹으려는 거니까 신경쓰지 마세요. 어쨌든 송광사는 물론 가는 거고 땅끝마을도 가봐야 하고 통영도 좋다던데 통영도 가고 거제도에도 꼭 가야 돼, 내가 좋아했던 사람이 지금 거기서 뱃사람으로 살고 있다는 소리를 들었거든."

나도 사람이니까 언젠가는 죽는다는 걸 심심찮게 떠올리며 살아왔는데 의술이 발전된 바람에 나도 언젠가는 죽는다가 아니라 나는 언제 죽는다를 알게 되었다. 까맣게 먼 곳에 찍혀 있는 까만 점을 향하여 침착하게 홀로 걸어간다. 문득 조금 외롭다. 마음이 급해진다. 숨을 멈추고 달린다.

〈죽음 동네〉에 들어서는 순간, 수억만 개의 얼굴에 수억만 개의 얼굴이 겹쳐져 일렁이면서 나를 반긴다.

어둑어둑하다. 나무벤치로 다가간다. 오라버니는 내 곁에 앉고 모모는 내 발치에 자리 잡는다. 여느 날과 다르지 않다.

"말을 해야 좋을지 말아야 좋을지 모르겠는데, 별로 하고 싶지는 않지만 나중에 오라버니가 섭섭해할까 봐……."

"네가 뭘 말하지 않았다고 내가 섭섭해한 적 있냐?"

"알아. 그래도 이건 말하고 싶지 않은데……."

"그렇게 머뭇거리는 걸 보니 예삿일은 아니구나."

"예삿일이라면 예삿일이고 아니라면 아니고. 죽는 걸 편히 받아들이니까 사는 게 편해졌어."

#16

미친 사람은

미치지 않은 사람도

아파트 관리실에서 전화가 왔다. 드릴 말씀이 있어서 좀 들렀으면 하는데 언제가 좋으시냐고 하기에 당장이라도 좋다고 했더니 십오 분쯤 후에 찾아왔다. 용건은 간단했다. 위층에 사는 젊은 내외한테서 민원이 들어왔는데 우리 집 화장실 통풍기를 통해서 자기 집으로 담배연기가 올라오니까 내가 금연을 하도록 관리실에서 조처를 취해 달라고 한다는 것이었다. 알았다고, 얼마 안 있으면 담배연기 올라갈 일 없을 테니 걱정 말라고 전하라고 했다. 혹시 이사 가시느냐고 묻기에 그렇다고 했다. 어디로 가시냐고 하기에 그건 나도 전혀 모른다고 사실대로 말했다.

바이폴라 할머니

1판 1쇄 발행 2017년 6월 6일

지은이 | 전경자
펴낸이 | 조영남
펴낸곳 | 알렙

출판등록 | 2009년 11월 19일 제313-2010-132호
주소 | 경기도 고양시 일산서구 중앙로 1455 대우시티프라자 715
전자우편 | alephbook@naver.com
전화 | 031-913-2018, 팩스 | 02-913-2019

ISBN 978-89-97779-74-1 03810

*책값은 뒤표지에 있습니다.
*잘못된 책은 바꾸어 드립니다.